갖고 싶은
그 남자

갖고 싶은 그 남자

초판 1쇄 찍은 날 | 2018년 1월 25일
초판 1쇄 펴낸 날 | 2018년 1월 31일

지은이 | 문희
펴낸이 | 예경원

편집 | 주승아

펴낸곳 | 예원북스
등록번호 | 제396-2012-000132호
등록일자 | 2012. 7. 25
YRN | 제1-0209호

주소 | 경기도 고양시 일산동구 호수로 646-24 위너스21-Ⅱ 206A호 (우) 10401
전화 | 031-819-9431 팩스 | 031-817-9432
http://cafe.naver.com/yewonromance
E-mail | yewonbooks@naver.com

ISBN 979-11-6098-780-5 03810

※ 이 도서의 국립중앙도서관 출판시도서목록(CIP)은 서지정보유통지원시스템 홈페이지(http://seoji.nl.go.kr)와 국가자료공동목록시스템(http://www.nl.go.kr/kolisnet)에서 이용하실 수 있습니다.

19세 미만 구독 불가

갖고 싶은 그 남자

문희 장편 소설

YEWONBOOKS
ROMANCE
STORY

여원

C · O · N · T · E · N · T · S

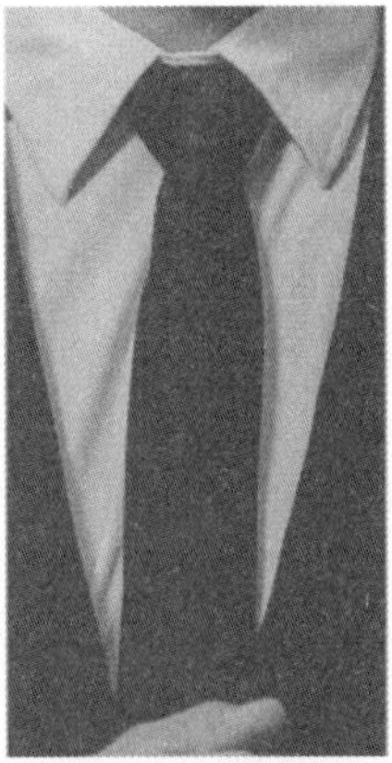

프롤로그

무언가 등에 툭 닿았다. 지은의 녹아내릴 듯이 부드러운 맨살에 닿은 아주 단단한…….

언제나 혼자 쓰던 작은 싱글 침대가 아닌 낯선 이곳의 침대는 킹사이즈였다. 홈쇼핑에서 구매한 면으로 된 싸구려 침대보 대신에 오늘은 실크처럼 부드러운 감촉의 시트가 몸에 감겨 있었다.

잘 마시지 못하는 소주를 기억이 안 날 정도로 마시다 보니 아침에 머릿속이 엉망이었다. 그보다 더 큰 문제는 몸이 말을 듣지 않는다는 것이었다. 마치 방망이로 온몸을 맞은 것처럼 쑤시고 아파서 침대에서 빠져나갈 수가 없었다.

지은은 인상을 쓰며 눈을 떴다. 처음으로 눈에 들어온 건 암막

커튼에 가려서 아침인지 저녁인지도 구분하기 어려운 방 안이었다. 어지러운 정신을 간신히 집중해서 그녀는 어두운 공간에서 형체들을 찾기 시작했다.

분명 지금 지은이 누워 있는 곳은 그녀의 아파트가 아니었다. 어제 회식이 있었고 지은은 미친 듯이 술을 마셨다. 위너그룹에서 가장 회식이 없기로 소문난 기획실에서 6개월 만에 가진 회식자리였다.

6개월 전에는 본부장님이 바이바이를 한 송별회였고 어제는 새로운 본부장이 6개월 만에 부임해서 첫 회식을 한 날이었다. 비록 새 본부장이 부임한 지는 일주일이나 지났지만.

"본부장……."

본부장이란 말이 툭하고 튀어나와 지은은 자신의 입을 손으로 가렸다. 왠지 말하면 안 될 것 같았다. 여기가 어딘지도 모르는데 말이다.

지은은 일어나려고 팔을 움직이다가 뭔가에 또다시 툭하고 닿았다. 손을 뒤로 뻗어 자꾸만 닿은 물체를 조심스럽게 만졌다. 손끝에 살짝 닿은 단단하면서도 매끄러운 느낌의 그것을 용기를 내어 찬찬히 더듬어가는데, 갑자기 그것이 움찔하며 움직이자 깜짝 놀란 지은은 얼른 손을 뗐다.

"……."

마른침을 삼킨 지은은 자신이 누군지도 모를 남자와 한 침대에 있음을 깨닫고는 정신이 번쩍 들었다. 그리고 그녀 뒤에 자고 있는 남자가 깰까 봐 잠시 숨도 쉬지 않고 굳어 있었다.

—가지 말아요.

갑자기 어제의 기억의 파편이 그녀의 머리에 박혔다. 지은은 머리를 베개에 묻고는 어금니를 꽉 깨물었다.

—날 가져요.

미쳤다는 말이 자신의 입에서 튀어나오려던 걸 간신히 꾹 참았다. 그리고 어제의 뜨거웠던 기억이 떠오르자 얼굴이 화끈거렸다.

섹스는 처음이었다. 그것도 그렇게 바라고 바라던 첫사랑과의 섹스였다. 하지만 지은은 황홀함 대신에 눈물을 흘리고 있었다. 후회의 눈물이 아니었다. 자신의 처지에 대한 불쌍한 마음이 들었기 때문이다.

맨 정신이 아닌 술기운을 빌려 벌인 일이었다. 맨 정신이었다면 절대로 하지 않을 일을 한 것이다. 들킬까 봐 숨겨두었던 마음이 한꺼번에 폭발을 하고 말았다. 아주 오래전에도 이렇게 그에게 자신의 감정을 드러낸 적이 있긴 했지만 이렇게 대형 사고는 아니었다.

돌이킬 수 없는 강을 건너고 말았다. 술기운이라고 치부하기엔 너무 큰일을 저질렀다. 그의 페니스가 그녀의 몸속으로 들어왔던 느낌이 떠오르자 지은은 자신의 머리를 움켜잡았다.

그의 입에서 거칠게 나온 욕설도 기억이 났다. 그는 그녀가 처녀인 게 아주 싫었던 모양이었다.

—젠장, 처녀였어?

그녀를 비웃는 건 아니었다. 처녀를 상대한 게 당황스러웠을까? 이런저런 생각들이 몰려왔다.

하지만 순간 지은의 기억에 선명하게 떠오르는 건 땀에 젖은 그의 근육질 몸이었다. 그 생각이 떠오르자 그녀의 몸이 뜨거워지고 있었다.

속으로 미쳤어를 수천 번 외쳤지만 자신이 저지른 일에 대한 부끄러움에 온몸은 여전히 화끈거렸다.

"으으음."

고르게 숨을 쉬던 남자에게서 소리가 들렸다. 순간적으로 놀란 지은은 침대 끝으로 순식간에 몸을 이동시켰다. 깨우고 싶지 않았다. 남자가 그녀의 새로 부임한 본부장이자 첫사랑이기에 더더욱 그랬다.

그의 호흡이 다시 일정해지자 지은은 어두움을 헤치며 침실을 나왔다. 그리고 거실에 어지럽게 널려 있는 자신의 옷을 빛의 속도로 입기 시작했다. 아직 알람이 울리지 않는 걸 보니 출근 시간 전인 듯했다.

넓고 세련된 거실에는 그 흔한 시계 하나가 없었다. 현관에서 가방을 발견한 지은은 핸드폰으로 시간을 확인하고는 빠르게 그의 집을 빠져나왔다.

"이따가 어떻게 얼굴을 보냐고……."

택시를 기다리며 지은은 발을 동동 굴렀다. 여름이라서 더운 건지 아니면 속에서 천불이 나서 더운 건지 지은은 답답함을 느꼈다.

"택시!"

마침 온 택시를 잡아 탄 지은은 자신의 낡은 아파트로 향했다. 대충 시간을 보니 씻고 옷을 갈아입으면 겨우 출근 시간을 맞출 수 있을 것 같았다.

"미쳤어. 미쳤어. 미쳤어."

택시 기사아저씨가 룸미러로 그녀를 힐끗 보았다. 지은은 눈을 감아버렸다. 미칠 것 같았기 때문이었다. 어쩜 그렇게 용감한 짓을 저질렀을까?

그와의 인연은 너무 오래돼서 이제는 기억조차 가물거려야 했지만 그에 대해서는 언제나 선명했다. 아주 이상할 정도로 말이다. 눈을 감기만 해도 어릴 적 그의 모습이 떠올랐다.

봄바람이 창을 넘어 붉은 복숭아를 연상시키는 지은의 볼을 살며시 건드렸다. 연한 갈색머리가 햇빛을 받아 금발같이 반짝이고 있었다. 회색 주름치마에 흰색 블라우스 그리고 남색 카디건의 교복은 지은이 유일하게 아가씨에게 물려받은 것이 아니었다.

창가에 책가방을 들고 서 있는 지은의 시선은 메이드들에 둘러싸여 등교 준비를 하는 아영에게 향해 있었다. 윤기가 흐르는 검은 머리를 따라 사슴뿔로 만든 최고급 수제 빗이 물 흐르듯이 흘러내리고 있었다. 집안의 유전 때문인지 김씨 집안의 머리색은 유난히도 검었다.

유명 디자이너가 직접 만든 교복을 입은 아영은 살아 움직이는 인형처럼 귀여웠다. 아니, 예쁠 수밖에 없었다. 아영이 몸에 걸친 건 모두가 아영을 위한 작품들이었다.

"어때?"

"예쁘십니다."

메이드가 답을 하자 아영이 답을 한 메이드를 째려보았다. 그리고 그 매서운 시선은 지은에게로 이어졌다. 빨리 말을 하라는 것이었다.

뭘 그렇게 확인을 받고 싶은 걸까? 지은은 이해할 수가 없었지만 기계적으로 아영이 원하는 답을 했다.

"예쁘세요."

"왜 이렇게 답이 늦어?"

"죄송합니다."

지은은 고개를 숙여 용서를 빌었다. 그런 지은을 뒤로한 채 아영이 자신의 방을 나섰다. 지은은 이런 일이 익숙한 듯 자신의 가방을 메고 아영의 가방을 손에 들고 서둘러 그 뒤를 따랐다.

고3, 4월의 월요일은 이렇게 시작이 되고 있었다. 지은은 단 하루도 자신의 시간을 가진 적이 없었다. 언제나 그림자처럼 아영의 뒤를 따라야만 했다. 태어나는 순간부터 그녀는 아영의 하녀와 다름없는 생활을 해야만 했다.

한 달 차이로 태어난 그녀들의 운명은 참으로 달랐다. 한 명은 우리나라 5대그룹 중 한곳의 무남독녀로 태어났고 다른 한 명은 그 집 메이드의 딸로 태어났다.

억울했지만 태어난 것 자체를 후회하진 않았다. 예전처럼 노예로 종속된 것도 아니고 그녀는 독립할 나이가 되면 아영의 곁을 떠나면 그뿐이었다. 어린 나이였지만 지은은 그런 희망을 가지고 지금의 굴욕적인 삶을 참아내고 있었다.

"멍청아, 안 타?"

아영의 말에 지은이 벤츠리무진의 조수석에 몸을 실었다.

"안녕하세요?"

지은은 운전사 아저씨에게 웃으며 인사했다. 그녀처럼 아영에게 시달리는 한 사람이었기에 운전사 아저씨에게 최대한 잘했다.

"숙제는 가방 안에 넣어놓았어요."

"지금 내 대신에 숙제했다고 잘난 척하는 거야?"

무슨 말이든 지은이 하는 말이라면 다 안 좋게 말을 하는 아영이었다. 매일 이렇게 들었지만 여전히 지은은 들을 때마다 상처를 받았다.

"그게 아니라……."

퍽!

지은의 뒤통수를 무언가로 내려친 아영이었다.

"건방 떨지 마. 어디서 말대꾸야? 종년 주제에……."

아영은 언제나 지은을 종년이라고 불렀다.

"할아버지가 예뻐한다고 네가 우리 집 딸처럼 구는 건 용서가 안 돼. 알았어?"

"……."

아영의 앵두 같은 입술에서 험한 말이 마구 나오고 있었다. 아영은 남들 앞에서도 굳이 고급스러운 척을 하지 않았다. 언제나 하고 싶은 말, 하고 싶은 건 다 하고 살았다. 재벌 중에서도 재벌인 명성그룹 무남독녀의 위세였다.

학교에 도착하자마자 아영은 책가방을 지은에게 들게 하고 유유히 교실 안으로 들어갔다.

"회장 왔어?"

지은에게 친구들이 다가왔다. 지은은 학교에서 인기가 많았다. 공부도 잘하고 운동도 잘해서 모두들 그녀를 좋아했다.

"안녕?"

"아영이가 또 들게 한 거야?"

"……."

지은에게 힘이 되어주는 신우는 오늘도 아영의 행동이 못마땅한 눈치였다. 위너그룹의 차남인 신우는 다정다감한 아이였다. 재벌가의 자녀들이 선호하는 명신고등학교는 사립 중에서도 최고의 사립이었다.

그녀가 이 학교에 다니게 된 건 다 아영의 덕분이었다. 메이드의 딸이 어떻게 이렇게 좋은 학교에 다닐 수 있겠는가? 게다가 지은은 학교만 잘 다니는 게 아니라 모든 면에서 두각을 나타내고 있었다.

그래서 3년 내내 학급의 회장을 맡았다. 아이들이 뽑는 것이라 선생님들은 못마땅해도 어쩔 수가 없는 일이었다. 거기에 지은은 전교 1등을 한 번도 놓치지 않을 만큼 공부를 잘했다. 그건 숙제를 두 번 해야 하는 상황도 한몫했다.

"신우야."

신우가 가방을 뺏어서 교실까지 들고 가서 아영에게 던졌다.

"네가 들고 다녀."

"신우야……."

아영이 가장 두려워하는 아이가 신우였다. 왜냐면 장래에 아영의 시동생이 될 아이였기 때문이었다.

"내가 시킨 게 아니라 지은이가 알아서 하는 거야. 왜냐면 우리 집 종이니까."

"말이면 단 줄 알아? 요즘 그런 게 어딨어? 너 한 번만 더 그런 말 하면 우리 형하고 어떤 사이든지 내가 가만히 있지 않을 거야."

신우의 얼굴이 무섭게 일그러졌다. 신우의 형과 아영이는 정혼 관계였다.

"알았어."

아영이 분에 못 이겨 눈물을 흘리고 있었다. 지은은 자리에 앉았지만 뒤통수가 뜨거웠다.

이제 고등학교의 마지막 학년인 3학년이었다. 1년만 참으면 아영이는 유학을 가든지 아니면 지은과는 다른 대학에 갈 것이다.

지은과 성적 차이가 너무 나서 같은 곳에 가고 싶어도 갈 수가 없었다. 그게 다행이라면 다행이었다. 아무리 최고의 과외 선생을 붙여줘도 아영은 공부에 뜻이 없는 아이였다.

학교에서는 신우와 친구들이 지은의 곁에서 도움을 주었지만 집으로 돌아오는 차 안에서부터는 아영의 괴롭힘이 극에 달했다.

"네가 죽었으면 좋겠어."

"아가씨."

참다못한 운전기사 아저씨가 한마디를 했다. 아니, 그냥 부른 것뿐이었다.

"진짜 이제 운전기사까지 지랄이네. 운전이나 해!"

아영은 나이가 오십이 넘은 운전사 아저씨에게도 거침없이 욕을 했다.

"아영 아가씨, 제가 잘못했어요. 죄송합니다."

운전기사 아저씨가 걱정이 된 지은이 수십 번이나 용서를 빌고 나서야 아영은 진정이 되었다.

그녀들이 집에 도착하자 지은이 보기에도 아주 좋은 차가 집 앞에 서 있었다. 아마도 손님이 오신 모양이었다. 지은은 아영의 가방을 들고 그녀의 뒤를 따라 집 안으로 들어섰다.

벚꽃이 흐드러지게 핀 정원은 마치 눈꽃이 내리는 것 같았다. 오후의 따스한 태양이 벚꽃 잎이 더욱더 하얗게 빛날 수 있도록 만들어주고 있었다.

명성그룹의 대저택은 어린 지은의 눈엔 궁궐 같았다. 차가운 얼음궁전과 같은 느낌이었지만 말이다. 어릴 때부터 지은은 늘 생각했었다. 이곳은 마녀가 살고 있는 얼음궁전이고 이곳에서 자신을 꺼내줄 왕자님이 올 것이라고 말이다.

명성그룹의 대저택은 아름답지만 어린 지은에겐 견디기 힘든 곳이었다.

탁, 타닥타닥.

벚꽃이 하얗게 흩날리는 곳에 목검을 휘두르고 있는 한 남자가 보였다. 검은색 도복을 입은 남자는 마치 춤을 추듯이 내리는 벚꽃 사이를 휘젓고 있었다. 아름답다는 게 저런 것이구나를 처음으로 느낀 지은이었다.

얼마 전에 학교에서 단체 관람을 했던 백조의 호수 공연에서 아주 멋지게 보았던 발레리노의 몸짓보다 지금 그녀의 앞에 있는 남자의 몸짓이 더 아름다웠다. 검도에 대해선 하나도 몰랐지만 지은은 지금 완전히 남자에게 빠져들었다.

경호대장 아저씨와 대련을 하는 모습은 꼭 무협 영화를 보는 것 같았다. 사는 게 힘이 들어 아직 남자에 대해 생각조차 해보지 않았던 지은에게 지금 눈앞의 남자는 충격 그 자체였다.

19살, 벚꽃이 쏟아지던 날 지은은 짝사랑에 빠져 버렸다.

“멋있지? 내 미래의 신랑이야. 너 같은 종년은 꿈도 꾸지 못할 상대지.”

아영은 약을 올리듯이 얼이 빠져 있는 지은을 보며 말했다.

“너 같은 애들이 감히 쳐다볼 수 있는 사람이 아니야.”

그러고 보니 지은은 오늘 이 남자를 처음 보았다. 아마도 그동안 남자도 명성가엔 오지 않은 모양이었다. 왔다면 결코 기억하지 못할 리가 없었다.

“오빠가 우리 집엔 어쩐 일이지? 내가 오빠네 가서야 만날 수 있었는데…….”

아영이 신이 나서 계속해서 말을 했지만 지은의 귀엔 아무 소리도 들리지 않았다.

친한 친구인 신우의 형이자 아영의 정혼자가 지금 지은이 짝사랑에 빠진 사내였다. 지은은 처음으로 아영이 부러웠다. 얼음궁전에서 본 왕자는 그녀가 가슴에 품어서도 안 될 사람이었다.

“빨리 안 오고 뭐 해?”

지은의 눈이 남자에게 향해 있자 아영이 신경질적으로 말했다. 지은은 얼른 정신을 차리며 아영의 뒤를 따라 집 안으로 들어갔다.

“다녀왔습니다.”

거실에 작은 사모님이 아영을 맞이했다.

“어서 옷 갈아입고 나와. 은혁이 운동 끝날 시간이야. 오늘 아주 특별한 일이 있을 거야.”

작은 사모님의 말에 아영이 신이 나서 자신의 방으로 뛰어 들어갔다. 혼자 그 자리에 남겨진 지은은 주방에서 일을 하고 있는 엄마에게로 향했다.

“다녀왔습니다.”

"……."

엄마는 오늘도 그녀의 인사를 듣는 둥 마는 둥 했다.

"지은이 왔어?"

메이드 이모들이 그녀가 주방에 들어오자 엄마와는 달리 기쁘게 받아주었다.

"언니, 지은이 왔는데 인사 좀 받지 그래?"

"저기 간식 먹어."

대답이 없는 엄마 대신에 이모들이 그녀의 간식을 챙겼다.

엄마는 아버지가 돌아가신 이후로 그녀를 차갑게 대했다. 지은이 10살 때 그녀를 살리기 위해 집 안에 있는 깊은 수영장에 뛰어든 아빠는 그녀만 살리고 그대로 익사했다.

너무 놀란 나머지 지은은 그날을 기억하지 못했다. 다른 건 다 기억이 나는데 물에 왜 빠졌는지가 기억에 없었다.

사랑하는 남편을 잃은 게 다 지은 탓이라 생각했는지 그 일 이후 엄마는 차갑게 그녀를 대했다. 정신을 차리고 나자 지은은 아빠가 하늘나라로 갔다는 걸 알게 되었다. 지은은 차갑게 자신을 대하는 엄마와 단둘이 세상에 남겨졌다. 그전엔 엄마가 그녀를 사랑한다고 생각했는데 그건 지은의 착각이었던 모양이었다.

지은은 엄마와 같이 살았어도 늘 혼자였다. 그리고 날이 갈수록 아버지를 죽였다는 죄책감에 시달리고 있었다.

간식으로 이모들이 챙겨준 케이크를 먹고 있는데 집사님이 그녀를 불렀다.

"지은아, 사모님이 찾으신다."

"네."

간식을 먹다 말고 지은은 교복을 입은 채로 작은 사모님이 계시는 거실로 향했다. 어느새 예쁘게 핑크색 원피스로 갈아입은 아영이 와 있었다. 회색 교복을 입은 지은과는 확실하게 구분이 되었다.

"아영아, 새로 오신 가정교사 이은혁 선생님이야."

지금은 옷을 갈아입고 있었지만 집으로 들어오면서 본 그 왕자님이 분명했다. 지은은 그러면 안 된다는 걸 알면서도 가슴이 뛰기 시작했다.

"안녕."

자리에서 일어선 선생님은 그녀들이 우러러볼 만큼의 커다란 키에 지은이 즐겨 보는 순정만화에서 튀어나온 것 같은 잘생김에 환상적인 저음까지 장착한 사람이었다.

지은의 가슴이 미친 듯이 뛰고 있었다. 그리고 처음으로 바라고 또 바랐다. 같이 과외를 받는다면 얼마나 환상적일까 하고 말이다. 하지만 그건 어디까지나 지은의 꿈같은 바람이었다.

"안, 안녕하세요?"

웬일인지 아영의 목소리가 떨리고 있었다. 아영의 이런 모습을 처음 보는 지은은 무심결에 아영을 쳐다보았다. 아영의 얼굴이 빨갛게 달아올라있었고 두 손은 어쩔 줄을 모르고 있었다. 정혼자라서가 아니라 아영도 그를 진심으로 좋아하는 것 같았다.

하긴 저런 완벽한 사람을 어떤 여자가 싫어하겠는가?

"안녕, 꼬마 신부님."

남자의 한마디에 지은은 좌절했고 아영의 얼굴엔 승자의 미소가 가득했다. 그가 바로 위너그룹의 장남이자 아영과 정략결혼을 할 사람이라는 것을 확실하게 알려주는 말을 한 것이다. 너 따위는 관심을 끄라는 말과도 같았다.

"오늘부터 아영이 공부를 담당하게 될 이은혁이야."

남자는 아주 차분하게 자신을 소개했다. 하지만 어린 마음에도 그가 차가운 성격의 사람이라는 생각이 들었다. 그는 아영을 바라보며 입가에 미소를 지었지만 눈은 웃지 않고 있었기 때문이다. 그의 하나하나를 놓치고 싶지 않아 지은은 무례할 정도로 그를 빤히 바라보았다.

"열심히 공부하자."

"네."

"그럼, 꼬마 아가씨들이 함께 공부를 하나요?"

"아니, 우리 아영이만 하면 안 될까? 재는 우리 집에 일하는 메이드 딸이라서.”

지은의 자존심은 하나도 생각하지 않고 작은 사모님이 차갑게 말했다. 그리고 그녀에게 당장 사라지라는 눈짓을 보냈다. 지은은 불러놓고 다시 가라고 하는 게 이해가 되지 않았지만 일단은 거실에서 나가려고 했다.

“같이 했으면 해서 제가 불렀어요. 회장님께서 제게 말씀하실 때도 여자아이 둘이라고 하셨고요.”

“아니야, 우리 집 메이드 딸이니까 은혁 군은 신경 쓸 것 없어. 아버님은 왜 그런 쓸데없는 말씀을 하셔가지고…….”

지은의 귓가에 들리는 말이 가슴을 후벼 팠다. 그건 그녀가 결정한 것이 아니었다. 태어나 보니 정해져 버린 일이었다.

“전 회장님의 뜻에 따르고 싶습니다. 혼자서 하는 것보다 서로 경쟁이 되니까 능률이 더 오를 겁니다. 지금은 아영이가 대학에 들어가는 게 목표니까요. 저도 그렇지 않다면 굳이 오지 않았을 겁니다.”

“후, 아니, 뭐. 은혁 군이 정 그렇게 원한다면…….”

“감사합니다.”

그 후로 매주 월요일이면 그녀의 마음을 한순간에 사로잡아 버린 아영의 과외 선생님이자 정혼자인 은혁이 과외를 하기 위해 집으로 왔다. 아영의 성적은 눈에 띄게 올랐다. 하지만 지은을 향한

심술은 여전했다.

그럴 수밖에 없는 것이 은혁이 지은과 아영을 같이 수업하는 게 아영의 성적을 오르게 하는 데 도움이 된다며 둘을 같이 가르쳤기 때문이었다.

"너 내 남편한테 꼬리 치지 마."

어디서 그런 이상한 말을 배웠는지 아영의 말은 점점 더 수위가 높아졌다.

아영은 그들이 함께 공부를 하는 서재에 들어가기 전 지은에게 경고의 말을 했다. 아마 괴외를 받는 동안에 은혁이 지은에게 친절하게 대해주었기 때문일 것이다.

서재에 들어서자 아영은 언제 지은에게 그랬냐는 듯이 아주 착하고 순진한 아이로 변신을 했다.

"선생님, 저희 왔어요."

아주 연기대상 감이었다. 하지만 그런 생각도 잠시 지은은 오늘도 너무나 멋진 은혁의 모습에 마음을 빼앗겼다.

"이번에도 전교 1등 했다며? 신우가 아주 지가 1등한 것처럼 얘기하더라. 지은이는 S대가 목표라고?"

"아뇨, 지은이는 못 가요."

아영이가 대신 말을 했다.

"갈 형편이 못 되는 거 오빠도 알잖아요? 장학금을 받지 않는다면 힘들걸요?"

비참한 건 나이가 어려도 느낄 수 있는 감정이라는 걸 일찌감치 알게 된 지은이었지만 오늘은 유난히 더욱더 비참한 느낌이 들었다.

"전 장학금 받아서 꼭 갈 거예요."

그녀의 뜻밖의 말에 은혁과 아영의 눈이 동시에 지은에게로 향했다. 아영 앞에서는 자신의 의견을 말하지 않던 지은이었다. 둘이 놀랄 수밖에 없었다.

"야, S대에 수석하려면 전국 1등이어야 해. 어디서 잘난 척이야!"

아영이 은혁이 있는데도 화를 냈다.

"그만해. 확실하게 목표를 갖는 건 좋은 일이야."

은혁의 말에 아영은 더 이상 심술을 부리지 않았다.

과외를 마치고 은혁이 집으로 가기 전에 아영과 지은을 각각 면담했다. 아영은 은혁에게 아주 홀딱 빠진 모습이었다. 하지만 면담을 하고 나온 아영은 눈물을 흘리고 난리였다.

영문을 알 길이 없는 지은이 은혁을 보기 위해 공부방 안으로 들어갔다.

"우리 꼬마 아가씨."

아가씨라는 표현은 이 집에서 아영 이외에는 금기시 되는 말이었다. 진짜 아가씨가 있기 때문이었다.

"선생님이 이제 유학을 가야 해. 대학 때까지 봐주고 가지 못해서 미안하다. 하지만 넌 잘할 거야."

유학이라는 단어는 헤어짐을 뜻하는 말이었다.

"선생님……."

"그래서 당분간은 못 본다는 말을 하려고. 그리고 철부지 아영이도 부탁하고."

아영이를 부탁하기 위해 그녀를 부른 것이었다. 그럼 뭘 기대한다는 말인가?

"네."

지은은 기계적으로 대답했다. 그런데 그때 은혁이 뜻밖의 행동을 했다. 그녀의 이마에 흘러내린 머리카락을 부드러운 손길로 올려준 것이다. 심장이 미친 듯이 뛰기 시작했다. 아니, 심장이 튀어나올 것만 같았다.

지은은 차마 은혁을 쳐다볼 수가 없었다. 왜 이러는지 모르지만 뭔가 묘한 분위기였다.

"우리 지은이가 이대로만 컸으면 좋겠다."

"……."

지은이 눈을 들어 그의 눈을 바라보았다.

"내가 유학 다녀올 때까지 예쁜 숙녀로 자라줄 수 있지?"

은혁이 무슨 말을 하는지 어린 지은은 정확하게 이해할 수가 없었다. 하지만 은혁이 지은의 손을 잡았을 때 지은은 생각했다. 이 남자가 이 얼음궁전에서 그녀를 구해줄 남자라는 것을 말이다.

지은은 말없이 고개를 끄덕였다. 설사 그가 그냥 아무 의미 없이 말을 한 것이라고 해도 지금 은혁이 한 말은 지은에겐 삶의 목표가 되어버렸다.

지은은 자신을 바라보는 은혁의 따뜻한 시선을 느끼며 생각했다. 처음으로 갖고 싶은 게 생겼다고 말이다.

그 마음은 지금도 같았다. 가지고 싶은 남자였고 그녀는 지난밤에 그를 마음껏 가질 수 있었다. 그는 맹수같이 그녀를 먹어 치웠다. 달려드는 그를 받아들이는 게 쉬운 일은 아니었다. 섹스가 아니라 무슨 격한 운동을 한 것 같았다.

생각을 하다 보니 벌써 집 앞에 도착해 있었다. 택시에서 내린 지은은 정신을 가다듬으려 심호흡을 한 번 하고는 집으로 향했다.

목이 말랐다. 과음을 한 게 확실했지만 정신은 그 어느 때보다도 맑았다. 침대에서 일어난 그는 암막커튼 때문에 어두웠지만 아무도 없다는 걸 알았다. 지은이 빠져나갈 때 그는 이미 깨어 있었다. 그녀가 현관을 빠져나가는 소리가 들리자 그는 침대에 걸터앉아 자신의 머리를 감싸 쥐었다.

"후~"

어제의 일들이 또렷하게 기억이 나 그를 괴롭혔다. 깊은 한숨이 홀로 있는 침실을 울렸다.

회식이 끝이 나고 노래방 앞에서 지은과 둘만 남은 그는 비틀거리는 그녀를 부축하고 있었다.

"박 대리, 집이 어디지?"

술에 취한 박 대리는 몸조차 가누기 힘들어 보였다. 그는 횡설수설하는 지은을 자신의 리무진에 태웠다. 그리고 무슨 생각에선지 그녀를 데리고 자신의 집으로 왔다.

왜 그랬을까? 지금은 그 순간의 선택을 가슴 깊이 후회했다.

집 안으로 지은을 데리고 온 그는 그녀를 소파에 앉혔다. 그리고 물을 갖다주려 일어나자 지은이 그의 팔을 잡았다.

"가지 마요."

"뭐?"

그가 지은에게 팔을 잡힌 채로 그대로 서서 그녀를 내려다보았다.

"날 가져요."

"무슨 말을 하고 있는지 알고 있어?"

"알아요. 이제 키스만으로 만족할 나이가 아니잖아요."

지난 기억을 일깨워 주는 말이자 그가 하고 싶은 말이기도 했다. 이제 그도 무언가를 시작한다면 절대로 키스 정도로 끝낼 수 없을 것 같았다.

"취했어."

"아뇨, 정신 멀쩡해요."

지은이 그의 팔을 잡고 일어났다.

"내가 뭘 원하는지 정도는 알고 있어요."

지은의 입술이 그의 입술을 덮었다. 알싸한 알코올의 맛이 그녀에게서 느껴지고 있었다. 취한 게 맞았다. 그렇지 않고서는 그가 부임하고 일주일이 지나는 동안 그를 피해 다니기에 바빴던 그녀가 이렇게 적극적일 순 없었다.

"후회할 거야."

이 말이 그녀에게 한 말인지 자신에게 한 말인지 알 수가 없었다. 그녀의 부드러운 혀가 그의 입안으로 들어오자 은혁은 아무런 생각을 할 수가 없었다. 지워진 줄 알았던, 아니, 지우고 싶었던 지은과의 키스가 떠올랐기 때문이었다.

7년 전 그날도 지은이 그의 입술을 먼저 덮쳤었다. 얼마나 놀랐는지 얼마나 좋았는지 그건 신만이 아실 것이다. 하지만 그땐 지은도 어렸고 그도 지금보다는 성숙하지 못했었다. 지은의 뜨거운 입술을 감당하기엔 그때의 은혁은 힘이 없었다.

하지만 모든 걸 다 갖춘 지금의 은혁에게 지은은 아주 커다란 유혹이었다. 그의 몸이 이토록 달아오른 적은 없었다. 거부할 수 없는 금단의 열매가 박지은이라는 여자였다. 지금 은혁은 금단의 열매에 손을 가져다 댔다.

"안 돼."

이번이 마지막 거부였다. 말은 이렇게 하면서도 은혁은 내심 지은이 끝까지 밀고 나가길 바랐다.

그리고 지은은 그의 바람대로 끝까지 그를 밀어붙였다. 지은의 뜨거운 육체가 그를 미치게 만들고 있었다. 거부할 수 없는 끝이 없는 나락으로 그는 추락하고 있는 느낌이었다. 그의 생애 최고의 섹스를 그는 처녀와 함께했다.

"미치겠군."

어제의 일을 생각하니 그의 아랫도리가 다시 묵직해지고 있었다. 이제 출근을 하면 다시 지은을 봐야 했다. 그 생각을 하니 아찔한 은혁이었다.

1. 곁에 있는 남자

28살, 박지은의 인생은 바쁨 그 자체였다. S대를 졸업하고 위너그룹의 기획실 대리가 되기까지 지은은 그야말로 앞만 보고 달려왔다. 여자라는 핸디캡을 극복하고 입사 동기 중에 단연 1등인 지은은 대리 직급도 가장 빨리 달았다.

이게 다 개인적인 시간 없이 오로지 회사 일에만 매달린 결과물이었다. 그렇게 열심히 살던 지은이었지만 요즘 그녀 인생 중에 최대의 난관에 봉착했다.

서류뭉치에 파묻혀 있은 지 사흘이 넘었다. 이게 다 망할 후배 이신우 때문이었다. 악연도 이런 악연이 없었다. 위너그룹의 기획실에 입사해서 승승장구하던 박지은의 인생에 빨간 등이 켜지기 시작한 건 1년 전이었다.

재벌 2세로 태어나서 평생을 놀고먹으며 살 줄 알았던 그녀의 친구인 이신우가 기획실로 들어왔다. 그들의 질긴 인연은 초등학교 때로 거슬러 올라가야 했지만 고등학교 때 많이 친해졌었다.

지은이 알던 신우는 공부도 잘하고 운동도 잘했는데 이렇게 고문관일 줄은 상상도 못 했었다. 공부머리와 일머리는 확실하게 다른 것 같았다.

"빨리 안 해!"

"한다고. 넌 괜찮아? 어제 술을 그렇게 마시고 말이야. 형이 잘 데려다줬지?"

어제 말을 꺼내자 지은은 뜨끔한 마음이 들었다.

"형은 이 바쁜 때 쓸데없이 회식을 하자고 그래 가지고 사람 속을 이렇게 뒤집어놓고 말이야. 도움이 안 돼. 도움이……."

"난 네가 도움이 안 되거든."

"나만 한 사람이 또 어디 있다고? 형보단 내가 낫지."

"형이 아니고 본부장님입니다. 이신우 씨."

"네, 네, 박 대리님."

자료실에 있은 지 3시간이 지났다. 출근하자마자 유 부장님이 그들에게 직접 서류를 정리해 오라고 친절하게 보내셨다. 여의주 씨와 가겠다는 걸 굳이 이신우와 한데 묶어서 보내신 것이다. 그래서 오전엔 다행히 본부장의 얼굴을 보지 않아도 되는 행운을 얻었다.

일이 고되긴 했지만 그래도 본부장과 함께 있는 것보다는 백번 나았다. 어젯밤의 일로 아랫부분이 자꾸 뻐근했다.

"어디 아파?"

"아니야."

"약 사다 줄까? 창백해 보여."

"괜찮아."

이럴 때 보면 신우는 참 다정한 남자였다. 신우의 약혼자인 연정이가 질투를 하는 것도 당연했다. 연정은 지은과도 친한 사이였다. 신우와 함께 고등학교 때부터 항상 같이 다녔던 친구였다.

지은에게 하는 걸 보면 마치 연인에게 하는 것 같았다. 그래서 학교 다닐 때부터 둘이 사귀는 게 아니냐는 소문이 돌 정도로 신우는 그녀에게 잘했다. 그래서 가끔씩 연정이 지은에게 투덜대기도 했다.

"그런데 소문 들었어?"

"무슨 소문?"

"아영이 결혼한다던데?"

아영이라는 이름만 들어도 소름이 끼치는 지은이었다. 그녀의 표정이 안 좋아지자 신우가 커피를 타기 위해 잠깐 자리에서 일어났다.

"조금 쉬어."

어제의 과감하다 못해 정신 나간 행동은 다 어릴 때부터 쭉 이어진 아영과의 악연 때문이었다.

잘살고 멋지게 사는 건 바라지도 않았다. 그냥 남들처럼 조용히 살아가는 게 지은의 소망이었지만 메이드의 딸로 태어나면서부터 꼬이기 시작했다. 엄마가 메이드라는 게 부끄럽지는 않았다. 하지만 뼛속까지 노예근성으로 가득 찬 엄마라면 상황이 달랐다.

그리고 엄마는 항상 아영이에게 지은이 져주며 살기를 바라는 것 같았다. 지은의 사랑까지도 말이다.

8년 전.

명성그룹의 대저택에는 겨울의 마지막 추위가 휩쓸고 있었다. 2월 말의 집안 분위기는 살벌 그 자체였다. S대에 합격을 한 메이드의 딸인 지은과 너무나도 대비가 되게 인서울 대학에 턱걸이 정도로 합격을 한 아영 때문이었다. 결국 아영은 명성그룹이 후원하는 대학에 입학을 하게 되었다.

"도대체 자식을 어떻게 키운 거야!"

이 한마디에 아영의 아버지인 김 사장은 김 회장으로부터 한소리를 들어야 했다. 거기다가 딸이라면 물불을 가리지 않는 작은 사모님은 그 화살을 지은에게 돌렸다.

“아버님께서 너무 지은이를 감싸고도시니까 우리 아영이가 기가 죽어서 그런 거잖아요.”

“뭐야? 당신은 딸자식 하나 제대로 못 키웠으면 잘못했다고 해야지 어디서 아버지를 탓해?”

“몰라요!”

엄마와 지은은 진짜로 가시방석에 앉은 기분이었다. 거기다가 지은이 S대 전체 수석으로 4년 동안 장학금을 받고 다니게 되어서 더욱더 난리였다.

“지은아.”

엄마는 한숨을 내쉬면서 지은을 바라보았다. 오늘따라 좁은 그녀들의 방이 더욱더 초라해 보였다.

“엄마, 너무 걱정하지 마.”

“그냥, 너도 명성대학으로 가면 안 될까?”

“뭐?”

“작은 사모님이 그러시는데 너도 명성대학에 입학시켜 주시겠대.”

어이가 없었다. 그녀가 그렇게 할 이유가 이제는 없었다. 명성대학은 서울에 있는 대학교로 나쁘지 않았지만 S대와는 격차가 나는 학교였다.

"엄마, 나 그동안 많이 참고 살았어. 더 이상은 싫어. 내가 아영이 때문에 얼마나 시달리며 살았는지 엄마는 잘 알잖아. 그런데 엄마가 어떻게 그런 말을 나한테 할 수가 있어?"

"지은아, 우리가 누구 덕분에 여태까지 살았는데……."

"우리는 일을 했잖아. 난 단 하루도 쉰 적이 없었다고, 알아? 아영이가 부르면 언제나 쪼르르 달려가야 했다고. 마치 아영이 그림자처럼 살아야 했단 말이야."

"알아."

하지만 엄마는 말만 이렇게 할 뿐이지 뼛속까지 노예근성이 가득했다. 그리고 지금 그녀에게 말하는 것도 그녀를 위한 게 아니라 철저하게 아영이를 위한 말이었다.

"아빠가 너를 구하고 돌아가신 날 아영이 아가씨가 알려주지 않았다면 너랑 아빠 둘 다 죽었어. 불행히도 아빠만 돌아가셨지만……."

엄마는 원망 가득한 눈으로 그녀를 보았다. 그날 왜 그녀가 주인어른들만 사용할 수 있는 깊은 수영장에 들어갔는지 지은은 알 수가 없었다. 평소 물가에 가지도 않는 지은이었다. 지은은 진짜 물을 무서워했는데 지금도 거기에 왜 갔는지가 의문이었다.

"엄마, 아영이는 나를 종으로밖에 취급 안 해. 알아?"

"하지만 오갈 데 없는 우리가 이곳에서 잘산 건 사실이잖아? 종이란 표현은 아가씨가 그냥 장난으로 하는 거지. 그걸 그렇게 가슴에 담아두면 못써."

"밖에서 이렇게 뼈 빠지게 쉬지도 않고 일했다면 더 잘살았을 수도 있고, 아빠가 돌아가시지 않을 수도 있었어."

아빠의 이야기는 모녀간이라고 해도 금기시되었다. 너무나 감당하기 힘든 일이었고 그 후로 엄마는 더 김씨 가문에 충성을 다했다. 엄마는 여기서 나가면 굶어 죽을 것 같다는 생각이 강한 것 같았다.

그래서 딸이 겪는 일은 한쪽 눈을 감고 보곤 했었다. 그런 엄마에게 서운함을 느끼게 된 건 어쩌면 당연한 일이었다.

"난 엄마, 여기가 싫어."

"네가 그런 말을 할 자격이 있다고 생각해? 여태까지 누구 덕에 우리가 이렇게 살았는데?"

"종처럼 19년을 살았어. 이제는 그렇게 살지 않을 거야."

지은은 집을 나오기로 마음을 먹었다. 그리고 학교 기숙사에 들어갈 생각이었다.

하지만 그녀에게 그런 행운은 찾아오지 않았다. 돈 한 푼 없는 그녀가 전전긍긍하고 있던 그때, 수호천사처럼 신우가 그녀에게 도움을 주었다.

"비어 있는 원룸이 있어."

"신우야."

"그냥 들어가서 살면 돼."

"그래도……."

신우도 그녀와 마찬가지로 S대에 합격한 상태였다. 둘 다 경영학과에 합격을 했고 이제는 초, 중, 고 동문에 이어 대학 동기가 된 것이었다.

"그럼, 딱 1년만 신세를 질게. 과외도 하고 아르바이트도 하면 원룸 정도는 얻을 수 있을 거야."

"알았어, 그때까지는 편하게 있어."

그날 밤에 지은은 엄마에게 집을 나가겠다고 말을 하고는 얼음궁전을 빠져나왔다. 엄마는 생각과는 다르게 쉽게 그녀를 보내주었다. 다만 김 회장님께는 인사를 드리고 가라는 말을 했다. 지은은 다른 사람은 몰라도 김 회장님께는 감사의 인사를 드리고 집을 나왔다. 이렇게 쉽게 나올 수 있는 걸 그동안 그렇게 참았다니 스스로 생각을 해도 한심하기 짝이 없었다.

신우가 준 주소를 받아 든 지은은 택시를 타고 강남 한복판에 있는 오피스텔로 향했다. 오피스텔 앞에는 신우가 나와 있었다.

"웰컴!"

"고맙다, 친구."

그녀가 보기에 이곳은 완벽하게 화려한 주상복합의 오피스텔이었다. 1층부터 5층까지는 음식점부터 대형 커피숍과 병원들이 즐비했고 나머지 6층부터 28층까지는 오피스텔이었다.

"너무 화려한 것 같아."

지은은 기가 눌린 목소리로 말했다.

"안에 들어가면 실망할 거야."

"왜?"

신우의 얼굴에 미안한 기색이 역력했다.

"작아?"

"응."

신우가 그녀를 안심시켰지만 지은은 현관문을 들어서는 순간 신우의 작음과 그녀의 작음은 아주 큰 갭이 있다는 걸 알았다. 40평대가 작으면 그녀가 지금 엄마와 살고 있는 단칸방을 신우가 본다면 무슨 말을 할지 뻔했다.

"신우야, 여기는……."

"너무 작지?"

"그게 아니라 내가 관리비를 낼 형편이 아니라서……."

"여기 관리비는 걱정하지 마. 관리비 없어."

알고 하는 얘긴지 모르고 하는 얘긴지 지은은 답답했다.

"관리비가 없는 곳이 어디 있어?"

"여기."

신우가 관리비까지 책임을 지는 걸 알았지만 집을 나와 버린 지금 지은이 가진 돈이라고는 그동안 용돈을 모아둔 게 다였다. 염치없지만 지금은 신세를 질 수밖에.

"아참, 그리고 과외 잡았다."

"어?"

"내가 아는 분의 아들인데 꼭 S대 재학생을 원한다고 해서 내가 추천했지. 돈도 상당해. 그리고 한곳 더 잡아서 하면 떼돈은 아니어도 내년에는 네가 원하는 대로 할 수 있을 것 같아."

"고마워."

눈물이 날 만큼 고마웠다.

"아영이하고의 일은 잊어. 원래 자기밖에 모르는 애잖아."

초등학교 때부터 중학교, 고등학교까지 신우는 언제나 그녀의 옆에 있었다.

아영은 중학교까지는 잘 버텼지만 고등학교에 와서는 공부에 완벽하게 흥미를 잃어버리고 말았다. 그나마 은혁 오빠와 몇 달간 과외를 한 결과 반짝하고 성적이 올라 명성대에 갈 수 있었던 것이다.

아영이는 재벌가에서도 못된 성격으로 소문이 났다고 신우가 말했었다. 그 소문을 신우가 내고 다니긴 했지만 말이다.

"은혁이 오빠는?"

"형은 아직 미국에 있어. 오기 싫은가 보더라고."

"아영이하고 결혼 안 한대?"

"하겠지."

그 말이 지은의 마음에 또 다른 생채기를 냈다. 예쁘고 멋지게 자라면 은혁이 좋아할 거라는 마음으로 열심히, 아니, 치열하게 살아온 지은이었다. 그런데 그는 그녀가 아무리 노력을 해도 아영의 남자였다.

"짐은 이게 다야?"

"응."

지은은 옷이 별로 없었다. 초, 중, 고를 다닐 때 다 교복을 입어서 사복이 필요가 없었기 때문이었다. 아영의 옷을 물려받은 게 있긴 했지만 지은은 집을 나올 때 아영의 것은 아무것도 가져오지 않았다.

"얼른 풀고 우리 밥 먹으러 가자."

"알았어. 내가 살게."

"그럼, 얻어먹어 볼까?"

신우는 재벌가의 차남이었지만 거들먹거리는 게 없었다. 언제나 지은의 옆에서 묵묵히 그녀를 지켜주었다. 그래서일까? 한 번도 신우가 남자로 느껴지지 않았다. 물론 신우도 그녀에게 사귀자고 하지 않았다. 둘은 진짜 친한 사이였다.

"연정이 부를까?"

그들 사이에 언제부턴가 연정이 함께하게 되었다. 신우의 열렬한 팬이자 오성그룹의 차녀인 연정이는 껌딱지처럼 그들을 쫓아다녔다. 그래서 고등학교 때부터 부쩍 그들과 함께 다니게 된 연정이었다.

"그래."

신우도 이제는 연정이를 밀어내는 데 지친 모양이었다. 연정이가 오고 그들은 삼겹살집으로 향했다.

"나 이런 데 처음 와봐."

연정이가 동그랗게 눈을 뜨고 주변을 두리번거렸다. 지은보다 커다란 키에 명품으로 머리서부터 발끝까지 걸친 연정은 연통이 있고 원형 탁자가 있는 고기 집에는 도통 어울리는 모습이 아니었다. 연정 역시 태어나서 처음으로 고기 집에 온 모양이었다.

"재벌인 거 티내지 마."

신우가 툴툴거렸다. 신우의 눈에도 트레이닝 차림의 그들과는 차원이 다른 모습의 연정이었기 때문이었다.

"알았어."

신우 앞에선 어쩜 저렇게 말을 잘 듣는지 지은은 신기할 따름이었다.

"오늘은 내가 쏜다."

지은이 독립을 한 기념으로 그리고 신우가 해준 모든 것에 보답을 하는 차원에서 모아둔 돈이 적긴 했지만 큰맘을 먹고 한턱 쏘기로 했다.

"지은이 네가?"

"응."

"왜? 무슨 일이야? 신우 네가 사. 지은이 돈 없어."

연정의 말에 신우는 그냥 웃기만 했다. 그런 신우의 표정에 심쿵한 연정은 신우만 넋을 놓고 보았다.

"그만 봐라."

"네가 너무 멋지게 웃잖아."

연정이는 진짜 신우에게 푹 빠져 있었다. 셋이 있으면 그런 연정이 때문에 언제나 웃을 일이 생겼다. 아직 지은과는 신우처럼 친하단 느낌은 들지 않았지만 연정은 지은에게도 잘하는 편이었다.

"첫사랑이라잖아."

지은이 놀리자 신우가 머리를 흔들었다. 셋은 모든 면에서 달랐지만 같이 있으면 즐거웠다. 웃을 일이라고는 하나도 없는 지은이 유일하게 웃을 수 있게 만들어주는 사람들이었다.

"둘이 잘 어울려."

"닥쳐."

심통 어린 신우의 말에 지은이 웃음을 터트렸다.

"진짜 잘 어울려."

"고맙다."

연정이 지은의 손을 잡았다. 삼겹살이 나오자 이렇게 식당에서 삼겹살을 처음 먹어보는 3명은 고기를 굽기 시작했다.

"지은이 너도 처음이야?"

신우와 연정이 동시에 물었다.

"응, 나도 이런 곳에 올 일이 없잖아."

그들과는 정반대 이유였지만 지은도 처음이었다. 지은은 엄마와 밖에서 한 번도 외식을 해본 적이 없었다. 언제나 지은의 삶은 얼음궁전이 전부였다. 바비큐는 주방장님이 구워서 준 걸 먹는 게 다였다. 이렇게 직접 구워서 먹어본 적은 없었다.

"역시 넌 우리 친구야."

"불!"

고기에 불이 붙자 주인이 와서 구시렁거리며 고기를 구워주었다. 하지만 그들은 너무나 맛있게 삼겹살을 먹었다.

"우리 다음에 또 오자. 완전 신세계야."

연정이 만족했는지 명품 옷에 고기 냄새가 배어도 좋은 모양이었다. 그들은 지은의 새로운 보금자리로 가서 처음으로 과자에 맥주를 마셨다.

“이런 게 대학생활이구나. 별천지야.”

“연정아, 그건 네가 취해서 그러는 거야.”

맥주 한 캔에 연정이 살짝 취한 것 같았다. 연정이 신우의 옆으로 자꾸만 파고들었다. 신우는 그런 연정을 피하기에 바빴다.

“신우 네가 데려다줘.”

그 말이 끝이 나기가 무섭게 연정이 갑자기 소파에 뻗었다. 연정이 하는 짓이 귀여워서 지은은 슬며시 미소를 지었다. 신우가 좋기는 좋은 것 같았다.

둘을 집에 보내고 지은은 25층의 높은 곳에서 강남의 야경을 내려다보았다. 그리고 엄마에게 전화를 걸었다.

“엄마.”

[그래.]

엄마의 목소리엔 못마땅함이 가득했다.

“내가 열심히 아르바이트해서 엄마하고 살 수 있는 집 마련할게.”

[너나 잘살아.]

“엄마, 언제까지 남의 뒤치다꺼리만 하고 살 거야?”

[난 여기가 좋아. 네 아빠가 있던 곳이기도 하고. 회장님하고 아영 아가씨도 있고.]

엄마는 완벽하게 김씨 가문의 종속노예였다. 엄마의 마음은 돌리기가 힘이 들 것 같았다.

"알았어. 하지만 마음이 바뀌면 언제든지 올 수 있게 나도 준비해 놓을게. 잘 자."

엄마는 간 곳이 어떤지 혼자 살아도 괜찮은지 묻지 않았다. 엄마의 목소리는 세상을 얼릴 것같이 차가웠다.

"밥은 먹었어? 그래 새로 들어간 집은 좋아?"

지은은 창에 비친 자신의 모습을 보며 엄마의 말을 스스로에게 물었다. 지은의 눈에선 눈물이 흘러내렸다. 유일하게 그녀를 생각해 주던 아빠가 그녀 때문에 죽고 나니 아무도 없었다. 엄마를 향해 사랑을 갈구했지만 엄마는 그녀에게 사랑 따위를 줄 마음이 없는 것 같았다.

이제 시작이었다. 이렇게 감상에 젖어 살 여유가 그녀에겐 없었다.

"주무십니까?"

"어?"

신우가 그녀에게 커피를 들이밀었다.

"술이 덜 깼어?"

"아마도."

지은은 복잡한 과거의 생각을 뒤로하고 커피를 마셨다. 진짜 지금은 한모금의 커피가 구세주가 되어주고 있었다.

"맛있지?"

"응, 연정이는 어때?"

신우는 연정이와 작년에 약혼을 했다. 연정이의 인간 승리라고 해도 과언이 아니었다. 지은은 축복해 주었고 연정이는 그 뒤로 바쁜지 만날 기회가 많지 않았다.

"잘 지내. 가끔 예민할 때가 있어서 그렇지."

"뭐가?"

"너랑 나. 아직도 내가 너 좋아한다고 생각하는 모양이야. 약혼하고는 조금 더 심해."

"결혼하면 나아지지 않을까? 지금까지는 아직 네가 자기 거라는 확신이 없어서 그럴 거야."

"알겠습니다, 대리님."

그들은 다시 자료실에서 필요한 자료를 골라내기 시작했다.

솔직히 지은도 연정이 그녀와 신우의 관계를 의심할 때면 신경이 쓰이는 건 사실이었다. 하지만 진짜 지은은 신우가 남자로 보이지 않았다.

"아니, 감사 끝난 지 얼마나 됐다고 진짜 너무하는 것 같아."

지은은 다시 서류를 정리하며 투덜거리기 시작했다.

은혁은 차에서 내리는 걸 그리 좋아하지 않았다. 어딜 가나 눈에 띄는 그의 외모 때문이었다. 사람들이 갖는 관심이 싫었다. 연예인도 아닌데 가십거리가 되어 기사가 나오는 것도 이제는 신물이 났다.

본사에 출근한 지 일주일이 되었다. 이제는 식을 만도 한데 출근길 여직원들의 시선도 아직은 여전했다. 하지만 신기한 건 은혁은 한 번도 여자에 대해 신경을 쓴 적이 없다는 것이었다.

은혁은 여자에게 그리 큰 관심이 없었다. 하지만 예외는 있었다. 지은은 달랐다. 뭐라고 단정은 지을 수 없지만 확실한 건 그녀가 그의 관심을 끈다는 것이었다. 출근하자마자 은혁의 눈은 지은의 자리로 향했다. 정시에 출근을 했는데 지은은 자리에 없었다.

"안녕하십니까?"

유 부장이 그를 보며 인사를 했다.

"이신우 씨는 아직 출근 전입니까?"

지은에 관해 묻고 싶었지만 은혁은 신우를 찾는 것처럼 말했다.

"아닙니다. 박 대리하고 자료실에 갔습니다."

"둘이서요? 왜요?"

"작년도 그룹 계열사들의 기획안을 모조리 찾아서 오늘 중으로 제출하라고 했습니다. 그래야 본부장님이 상황을 파악하시는 데 도움이 될 것 같아서요."

유 부장의 눈빛은 칭찬을 받고 싶어서 안달이 나 있었다.

"잘하셨습니다."

그의 말에 유 부장의 입이 귀에 걸렸다. 왜 만년 부장인지 알 것 같았다. 열심히는 하는데 뭔가 눈에 띄지 않는 사람 같았다. 그리고 오른쪽이 가려운데 왼쪽을 긁어대는 사람 같기도 했다.

본부장 사무실은 그리 크지 않았다. 하지만 최첨단에다가 실용적으로 만든 곳이기도 했다. 그가 책상에 앉자 채 실장이 방으로 들어왔다. 채 실장은 미국에서부터 그의 손발이 되어주던 사람이었다. 덩치는 컸지만 키는 그보다 조금 작았다. 말수가 워낙 적어 그 속을 알 수 없었지만 은혁에게는 충성도가 높은 사람이었다.

일을 맡기면 놀라울 정도로 완벽하게 처리를 했다. 특히 사람에 관한 조사는 형사들 뺨쳤다. 평소에는 커피를 들고 들어오는데 오늘은 다른 걸 가지고 왔다.

"헛개나무 물입니다. 숙취에는 최고죠."

헛웃음이 나왔다. 채 실장이 미국에서는 안그러더니 갑자기 일주일 사이에 눈치가 빨라졌다.

"그리고……."

"뭐지?"

"이건 위너전자 임원진에 관한 자료들입니다."

"수고했어."

위너그룹의 가장 막강한 세력이 위너전자였다. 그들은 항상 은혁에게 위협이 될 수 있는 존재들이었다. 미연에 그들을 휘어잡아야지만 앞으로 경영권승계에도 큰 지장이 없기 때문에 은혁은 그들에게 신경을 쓸 수밖에 없었다.

"그리고 이거."

청첩장을 그에게 내민 채 실장이었다.

"김아영 씨의 청첩장입니다."

채 실장이 나가고 헛개나무 차를 마시며 그는 아영을 떠올렸다. 한때는 너무나 부담스러운 존재가 아영이었다. 그의 스타일도 아니고 그렇다고 어린 나이에 아버지의 말을 거역하기도 어려웠기 때문이었다.

"인연이 있었군."

그의 입가에 희미한 미소가 어렸다. 그의 스타일이 아니라서 말하는 게 아니라 아영은 여자로서 그리 매력적이지 않았다. 재벌가의 아쉬울 것 없는 도련님들에게는 특히 말이다. 아영과 파혼을 하던 그때 그는 다른 인연과 연결이 된 것 같았다.

아영과 파혼을 결심한 결정적인 원인은 지은과의 키스 때문이었다. 아영에게는 키스하고 싶다는 생각이 들지 않았는데 지은과의 키스는 더 많은 것을 하고 싶게 만들었었다. 그래서 그는 평생을 함께할 사람은 아영이 아니란 판단을 했었다.

"그래, 그때부터였어."

7년 전.

몇 달 만에 한국을 향하는 은혁의 표정은 그리 좋지 않았다. 아영이 성인이 되고 나자 명성그룹 쪽에서 결혼을 서두르는 모양이었다.

이번에 그가 온 건 아영과 약혼식을 하기 위함이었다. 약혼식을 하고 또 바로 미국으로 돌아갈 그였다. 한 달간의 휴가라고는 하지만 그의 생각엔 분명히 출장이었다. 이번 약혼은 비즈니스였다.

그리고 지금 은혁은 옆에 앉아서 그를 잡아먹을 듯한 시선으로 바라보고 있는 금발의 미인 때문에 머리가 아팠다. 어찌나 추파를 던지는지 부담스러웠다. 금발머리를 무시하고 눈을 감았다. 그런데 참 묘하게 아영이 떠오른 게 아니라 지은이 떠올랐다.

고등학생이었지만 참 예쁜 아이였다. 대학생이 된 지은의 모습이 어떨지 궁금한 생각이 들었다.

"예쁘게 컸겠지?"

어제 그가 온다는 말에 신우가 어찌나 좋아하던지 그 생각을 하니 얼굴에 절로 미소가 떠올랐다. 5살이나 나이 차이가 나다 보니 아주 어리게만 느껴지는 신우였다. 지은을 생각하면 신우가 떠올랐다. 아영의 과외를 하러 갈 때 어찌나 신우가 걱정을 하는지 동생 때문에 그는 지은에게 신경을 더 썼었다.

처음엔 그랬지만 시간이 지나자 신우가 왜 지은을 좋아하는지 알 것 같았다. 지은은 예쁘고 똑똑했다. 그것만이 매력적인 게 아니라 어린 나이에도 불구하고 남을 배려하는 마음을 가진 아이였다. 이기적으로 자랄 수밖에 없는 재벌가의 여자들에 익숙한 그에겐 지은의 그런 모습이 신선하게 다가왔었다.

공항에 도착하자 7월의 더위가 그를 반기고 있었다. 그의 생각대로 신우가 마중을 나와 있었다. 이제는 제법 사나이 티가 나는 동생을 보니 웃음이 절로 나왔다.

"형!"

"신우야."

잘생긴 두 남자가 얼싸안자 공항의 시선들이 그들에게 향했다. 영화배우 같은 모습의 남자들은 광고를 찍고 있는 듯했다.

"얼마 만이야?"

신우는 언제나처럼 반갑게 그를 맞이해 주었다.

"1년쯤?"

"이제 대학생이 된 거야? 우리 꼬맹이가?"

"그래, 이제 꼬맹이 아니야. 키도 형만큼 컸어."

"알았다. 꼬맹아. 집에 가자."

웃으며 나오는 그들에게 누군가 달려왔다.

"오빠, 은혁 오빠."

작은 키에 짙은 화장을 한 여자가 자신의 이름을 부르며 달려오고 있었다. 작은 키에 어울리지 않게 긴 카디건을 걸치고 길게 머리를 푼 모습이 조금은 과해 보였다.

"어떻게 알고 왔지?"

"누군데?"

"아영이잖아."

그러고 보니 어릴 때 아영이의 모습이 보이긴 했다. 그의 신부가 될 여자였다. 하지만 아영이는 고등학생 때의 모습이 더 나은 것 같았다. 지금은 모든 면에서 투 머치 했다.

"헉헉, 오빠."

"아영아."

"진짜 오랜만이에요."

숨을 몰아쉬며 자신의 들썩이는 가슴에 손을 댄 아영은 숨을 고르고 있었다.

"어, 그래. 잘 지냈어?"

"아뇨, 오빠 보고 싶어서 힘든 시간을 보내고 있었죠."

"미친."

"신우야!"

그가 신우를 저지했다. 동생이 매너 없게 구는 건 싫었다.

"여긴 어쩐 일이야?"

신우가 뚱하게 물었다.

"아줌마가 오빠 오늘 온다고 말씀하셔서……."

"엄마가?"

신우는 어깨를 으쓱이며 불만을 사정없이 표현했다.

"어쨌든 고마워. 하지만 우리가 선약이 있어서 가봐야 해. 다음에 보자?"

여기까지가 그가 아영에게 보이는 매너의 끝이었다. 더 길게 물고 늘어지면 은혁이 가지고 있는 차가운 성격이 그대로 나올 것 같았다.

"우리 약혼식 전에 한 번은 봐야 하지 않을까요?"

"그러지 뭐."

그는 이렇게 말을 하고 신우를 데리고 자신을 태우러 온 차에 몸을 실었다.

"난 진짜 아영이 싫어."

"……."

그도 그렇게 아영이가 좋은 건 아니었다. 하지만 은혁은 위너그룹을 책임질 사람이었다. 결혼이 그룹에 도움이 된다면 그대로 해야 했다. 그는 여자에게 특별하게 관심이 없었다. 지금 그는 여자 말고도 배울 것이 너무나 많았다. 하루 24시간도 부족한 은혁에게 여자는 필요하지 않았다.

"집으로 가주세요."

은혁은 차에 타자마자 운전기사에게 이렇게 말했다.

"친구들은?"

"쉬고 싶어."

"알았어."

그는 차 안에서 조용히 눈을 감았다. 어디를 가든지 자유롭지 않은 게 그의 삶이었다. 지금도 그의 비서들이 탄 차가 그들이 탄 차를 뒤따르고 있었다. 언제나 꽉 찬 스케줄에 눌려 살고 있는 은혁이었다.

"형, 힘들어?"

"뭐가?"

"시차 때문에 힘들어 보여서."

시차 때문에 힘이 든 게 아니었다. 그냥 지금 그의 상황이 피곤했다. 여자와 약혼을 하기 위해 한 달이나 시간을 버리다니 아까울 뿐이었다.

아버지의 강압적인 말 때문에 아영의 과외를 한 그였다. 미래의 신부와 친해져야 하지 않겠냐고 말이다. 아버지도 명성그룹 김 회장님의 부탁이 없었다면 그런 일을 그에게 시키진 않으셨을 것이다.

유학 가기 전에 몇 달간의 시간이 있었기 때문에 가능했던 일이었다. 그가 살면서 여자에게 가장 친절하게 굴었던 시기이기도 했다. 지금의 그로서는 상상을 할 수조차 없는 일이었다.

"대학생활은 어때?"

피곤했지만 그를 보고 좋아하는 동생을 보고 가만히 있을 수 없어서 은혁은 신우에게 대학생활에 관해 물었다.

"나야 좋지."

"지은이 소식은 알아?"

"지은이는 왜?"

"내가 가르치던 애잖아."

신우가 의심이 간다는 듯이 그를 쳐다봤다.

"우리 같은 과야. 지은이 우리 학교 전체 수석했어. 그런 환경에서도 그렇게 되다니 아주 특별한 애야."

특별한 아이라…….

"왜 궁금한데?"

"그냥 생각이 났어. 진짜 대단한데? 내가 다 잘 가르친 덕분이야."

"아니, 그럼, 아영이도 잘해야지. 둘을 똑같이 가르쳤는데 아영이는 집안에서 힘써줘서 대학에 겨우 들어갔거든. 그건 지은이가 그만큼 우수한 아이기 때문인 거지. 형이 잘 가르쳐서가 아니라고."

신우가 예리하게 지적을 했다.

"할 말이 없다."

둘은 웃으며 집으로 향했다. 평창동에 자리 잡은 위너그룹의 본가는 아주 화려한 곳이었다. 명성그룹의 본가보다 위너그룹의 본가는 그 규모와 화려함에서부터 비교가 되지 않았다. 우리나라 최고의 그룹이 위너그룹이었기 때문에 모든 게 최고였다.

아버지 이 회장이 어린 나이부터 그룹을 이끌어왔고 그를 도와주신 분이 명성그룹의 김 회장님이었다. 어떻게 보면 아버지에겐 그룹을 이끄는 데 스승과도 같은 분이 지금의 명성그룹의 회장님이었다.

일찍 부친을 여의신 탓에 할아버지의 오랜 벗이었던 김 회장님이 많이 도와주셨다고 한다. 그래서 아버진 명성그룹과 사돈이 되고 싶어 하셨다. 비록 그가 희생양이 되긴 했지만 은혁은 한 번도 그 일에 대해 어른들에게 거부의 의사를 표현한 적이 없었다.

위너그룹의 장남으로서 아버지를 기쁘게 해드리기 위한 마음에서였다.

"은혁아."

집 안에서는 그를 반기는 어머니가 계셨다. 아버지는 아직 퇴근 시간이 아닌 관계로 집에 계시지 않았다. 단아한 모습의 어머니는 기품이 넘치는 분이셨다. 명성그룹의 조 여사와 같이 재벌가와는 거리가 먼 할아버지의 비서 출신이자 평범한 가정에서 자란 분이셨지만 어머닌 그 어떤 재벌가의 안주인보다도 품위가 넘치셨다.

"잘 지내셨죠?"

"그래."

아들을 품에 안으며 어머닌 눈물을 보이셨다.

"혼자서 미국생활 하기 힘들지?"

"아니요. 미국생활은 힘들지 않지만 어머니가 아직도 그립네요."

어머니를 안심시키는 말 중에 이 말이 최고였다.

"밥은?"

어머니는 언제나 그가 식사를 하고 다니는지가 가장 궁금하신 모양이었다.

"기내식 먹어서 괜찮아요. 이따가 아버지 오시면 저녁 먹을게요."

"그래, 얼른 가서 쉬어라. 참, 아영이는 봤니?"

"네."

"언제 오냐고 묻기에 가르쳐 줬다."

어디서나 아영이 이야기였다. 은혁은 한국에서의 한 달이 쉽지 않을 거라는 생각을 하며 자신의 방으로 올라갔다.

이때까지 은혁은 아영과의 파혼은 감히 생각지도 않았었다. 무거운 장남의 무게 때문이었다. 남들처럼 사랑에 빠져서 결혼을 하는 건 그의 상황과 맞지 않았다. 아버지와 어머니 같은 로맨스는 아주 드문 일이라는 생각을 할 정도로 그는 현실적인 사람이었다.

이층에 올라 그는 피곤함을 달래고자 샤워를 했다. 어깨 위로 떨어지는 물이 오늘따라 그의 삶의 무게처럼 무겁게 느껴지고 있었다.

“푸.”

그의 머릿속에 갑작스럽게 지은이 떠올랐다. 오늘 몇 번이나 그녀에 대해 신우에게 물었는지 모른다. 아영이 생각이 나야 마땅한데 참 묘한 일이었다. 얼굴 위로 흐르는 물을 손으로 쓸어 올리며 그는 혼란스럽다는 생각을 했다.

시차 때문인지 잠이 쉽게 오지 않아 그는 거실로 내려왔다. 그리고 아직 잠을 이루지 못하고 계신 어머니와 마주했다.

“잠이 안 와?”

“네, 좀 그러네요.”

냉장고에서 생수 한 병을 가지고 그는 어머니가 있는 거실로 와서 어머니 앞에 앉았다.

“뭐 하세요?”

“그냥 심심해서…….”

어머니는 예쁜 테이블보를 뜨고 계셨다.

"아영이 많이 컸지?"

"네."

"곧 있으면 우리 집 식구가 될 아인데 네가 잘 봐주렴."

어머니는 코바늘뜨기를 열심히 하시며 그에게 툭하고 뼈있는 말을 던지셨다.

"꼭 아영이하고 해야 하나요?"

"뭐?"

어머니가 뜨고 계신 걸 놓으시곤 그를 바라보셨다.

"파혼하겠다는 말은 아니지만 그냥 꼭 아영이어야 하나 하는 생각이 들어서요."

"아버지께서 실망하시겠지."

"어머니는요?"

"난 언제나 우리 아들이 행복하길 바랄 뿐이야."

지금도 그날 왜 그런 생각을 했는지 알 수가 없었다.

그때는 아영이 얼마나 그에게 부담이 될지 그리고 그의 마음속에 들어오지 못하게 될지 알지 못했었다.

손이 쥐어진 청첩장을 본 은혁의 입가에 비웃음이 번졌다.

"진작 이렇게 결혼하는 게 맞는 건데……."

신랑의 이름을 보니 더더욱 그런 확신이 드는 은혁이었다. 그와 헤어진 것이 아영을 위해선 잘된 일이었다는 생각이 들 정도였다. 둘이 열심히 붙어 다니더니 연정이와 신우처럼 결실을 이룬 것이다.

"신부 김아영. 신랑 주성빈이라……."

너무 잘 어울려서 웃음이 나올 지경이었다.

그 후로 오전 업무에 집중하다 보니 점심시간이 되어 있었다. 그는 식사를 하기 위해 지하에 위치한 직원 식당으로 향했다. 그러다가 문득 신우와 지은이 자료실에 있다는 게 기억이 나서 발길을 자료실 쪽으로 돌렸다.

자료실은 거대한 도서관 같았다. 처음 들어간 사람은 길을 잃기 십상일 것 같았다. 미로처럼 꼬불꼬불한 길에 실로 방대한 자료들이 가득했다.

"이거야?"

"응."

책장 너머에서 그들의 소리가 들렸다.

"우리 신우 진짜 똑똑해."

"감사합니다. 박 대리님."

아주 이것들이 하라는 일은 안 하고 시시덕거리고 있었다. 신우의 얼굴을 보러 왔다가 실망만 하고 있는 은혁이었다.

"속은 좀 괜찮아?"

"응, 아까보다 좋아졌어."

"야, 넌 무슨 여자가 칠칠맞지 못하게 사방에 멍투성이냐?"

"어? 그게……."

멍이라 함은 은혁이 어제 지은의 온몸에 찍어둔 키스마크를 말하는 것 같았다. 신우는 지은이 키스마크를 찍고 다닐 거라는 생각을 못 하는 듯했다. 하긴 지은도 자신의 몸에 수많은 자국들이 있는 줄 인지하지 못했을 수도 있었다.

지은은 처녀였다. 그녀의 첫 번째 남자가 그였다. 그녀가 떠난 자리에는 지은이 처녀였음을 알리는 자국들이 선명하게 남겨져 있었다. 그 생각을 하자 그의 아랫도리에 피가 다시 몰리는 느낌이었다. 여자와 수없이 많은 잠자리를 했지만 처녀는 처음이었다.

그녀는 무슨 생각으로 스스로 그에게 자신의 처녀성을 바친 것일까. 은혁은 아직 그 점이 궁금했다.

"어제 우리 형이 잘 데려다줬어?"

"어? 응."

"우리 형이 회사에선 무서워도 참 좋은 사람이야."

"알아."

갑작스런 동생의 말에 은혁의 얼굴에 미소가 걸렸다. 그리고 은혁은 조심스럽게 자료실을 나와 직원식당으로 향했다.

청담동의 최고급 피부 관리 숍에 들른 아영은 전신 관리를 받고 있었다. 다음 달이 결혼이라서 더더욱 바빴다. 정신을 차릴 수 없을 만큼 바쁜 나날이었다. 하지만 오늘은 그 시간을 쪼개서 아주 조금 다른 시간을 냈다.

"어쩜 피부가 이렇게 부드러우세요?"

"……."

일하는 종업원이 오늘 처음 그녀를 관리해 주는 모양이었다. 쓸데없는 소리를 하는 걸 보니 말이다. 아영은 일하는 여자들이 자신에게 말을 거는 것 자체를 싫어했다. 그래서 아영은 절대로 일하는 여자들과 말을 섞지 않았다.

"연정이 넌 언제 결혼해?"

지은과 가장 절친인 연정이 아영의 옆에 누워 있었다.

"몰라."

"약혼을 했으면 빨리 서둘러야지. 나처럼 넋 놓고 있다가 파혼당하지 말고."

아영과 연정은 때때로 필요에 의해서 만나는 사이였다. 그들이 재벌인 이상 서로를 등지고 살 수는 없다는 걸 알기 때문이었다.

"그래서 걱정이야."

연정이 한숨을 내쉬며 말했다. 오늘 그녀와 함께 피부 관리를 받겠다고 먼저 전화를 한 걸 보면 연정은 분명히 뭔가를 자신에게 말할 것 같았다.

"걱정이 있으면 해결을 해야지."

왠지 지은에 관한 일일 것 같았다. 연정이는 언제나 지은이 신우를 빼앗아갈까 불안해하고 있었다. 마치 그녀가 몇 년 전에 그랬던 것처럼 말이다.

"종년 때문이구나?"

종년이라는 말이 나오자 마시지를 하고 있던 여자의 손이 잠시 멈추어졌다. 꼴에 자존심은 있는지 종년이라는 소리가 듣기 싫었던 모양이었다.

"어."

연정이 술술 답했다.

"난 지은이가 신우 옆에 있는 게 불안하고 싫어."

"나도 재벌의 돈을 노리는 꽃뱀 같은 종년은 딱 질색이야."

"너도 꽃뱀 같다고 느끼는구나?"

연정이 갑자기 맞장구를 쳐주었다. 속이 많이 상한 모양이었다. 그런 기회를 놓칠 리가 없는 아영이었다. 연정은 단순해서 그녀가 살살 긁어만 준다면 쉽게 그녀에게 넘어올 스타일이었다.

"그런데 넌 친구잖아?"

"난 신우 때문에 지은이랑 있었던 거지. 그런 애랑 어울리는 게 좋진 않았어."

"하긴 우리 수준에 종년은 너무하잖아?"

아영이 슬며시 미소를 띠었다. 자신이야 결혼을 하게 되어 이제 은혁과의 인연은 끝이 났지만 지은에 대한 분노는 아직 여전히 남아 있었다. 태어나서부터 그녀의 옆에 있으면서 그녀보다 할아버지와 아빠의 사랑을 더 받았던 지은이 너무나 싫었다.

종년 주제에 공부도 잘하고 머리까지 좋은 지은이 아영은 언제나 눈엣가시였다. 10살 때였나? 진짜로 아영을 죽이려고 수영장에 밀어버린 적이 있었다. 어린이 수영장이 아닌 어른들이 수영도 하고 다이빙도 즐기는 곳이었다. 지금은 할아버지가 덮어버리긴 했지만 말이다. 종년이 죽어야 했는데 그 아비가 죽어 아영을 놀라게 한 일이 있었다.

수영도 못 하면서 자기 딸을 살리겠다고 수영장으로 뛰어든 남자였다. 수영장에 뛰어들기 전에 그가 아영에게 한 말이 떠올랐다.

"아가씨, 뭐 하시는 겁니까?"

아영이 지은을 미는 걸 그 아비가 일을 하다가 본 것이었다. 그녀는 아무도 없다고 생각을 했는데 그게 아니어서 얼마나 놀랐는지 모른다. 다행히 그는 죽었고 종년은 그때의 일을 기억하지 못했다.

"멍청한 년."

"어?"

"아냐? 종년이라서 그런가? 진짜로 기억해야 하는 일은 기억을 못 하고 있어."

아영은 남들이 듣거나 말거나 혼잣말을 했다. 그날의 일을 기억 못 하는 지은을 보며 아영은 진짜로 기억하지 못하는 건지 아니면 할아버지에게 말하려고 숨기는 건지 몰라서 어릴 때는 늘 불안에 떨어야 했다.

죽게 놔두지 딸이라고 구하러 들어간 정원사를 보며 아영은 한심하단 생각을 했었다.

"나한테 방법이 있어. 신우하고 지은이를 떼어놓을 수 있는 방법 말이야."

"진짜?"

"하지만 연정이 네 도움이 필요해. 하고 싶으면 말해."

"……."

쫄보 연정이 과연 그녀의 방법을 따를지 모르지만 연정이 신우를 얼마나 좋아하는지 아는 아영으로서는 연정이 어쩔 수 없이 그녀의 방법에 동참하리라고 생각했다. 결혼 전에 아주 재미있는 구경을 할 것 같았다.

하루 종일 자료실에 있다 보니 콧속에 먼지가 가득 담긴 것 같았고 이제는 종이 냄새에 신물이 올라올 것 같았다. 그래도 신우가 있어서 일이 빠르게 끝이 나긴 했다. 신우 녀석은 마음만 먹으면 참 잘하는데 그 마음을 먹는 일이 예나 지금이나 힘이 든 것 같았다.

"신우 넌 진짜 조금만 노력하면 은혁이 오빠, 아니, 본부장님보다 잘할 텐데……."

지은이 일을 하면서 구시렁거렸다.

"안타깝냐?"

"그래."

"사람은 다 그릇이란 게 있다. 위너는 우리 형만 잘하면 돼."

"너는?"

"나의 목표는 연정이하고 동남아의 작은 섬에 들어가서 작은 호텔을 하는 거야. 낮에는 느릿느릿 수영도 하고 저녁엔 손님들 바비큐도 구워주고 말이야."

왠지 그런 모습이 신우와 아주 잘 어울릴 것 같았다. 지은의 입가에 웃음이 걸렸다.

"잘 어울리는 것도 같다. 하지만 회장님이 허락하지 않으실걸?"

"빙고."

신우가 다시 커피 한잔을 그녀에게 주었다.

"오늘만 다섯 잔이야. 오늘 잠은 다 잔 것 같지 않니?"

“그것도 빙고.”

“그래도 마실란다. 지금 생각해 보면 연정이가 신우 너 진짜 많이 좋아했던 것 같아.”

“알아.”

“이제 결혼도 하니까 잘해줘.”

그녀의 말에 신우가 어색한 미소를 지었다.

“그런데 참 이상한 건 지은이 너한텐 편하게 잘해줄 수 있는데 연정이한테는 그게 잘 안 돼. 조금 부끄럽다고 해야 하나? 오글거려.”

이 말은 진짜 신우의 진심이었다.

“내가 예뻐서?”

“이상한 소리 하지 말고 일이나 하십시오. 박 대리님.”

“네, 네.”

다시 서류로 눈길을 돌린 지은이었다. 하지만 생각은 신우와 연정이랑의 일이 있었던 그리고 은혁 오빠를 다시 만났던 그때로 돌아가고 있었다.

7년 전, 지은의 하루하루는 너무나도 바빴다. 7월의 열기만큼이나 그녀의 시계도 연기를 뿜으며 빠르게 돌아가고 있었다. 몸이 열 개라도 부족한 상황이었다. 열혈 친구인 신우 덕분에 재벌가의 과외만 4건이었다. 모두들 일주일에 2번씩 듣기를 원해서 고3 때보다 더 열심히 공부해서 아이들을 가르치느라 지은은 정신이 없었다.

아무리 초, 중, 고 때 아영이 숙제를 하느라 남들보다 2배는 힘이 들었다고 하지만 지금은 대학에 합격시켜야 하는 부담감 때문에 아이들에게 더 신경을 쓰고 있었다. 숙제만 하는 것과는 차원이 다른 일이었다.

오늘은 동민건설의 막내아들 과외가 있는 날이었다. 녀석이 아주 똘똘했다. 전교에서 1등을 놓치지 않았고 대학도 국내 대학이 아닌 하버드나 예일을 목표로 공부를 하고 있는 아이였다. 다 좋은데 집이 평창동이라서 그녀가 과외하는 아이들 중에선 가장 거리가 멀었다.

시간에 맞춰서 집에 도착을 하니 오늘따라 문 앞에 고급차들이 줄을 서 있었다.

"무슨 일이 있나?"

아무런 생각 없이 초인종을 눌렀던 지은은 문이 열리고 안으로 들어가자 왜 이렇게 밖이 분주한지를 금세 알 수가 있었다. 정원에서 가든파티가 벌어지고 있었다. 지은은 그들이 보이지 않는 조명이 없는 어두운 쪽을 선택해서 집 안으로 조심스럽게 들어갔다.

어린 시절 명성가에서 열리는 파티는 그녀에겐 괴로움의 시간이었다. 화려하게 차려입은 아영의 옆에 서서 마치 시녀처럼 시중을 들었던 지은이었다. 굳이 지은이 필요 없음에도 아영은 그녀를 들러리로 파티장 끝에 세워두고 같은 학교에 다니는 아이들 앞에서 망신을 주곤 했었다.

특히 아영의 생일파티 때는 더욱더 심했다. 같은 학교에 다니는 재벌가의 친구들을 다 모아놓고 그녀를 망신시키는 게 아영의 취미였다. 아직도 귀에 종년이라는 단어가 울리는 것 같았다.

조용히 집 안으로 들어간 지은은 유빈의 방 안으로 들어갔다.

"안녕."

"안녕하세요?"

듬직한 유빈의 목소리가 방 안을 울리고 있었다.

"안 시끄러워?"

"익숙해서 괜찮아요."

"파티를 자주 하나 봐?"

"형들은 건수만 잡으면 집에서 파티를 열어요. 오늘은 친구가 미국에서 일시 귀국했다고 저 난리예요."

형들보다 더 어른 같은 유빈이었다.

"우리 유빈이 착하다."

고1인 유빈이는 장래가 촉망되는 아이였다. 그리고 생각보다 그녀를 잘 따르고 재벌가의 아이답지 않게 겸손하기까지 했다. 마치 어린 신우를 보는 것 같아 지은은 유빈을 볼 때마다 기분이 좋았다.

"어디 보자. 영어부터 할까?"

"네."

유빈은 집중력도 좋았고 질문도 많았다. 공부를 잘할 수밖에 없는 아이였다.

밖의 음악 소리가 점점 더 심해졌다.

"시끄러우시죠?"

오히려 유빈이 그녀를 걱정하고 있었다. 그런 유빈이 기특해서 지은은 유빈의 머리를 쓰다듬어 주었다.

"조금."

"저 삑사리 나는 색소폰 연주는 우리 둘째 형 솜씨예요. 맞다. 누나도 우리 형 알죠?"

지은이 고개를 끄덕였다. 초등학교 동창인 성빈은 그녀와는 그리 친하지 않았지만 아영이와는 아주 친한 사이였다.

"큰형 친구 약혼식 때 불 거래요. 아주 분위기 망치기로 작정했나 봐요."

지은은 유빈의 투덜거림에 웃음을 참지 못했다.

"그래도 아주 친한가 봐."

"당연히 친하죠. 우리 쪽에서 친구 없기로 소문이 난 우리 둘째 형과 큰형 친구 약혼녀가 친구래요. 둘이 서로 친구가 없다나 봐요. 아주 베스트 프렌드죠. 저런 음이탈까지 참아줄 정도로요.”

연주 실력이 아무것도 모르는 지은이 듣기에도 심각했다.

과외가 끝이 나고 지은은 왔던 길로 조용히 빠져나가고 있었다.

“박지은!”

갑자기 누군가 그녀를 부르기 전까지 말이다. 그녀는 못 들은 척 지나가려 했다. 목소리만 들어도 이제는 소름이 끼치기 때문이었다.

“종년!”

순간적으로 지은의 발이 멈추었다.

“이렇게 불러야 알아듣는구나?”

아영의 옆에 성빈이 색소폰을 들고 서 있었다.

“집 나가서 여기저기 과외하고 돌아다닌다며?”

상대하고 싶지 않았다.

“넌 내 옆에서 종살이 할 때가 가장 어울려. 알아?”

“김아영!”

더 이상은 참기 싫었다. 아니, 이제 참을 이유 따윈 없었다. 화려한 드레스를 입은 아영과 청바지에 티를 입고 가방을 메고 있는 지은은 입고 있는 옷이 다를 뿐이지 같은 사람이었다. 지금은 아영에게 도움을 받고 있지도 않았고 그동안 충분히 괴롭힘을 당하며 교육비를 지원해 준 걸 갚았다고 생각했다.

"오올, 이제 대드는 거야?"

"난 이제 더 이상 너의 말 따위는 들을 필요가 없어."

"뭐? 따위? 미쳐가는구나?"

아영의 얼굴이 붉으락푸르락해지고 있었다.

"이젠 너의 종이 아니니까. 너도 더 이상 날 괴롭히지 않았으면 좋겠어. 우리 이제 아는 척하지 말자."

"야!"

순간적이었다. 아영의 손이 지은의 얼굴을 향해 날아들었다. 어찌나 손이 매운지 얼굴이 화끈거렸고 고개가 옆으로 홱 돌아갔다.

그때였다.

"무슨 일이야?"

깊은 울림을 담은 목소리가 깊이 있게 들려왔다. 결코 잊을 수 없는 소리가 그녀를 사로잡았다.

"왜 그래?"

"오랜만에 지은이를 만나서 좋았는데 지은이가 아는 체하지 말라고 해서 너무 놀란 나머지……."

아주 가련한 주인공도 저런 주인공이 없었다. 통통한 몸매가 아니라 아주 가냘픈 몸매였다면 속을 뻔한 완벽한 연기였다. 지은을 때린 이유가 놀랐기 때문이란다. 기가 막힐 따름이었다.

"안 그래, 성빈아?"

"어, 지은이가 그랬지."

바보 멍청이 성빈은 아영의 말에 격하게 동조를 하고 있었다.

"그런데 형은 어떻게 종년, 아니, 지은이를 알아요?"

"그건 네가 알바 아니고."

은혁이 화가 났는지 성빈의 말에 까칠하게 답했다.

"지은이랑 같이 은혁이 오빠한테 과외 받았어."

"어쩐지 아무것도 없는 게 혜택이란 혜택은 다 받았어."

지은은 성빈과 아영이 뭐라고 하던지 은혁을 쳐다보느라 정신이 없었다. 심장이 멈춘 것 같았다. 첫사랑을 다시 보는 느낌이 이런 것이구나 하는 생각이 들었다. 누군가 나대지 마 심장아라고 말했는데 지금 그녀가 딱 그렇게 자신의 심장에 말해주고 싶었다.

커다란 키에 딱 벌어진 어깨, 거기에 검게 그을린 피부까지 상남자의 멋짐은 다 가진 은혁이었다. 유혹적인 깊은 눈빛까지. 지은은 자신이 지금 숨은 제대로 쉬고 있는지 알 수가 없었다. 아영에게 뺨을 맞은 것조차 잊은 채로 지은은 멍하게 서 있었다.

"지은아, 오랜만이다."

"……."

너무 떨려서 입 밖으로 말이 나오지 않았다. 지은은 있는 힘을 다해 정신을 집중해서 겨우 고개를 숙이는 것으로 인사를 대신했다.

"여긴 어쩐 일이야?"

"제 동생 과외해요."

성빈이 그녀 대신에 그녀가 왜 여기에 이렇게 멍청히 서 있는지 말해주고 있었다.

"오빠, 이제 그만 가요."

"형님 가시죠."

아영과 성빈이 은혁의 양팔을 잡고는 안으로 끌고 들어갔다. 지은은 그 장면을 그저 보고 있을 수밖에 없었다. 오랜만이라고 반갑다고 커피 한잔 사드릴게요, 라고 말하고 싶었지만 오늘도 역시 지은에겐 그런 말을 할 기회가 주어지지 않았다.

언젠가 우연히라도 은혁을 만난다면 고맙다는 말은 꼭 하고 싶었다. 그녀에게 처음으로 용기란 걸 준 사람이었다. 멋진 모습으로 자라는 걸 보고 싶다는 그에게 정말 멋진 모습을 보여주고픈 지은이었다.

발길이 쉽게 떨어지지 않았다. 하지만 지은은 그 자리에 자신이 너무나 안 어울린다는 걸 누구보다 잘 알았다. 그녀는 이방인이었고 지금은 떠날 시간이었다.

지은이 오피스텔에 도착하자 아까부터 자리를 차지하고 앉아 있던 신우는 빌려온 만화책을 읽고 있었다. 녀석은 집주인이라는 이유로 그녀의 집을 마치 자신의 아지트처럼 사용하고 있는 것 같았다.

가끔 그녀보다 먼저 집에 와서 이렇게 만화를 탐독하고 있어서 지은을 놀라게 한 적이 한두 번이 아니었다. 몇 번 말을 했는데도 소용이 없었다.

대학을 가기 전까지 신우네 집에서 금기하던 것이 3가지가 있었다. 바로 술, 담배, 만화책이었다. 뭔가에 빠지면 정신을 못 차리는 이씨 집안 남자들에겐 각각 금기 항목이 있다고 신우가 말했었다.

상황에 따라 다르긴 했지만 온화한 엄마가 불같이 화내는 걸 보고 싶으면 3가지 중에 하나만 하면 된다는 것이다. 신우는 특히 만화를 좋았다. 신우 엄마는 책을 원했지만 말이다. 지금은 이렇게 지은의 집에 와서는 마음껏 보고 갈 수가 있어서 좋다고 했었다.

지은이도 그가 만화를 보는 걸 좋아하지 않았다. 특히 라면을 끓여 먹고는 설거지도 하지 않고 가버린다고 엊그제는 꺼지라는 말까지 했었다. 하지만 그에 굴한다면 이신우가 아니었다.

딩동!

"아이 씨."

연정이가 온 모양이었다. 결정적인 장면을 읽고 있는데 방해꾼이 오자 신우는 기분이 좋지 않은 얼굴로 문을 열어주기 위해 현관으로 향했다.

"누구세요?"

"나야."

묻지 않아도 뻔했지만 혹시나 해서 물었는데 역시나 연정이었다.

"뭐야?"

"지은이는?"

"씻으러."

지은이 씻는다는 소리에 연정의 표정이 좋지 않았다. 옷을 갈아입고 나와 보니 분위기가 심상치 않아 보여 지은은 주방으로 향했다.

"연정이 왔어? 라면 끓여줄까?"

"……."

지은의 물음에도 연정은 답이 없었다.

"왜 주인도 없는 집에 있는 거야?"

"이 집 주인은 나거든."

"아무리 그래도 이렇게 여자 혼자 사는 집에 단둘이 있는 건 아니지 않아?"

"오늘 왜 그래?"

솔직히 지은도 신우가 이렇게 빈집에 있는 게 좋지는 않았는데 갑자기 연정이 콕 찍어 이야기를 하니 조금 민망한 생각이 들었다.

"아냐."

"아니긴, 그날이냐?"

평소의 연정의 모습과는 아주 달랐다. 마냥 신우만 보면 좋다고 하던 연정이가 아니었다.

"말해."

신우가 고개 숙인 연정을 보며 물었다. 모델처럼 큰 키에 그만 보면 연체동물같이 굴었지만 연정은 확실히 세련되고 예뻤다.

"나 이번 주말에 선봐."

"선?"

연정이 다른 남자와 결혼을 한다는 건 한 번도 상상해 본 적이 없었다. 결혼이라니, 이건 말이 안 되는 일이었다.

"왜?"

신우는 자기도 모르게 이유를 물었다.

"아영이가 은혁이 오빠와 결혼하는 것과 같은 이유야."

"정략결혼?"

"이 바닥에선 흔한 일이야."

흔하다는 것과 연정이 그 흔한 일을 하는 것은 다른 일이었다. 지은도 라면을 끓이다가 말고 놀란 얼굴로 연정이를 보았다.

"누구랑 선을 보는데?"

"너도 아는 사람."

"그게 누군데?"

"현빈이 오빠."

"동민건설? 성빈이네 큰형?"

연정이 말없이 고개를 끄덕였다.

"안 돼."

신우가 단호하게 말했다. 연정이가 천하의 바람둥이 주현빈과 선을 보다니 안 될 말이었다. 은혁이 형과 친구인 현빈은 신우가 가장 싫어하는 타입이었다. 돈으로 여자들을 현혹시키고 데리고 놀다가 쉽게 버리는 아주 인간 말종이었다.

형의 친구만 아니었어도 상종을 안 할 인간이라고 늘 지은에게 말했었다.

"그럼 어쩌라고? 엄마는 선봐서 당장 시집을 가라고 하는데……."

연정의 커다란 눈에 눈물이 그렁그렁했다.

"울지 마. 여자 우는 거 진짜 질색이야."

"맥주나 한잔하자."

지은이 라면을 소파 테이블 위에 올려놓았다.

"여기서?"

"그럼, 이 기분에 어딜 가?"

대학에 진학하고 느는 건 술뿐인 것 같았다. 냉장고에서 신우가 채워놓은 맥주와 치즈를 꺼내 들고는 연정과 신우 앞에 앉은 지은이었다.

"마셔, 그리고 울지 마. 방법이 있을 거야."

연정이는 3캔째에 뻗어버렸지만 신우는 전혀 취하지 않았다.

"지금 잠이 오냐?"

소파에 쓰러진 연정이를 보며 신우가 구시렁거렸다.

"왜 자꾸 그래? 연정이라고 마음 편하겠어?"

"연정이 선본대."

신우가 쓰러져 있는 연정이를 보며 말했다.

"알아. 취했냐? 같이 들은 말 반복하게."

지은은 연정의 마음을 몰라주는 신우가 미워서 한마디 톡하고 쏘아붙였다.

"오늘 보니까 현빈이라는 사람, 여자들 양 사이드로 끼고 있던데……."

"오늘 유빈이 과외였어?"

지은이 고개를 끄덕였다.

"그 집에서 멀쩡한 놈은 유빈이뿐인데. 차라리 유빈이랑 선을 보면 안심이라도 되지."

"진짜?"

"진짜라니? 무슨 뜻이야?"

지은이 그를 똑바로 쳐다보며 점점 다가와서 코앞까지 얼굴을 들이밀었다.

"내 생각엔 말이야. 아무리 멋진 놈이 온다고 해도 넌 연정이가 선보는 거 싫어할걸?"

"아, 아니야."

"아니긴, 연정이 데리고 가라. 난 지금 그만 쉬고 싶다."

지은의 말에 신우의 눈길이 소파에 아무것도 모른 채 널브러져 있는 연정이를 바라보았다. 오늘따라 취해서 정신없이 자고 있는 연정이의 얼굴을 신우가 넋을 놓고 보고 있었다.

"미친놈."

신우가 고개를 흔들었다.

"미친 게 분명해."

"내 생각도. 잘 가라. 맥주 마신 건 내가 치울게. 문 잘 닫고 가."

"뭐가 이렇게 무겁냐?"

지은은 그날 신우의 눈빛에서 신우가 연정이를 좋아하고 있음을 느꼈다. 말은 툭하고 뱉을 순 있어도 눈빛까지 속일 수는 없는 노릇이니까.

그래도 지금 생각해 보면 그런 신우의 눈빛을 못 읽은 연정이 이상했다. 누가 봐도 신우는 연정이만 보고 있는데 말이다. 답답하게 표현을 안 해서 그렇지 신우가 하는 행동에는 연정이를 좋아하지 않고서는 할 수 없는 게 많았었다.

"으자차, 퇴근 시간입니다요."

"30분만 더해. 그러면 끝나."

신우가 기지개를 켜고 있던 소리에 놀라 옛 생각에서 빠져나온 지은이 민망함에 퇴근 시간을 30분 뒤로 미루었다.

"대리님."

"대리고 뭐고 빨리 끝내."

"넵."

여전히 귀여운 신우였다. 지은은 왜 이렇게 괜찮은 녀석을 자신이 남자로 못 느끼는지 알 수가 없었다. 신우는 연정의 남자였다. 둘이 잘되길 바라는 마음뿐이었다.

"끝나고 삼겹살에 소주 한잔?"

"오늘?"

"하루 종일 이곳에서 먼지를 뒤집어썼더니 콧구멍에 먼지가 잔뜩 끼어서 우리 대리님께서 한턱 쏘셔야 할 듯합니다."

신우가 극존칭을 써가며 애교를 부리고 있었다. 연정이한테 저러면 참 좋으련만…….

"알았다. 어제에 이어 술을 마시는 건 좀 그렇지만 신우 네가 그렇게 말하니 내가 한턱 쏘지."

신우가 괴성을 지르며 아주 좋아했다.

퇴근 후에 자료실로 내려간 은혁은 아직도 아기자기하게 놀고 있는 지은과 신우를 보고는 발걸음을 돌렸다. 신우 녀석이 약혼녀인 연정이 아닌 지은에게 관심이 있는 게 아닌가 하는 생각이 자꾸만 들었다.

아직도 어젯밤에 그의 품속에서 뜨겁게 타오르던 지은이 그대로 느껴지고 있는데 지은은 이제 그의 동생을 유혹하고 있었다. 자료실에서 말없이 나온 은혁은 헛웃음이 났다.

"담배 있나?"

옆에 서 있던 채 실장에게 그가 물었다. 채 실장이 말없이 그에게 담배와 불을 건넸다.

"무슨 안 좋은 일이라도……."

"아니야."

"담배를 아주 오랜만에 찾으셔서……."

담배를 끊은 지 1년이 넘었지만 지금은 왠지 속이 탔다. 요즘은 아무데서나 담배를 피울 수 있는 상황이 아니라서 그는 1층의 한쪽 끝에 마련된 흡연실에 잠깐 들러 담배를 피웠다. 퇴근 시간이라서 흡연실에는 아무도 없었다.

"한 대 더 줘봐."

채 실장이 담배를 한 대 더 그에게 건넸다.

"채 실장은 여자 있나?"

하얀 연기를 뿜으며 물었다.

"아직 없습니다."

"이상하군. 겉보기엔 멀쩡한데 여자가 없다?"

"죄송합니다."

"나한테 죄송할 일은 아니지."

채 실장이 옆에 서서 안절부절못하고 있었다. 은혁의 개인적인 일은 그가 해결해 줄 수 없기 때문이었다. 특히 여자 문제는 말이다.

"내가 약혼을 하기 위해서 잠깐 한국에 들어온 적이 있었어."

"언제 말씀이십니까?"

"7년 전인가? 하여튼 그 당시엔 많은 일들이 있었어."

그는 담배 연기를 뿜어내며 긴 한숨을 쉬었다. 그때는 모든 게 아버지 중심이었다. 아버지의 말이라면 어기는 법이 없던 은혁이었다. 지금 생각해 보면 아영과의 약혼은 아버지가 그에게 시킨 일 중에서 가장 하기 싫은 일이었다.

7년 전에 그가 한국에 왔을 때 현빈이가 열어준 파티도 은혁에겐 진짜 따분하기 짝이 없었다. 모든 게 다 마음에 들지 않았다.

따분함의 연속인 환영파티였다. 성빈의 웃긴 색소폰 연주 때를 제외하고는 은혁은 굳은 얼굴로 파티장에 가만히 서 있었다. 이러니 신우가 그렇게 같이 가자고 하는데도 끝까지 오지 않은 것이었다.

"오빠~앙."

오빠라고 하면 되지 거기에 이응이 붙으니 여간 듣기 싫은 게 아니었다. 평소에 친절한 성격이 아닌 그였다. 하고 싶은 말은 다 하지 않았지만 굳이 마음에 들지 않는데 좋다고 하는 스타일도 아니었다.

일할 때는 까칠하고 평소에는 무심한 그였다. 살면서 여태까지 단 한 번 타인에게 친절이란 걸 보인 적이 있었다. 그건 아영과 지은의 과외를 할 때였다. 아버지의 강요로 시작한 일이었지만 그의 평생 가장 타인에게 친절하게 굴었던 때였다.

아까 지은을 보고 그는 조금 충격을 받았다. 화려한 파티장의 아름답게 꾸민 여자들보다 청바지에 흰색 티를 입은 지은이 훨씬 더 그의 눈에는 예쁘게 보였기 때문이었다. 그의 입가에 미소가 번졌다. 예쁘고 멋지게 자라달라는 그의 말을 아주 잘 들었던 것이었다.

"오빠~앙."

"어? 왜?"

"우리 다른 곳에 가서 와인 한잔할까요?"

아영은 어릴 때의 모습이 훨씬 귀엽고 예뻤다. 지금은 뭐랄까, 통통하고 작은 것이 꼭 아줌마 몸매 같았다. 어릴 때는 커다란 눈이 아주 예뻤는데 지금은 뭘 어떻게 고쳤는지 상당히 매서운 눈이 되어 있었다.

거기다가 20살인데도 이상하게 느끼함을 장착한 아영이었다. 한마디로 그와 약혼할 여자만 아니라면 두 번은 만나고 싶지 않은 스타일이었다.

"오늘은 선약이 있어."

"이 시간에요?"

"신우랑 만나기로 했어."

"신우요? 신우라면 집에서 보면 되는 것 아니에요?"

이렇게 말을 길게 물고 늘어지는 건 싫었다. 그냥 아니라고 하면 그걸로 알았다고 얘기하는 게 그는 좋았다.

"지금 가야겠어."

"오빠, 그렇게 가면 어떻게 해요? 오늘 주인공은 오빤데……."

아영이 실망한 얼굴로 그를 보았다. 과하게 파인 드레스를 입은 아영이 가슴을 그에게 들이밀며 손은 그의 가슴에 댔다. 순간 소름이 확 끼치는 은혁이었다. 과연 접촉만으로도 소름이 끼치는 여자와 살 수 있을까라는 생각이 들자 한숨만 나왔다.

은혁은 파티를 주최한 현빈에게 간다는 말만 남기고 자리를 떠났다. 이대로 집에 들어가면 여우 같은 아영이 엄마가 집으로 전화를 할 게 뻔했다. 그래서 은혁은 요즘 신우가 잘 가는 그의 오피스텔로 가기로 마음을 먹었다.

어머니 말씀이 신우가 만화책을 읽으러 오피스텔에 자주 간다고 하셨다. 자신의 오피스텔을 신우가 쓰고 있었다. 물론 지금 그가 쓰지 않으니 신우가 써도 상관은 없었지만 오늘 같은 날은 그도 혼자서 쉬고 싶었다.

오피스텔에 도착한 은혁은 오랜만에 동생과 편안한 시간을 갖기로 마음을 먹었다.

디리릭—

다행히 카드키가 지갑에 있었다. 문을 열고 들어가자 그가 떠나기 전과는 다른 분위기의 실내가 그의 눈에 들어왔다.

"핑크?"

신우의 취향이 그가 미국으로 간 사이에 많이 변한 것 같았다. 은혁은 소파 옆에 즐비한 만화책들을 보며 미소 지었다.

"취향은 여전하군."

그리고 어지럽게 널려진 맥주 캔들을 치웠다. 녀석은 들어가서 자는 모양이었다. 대충 캔들을 치우고 소파에 앉은 그는 모처럼 편한 시간을 즐겼다. 미국으로 가기 전에 그가 하나 장만한 아지트였다.

집에서의 간섭을 대학에 들어가서는 받고 싶지 않았기 때문이었다. 덕분에 그 대신에 신우가 그 자유를 즐기고 있긴 했지만 말이다.

"으으윽, 샤워나 한번 할까?"

그는 기지개를 켜고 자리에서 일어나 안방으로 걸음을 옮기려던 순간 그대로 그 자리에 얼어붙고 말았다. 수건 한 장으로 몸을 가리고 나온 인어가 그의 앞에 있었기 때문이었다. 둘은 서로 눈이 마주쳤지만 당황해서 멍하게 서로만 바라보고 있었다.

"지은아, 네가 어떻게……."

머리는 물기가 있는 채로 길게 늘어뜨려 작은 수건 한 장으로 앞만 겨우 가린 지은의 어깨 위로 물방울이 맺혀 있었다.

"여, 여긴 어떻게……."

놀란 지은은 몸까지 빨갛게 변해 있었다. 은혁은 자꾸만 눈길이 가는 그녀의 풍만한 가슴에서 억지로 눈길을 돌렸다.

"그건 내가 묻고 싶은 말인데? 신우 안에 있어?"

신우가 지은과 함께 있다는 생각에 순간 화가 치밀어 올랐다. 지은이와 신우가 사귄다는 생각이 들자 온몸에 힘이 빠져나가는 느낌이었다. 하지만 신우와 지은은 이제 어엿한 성인이었다. 그가 이들의 섹스라이프까지 참견할 일이 아니었다.

"없어요."

"어딜 갔는데?"

"자기 집에요."

여기에 자주 오는 이유가 지은이 때문이라니 기가 막혔다. 그랬으면 그가 귀국해서 지은에 대해 물었을 때 둘이 사귄다고 말했다면 이렇게 실망하지는 않았을 텐데…….

"난 좀 쉬려고 했는데 오늘은 안 되겠네."

"저, 여기서 살아요."

그가 돌아서자 지은이 그에게 말했다.

"신우랑 그런 사이 아니에요. 지금은 오갈 곳이 없어서 신우가 집을 빌려준 거예요. 전 신우 건 줄 알았어요. 이 집이 오빠 거라면 비울게요."

숨도 쉬지 않고 지은은 말을 쏟아내고 있었다.

"아니, 그럴 필요 없어. 감기 들겠다. 옷 입어."

그는 그 길로 오피스텔을 나왔다. 근래에 가장 놀란 일이었다. 지은이 그 집에 있어서 놀란 게 아니라 신우와 지은이 사귄다는 생각이 들자 화가 났다. 은혁은 그런 생각을 하는 자신에게 더없이 놀란 것이었다.

은혁은 자신의 차에 오르며 손으로 가슴을 쓸어내렸다. 심장이 미친 듯이 뛰고 있었다. 그는 대리기사를 부르고 기다리는 내내 자신의 머릿속에서 떠나지 않는 지은의 모습을 지우려고 애를 썼다.

빛을 머금은 하얀 피부는 너무나 황홀할 정도로 반짝이고 있었고 물기를 머금은 그녀의 머리카락은 동화 속의 인어를 연상시켰다. 거기에 놀란 눈으로 그를 보던 눈동자는 그의 마음을 사로잡기에 충분했다.

"미쳤어."

안 될 말이었다. 그는 약혼할 여자가 있었고 지금은 여자를 생각할 상황이 아니었다. 대리운전 기사가 도착하자 은혁은 신우에게 전화를 걸었다.

"어디야?"

[집.]

"너 나랑 애기 좀 해."

[나 졸려.]

"나 오피스텔인데 어떻게 된 일이야?"

[형, 내가 갈게.]

"아냐, 내가 지금 집으로 가고 있어. 집에서 얘기해."

[형, 엄마한테는 비밀이야. 알았지?]

"집에서 얘기해."

[알았어.]

신우와 이야기를 해야 할 것 같았다. 신우가 아주 위험한 여자를 집으로 들인 느낌이 드는 건 단순한 은혁의 기우이기를 바라면서 말이다.

집에 도착한 은혁은 2층에서 서성이는 신우를 잡아끌어서 자신의 방으로 데리고 들어갔다.

"언제부터야?"

"대학 입학하기 전부터. 지은이가 진짜 갈 곳이 없었거든. 그리고 거긴 비어 있었고."

"정말 그것뿐이야?"

"응."

"아니지? 또 다른 뭔가가 있지?"

"형, 난 지은이하고 그런 사이 아니야. 우린 친구라고."

아주 어이없는 말을 쏟아내고 있는 신우였다.

"남자하고 여자가 친구가 어디 있어?"

"여기."

"진짜 형한테 혼나볼래?"

신우에게 화를 잘 내지 않는 은혁이었지만 오늘은 상황이 달랐다.

"미안해. 하지만 지은이는 쫓아내지 말아줘. 불쌍하잖아."

그날 은혁은 신우를 얼마나 잡았는지 모른다. 지금 생각해 보면 굳이 그럴 필요가 있었을까 할 정도로 그는 신우에게 화를 많이 냈었다.

지은의 벗은 몸은 그에게 아주 야릇한 환상을 불러일으켰고 신우에게 질투가 났던 게 분명했다. 그리고 세월이 흐르는 동안 그의 가슴속에 깊이 숨겨두었던 마음이 조금씩 살아나서 그를 당황스럽게 만들고 있었다.

"후~"

담배 연기를 길게 뿜어내며 은혁은 씁쓸한 미소를 지었다.

"남동생이 있다고 했지?"

자판기의 커피를 뽑아 그에게 건네는 채 실장에게 물었다.

"네, 군인입니다."

"말은 잘 듣겠군."

"얼굴 볼 사이가 없어서요."

"하긴. 떨어져 있는 게 더 좋을 수도 있지."

그때였다. 일을 마쳤는지 신우와 지은이 회사에서 걸어 나오고 있었다. 뭐가 그렇게 좋은지 사람들을 의식하지도 않고 둘은 웃으며 회사 뒤쪽의 먹자골목으로 향하고 있었다. 어제 그들이 회식을 했던 장소도 회사 뒤쪽의 먹자골목이었다.

지은의 환상적인 바디 라인이 역광에 그대로 비쳐지고 있었다.

"박 대리하고 이신우 씨네요."

채 실장도 둘을 본 모양이었다.

"……."

"동창이어서 그런지 아주 친한 것 같습니다."

"……."

"회사 사람들이 이신우 씨를 아주 부러워합니다."

"왜?"

"우리 회사에서 가장 인기가 많은 박 대리와 막역한 사이니까요. 아니, 대부분의 사람들은 둘이 사귀는 게 아닌지 의심을 하고 있습니다. 이신우 씨가 약혼만 안 했어도 둘은 사귄다는 소문이 돌았을 겁니다."

동생의 세컨드가 될 수도 있는 여자였다. 어차피 동생은 연정이와 결혼을 할 것이기 때문이었다.

"세컨드가 되려면 내 쪽이 훨씬 낫지."

"네?"

"가지."

아무리 생각을 해도 세컨드가 될 거면 그의 조건이 신우보다 더 좋았다. 그는 하루 동안 지은 때문에 맘 졸이던 걸 생각하니 화가 났다. 지은은 저렇게 아무렇지도 않은데 말이다.

은혁은 차가운 표정으로 흡연실을 빠져나와 자신의 아파트로 향했다.

2. 마음속의 그 남자

탁탁탁!

"선생님?"

서희가 지은을 불렀다.

"뭐가 안 풀리니?"

"아뇨, 아까부터 볼펜으로 책상을 두드리고 계시니까 신경 쓰여서요."

똑 부러지는 아이였다.

"미안."

어제 은혁의 갑작스러운 출현으로 지은의 상태는 오늘 하루 종일 불안정했다. 왜 하필 옷을 몽땅 벗고 있는 상황에서 은혁이 등장을 해서 멋진 모습을 보여주고 싶어 했던 그녀의 노력이 한순간에 물거품이 되어버렸다.

"사람을 뭐로 봤을까?"

"선생님?"

"아니야, 미안해. 오늘 쌤이 정신이 불안정하다."

"연애하세요?"

서희는 또래에 비해 성숙했다. 똑 부러지는 성격에다가 말도 어찌나 조리 있게 잘하는지 어떨 때 보면 고1 같지 않고 꼭 그녀의 언니 같았다.

"아니."

"아니면 짝사랑하세요? 제가 그거 해봐서 아는데 별로 좋을 게 없어요. 식욕 떨어지니 건강에도 안 좋고 잠도 못 자니 피부에도 안 좋고 말수가 줄어드니 사회생활에도 안 좋아요."

"넌 어쩜 이렇게 말을 잘하니?"

"다년간의 경험 때문이죠. 좋을 게 없으니 빨리 포기하시고 저한테 좀 신경 좀 써주세요."

"어? 미안."

요즘 아이들은 말로는 이길 수가 없는 것 같았다.

"쌤."

"어, 말해."

"뭘 하시든지 전 쌤 편이에요."

지은이 서희의 머리를 쓰다듬어 주었다. 든든한 지원군이 하나 생긴 기분이었다.

"혹시 신우 오빠 때문이에요?"

"아니, 신우는 너 가져."

"쌤, 전 언제나 쌤 편인 거 잊지 말아주세요."

신우 녀석에게 허덕이는 인간이 여기 또 있었다. 매력도 없는 녀석이 여기저기 페로몬 향을 뿌리며 여자들의 정신을 못 차리게 하고 있었다.

"오늘은 신우 오빠 안 만나세요?"

"아니, 오늘은 아무도 만나고 싶지 않은 날이다."

"하루 정도는 쌤의 눈도 쉬셔야죠."

"내 눈이 왜?"

"신우 오빠의 빛나는 외모에 눈이 멀 수도 있으니까요."

"다음 장."

"넵."

서희 때문에 약간 정신을 차릴 수 있었지만 지은은 여전히 어제의 일로 힘든 하루를 보내고 있었다. 고단한 하루를 보낸 지은은 오피스텔로 향했다. 산 지 몇 달 되지 않았지만 이곳은 그녀의 보금자리였다.

하지만 오늘은 보금자리에 들어가기 전에 아주 커다란 방해물이 그녀 앞을 막고 있었다.

"박지은."

아영이었다. 어릴 때는 귀엽고 예뻤는데 크면서 이상하게 점점 볼품이 없어져 가고 있는 아영이었다. 김씨 집안의 내력인지 짧은 다리와 커다란 가슴이 꼭 아이를 출산한 아줌마의 몸매가 연상되게 만들었다.

그러니 아무리 예쁜 옷을 입어도 태가 나지 않았다.

"여긴 무슨 일이야?"

오늘도 아영의 옆에는 성빈이가 서 있었다.

"경고하려고."

"어?"

밑도 끝도 없이 말하는 버릇은 여전했다.

"내 남자 건드리지 마."

"누가 네 남자야? 성빈이?"

지은도 더 이상은 참을 수가 없었다.

"은혁이 오빠한테서 떨어지지 않으면 네 엄마는 우리 집에서 쫓겨나게 될 거야."

아영은 다른 건 다 포기가 빠른데 못된 짓은 끝까지 했다. 그걸 누구보다 잘 아는 지은이었다.

"종년이면 종년답게 굴어."

"아영아, 지금은 조선시대가 아니야. 종년이……."

짝!

아주 찰진 소리가 나면서 지은은 뺨에서 불이 나는 게 느껴졌다.

"말대꾸하지 마. 내 앞에서 똑똑한 척도 하지 마. 나도 너만큼 참으며 살았으니까. 하지만 이제는 안 참아. 은혁이 오빠한테 꼬리 치지 마. 내가 어떤 사람인지 알고 싶지 않으면."

지은은 입술을 깨물며 이 상황을 참고 있었다. 오피스텔의 출구에서 벌어진 일에 사람들이 힐끗거리며 쳐다보고 있었다.

"겁 없이 까불면 창피한 게 어떤 건지 보여주겠어. 가자."

"어? 어."

성빈이가 아영의 뒤를 따라갔다. 지은은 설움에 눈물이 나오려고 했지만 이를 악 물고 참았다. 은혁을 차지하려고 생각해 본 적은 한 번도 없었다. 그냥 탐이 나는 사람이고 좋은 사람이었다.

그런 마음은 속으로 얼마든지 가질 수 있는 것이었다. 저절로 가는 마음까지 가난하다는 이유로 빼앗기고 싶지는 않았다. 지은은 이를 갈았다. 그리고 두 주먹을 불끈 쥐었다.

"내가 유혹이란 게 뭔지 보여주겠어. 절대로 넌 갖지 못할 거야. 이은혁이라는 남자를 말이야."

지은은 자신이 어떤 독설을 내뱉은지도 모른 채 오피스텔 안으로 들어갔다.

“정신없어.”

“뭐가?”

“그만 좀 왔다 갔다 해.”

30분째 은혁은 신우의 방에서 왔다 갔다를 반복하고 있었다. 모처럼 집에서 음악을 듣고 있던 신우가 그에게 짜증을 냈다.

“미안, 그런데 넌 왜 그렇게 날카로워?”

“내가?”

“응, 아주 베일 정도로 날카롭다.”

“형, 친구 중에 현빈이 형 있잖아? 어때?”

“실없긴 하지만 나쁜 놈은 아니야.”

현빈이가 여성 편력이 강하고 일하기 싫어하고 놀기 좋아했지만 그것 빼고는 심성이 나쁜 놈은 아니었다.

“그 형, 여자 많지?”

“많다 뿐이냐? 한 트럭은 될걸?”

“후~”

신우가 땅이 꺼져라 한숨을 내쉬었다.

“신우 네가 현빈이랑 결혼하는 것도 아닌데 왜 그렇게 한숨이야?"

"내가 여자라도 현빈이 형이랑은 결혼 안 해."

"그럼 됐네."

"아니야."

"싱거운 놈."

신우의 표정이 진짜 어두웠다. 언제나 철없이 밝은 녀석인데 뭔가 일이 있긴 한 것 같았다.

"너, 언제까지 오피스텔에 지은이 둘 거야?"

"형, 내가 지금 한 가지 일로 골치가 아파. 그러니까 지은이는 당분간 비밀로 오피스텔에 두는 걸로? 알았지?"

"몰랐다. 어떻게 그래?"

지은이를 오피스텔에 두면 신우와 연결이 될 것 같은 불안감이 은혁에게 들었다.

"나가라고 해."

"형은 참 사람이 못됐어. 지은이 돈 한 푼 없이 집 나와서 내가 불쌍해서 빈집에 넣어준 거야. 물론 형 거지만 말이야. 1년만 쓴다니까. 형이 이해해 줘. 보증금 벌면 나간다고 했어. 지금 과외를 몇 개나 뛰는 줄 알아? 그러면서 학점도 좋고. 아주 악바리야. 그러니까 불쌍한 사람 돕는다 치고 형이 한번 눈감아줘."

"넌?"

"나? 내가 뭐?"

"왜 그렇게 자유롭게 오피스텔에 드나들어?"

신우가 주섬주섬 오피스텔 키를 그에게 넘겼다.

"내가 만화책을 포기할 테니까 받아. 그리고 지은이 괴롭히지 말고."

"비번은?"

"내가 지은이 비번을 어떻게 알아?"

카드키를 자신의 지갑에 넣고는 은혁이 신우에게 말했다.

"여자 혼자 사는 집에 그렇게 막 가는 거 아니야."

"알았어. 근데 지은이가 여자야? 친구지."

신우의 말을 들으며 은혁은 자신도 모르게 미소를 짓고 있었다. 신우에게 지은은 친구지 여자가 아니었다.

"알았어."

"어디 가?"

그가 밖으로 나가려고 하자 신우가 불렀다.

"회사에 가보려고."

"지금 몇 신 줄 알아?"

"오전 11시, 아버지랑 점심 먹기로 했어."

은혁은 아버지와 점심을 먹기로 약속했다. 이곳에 온 지 일주일 만에 부자간의 상봉이었다. 요즘 아버지가 지방 출장이 많으셔서 식구들도 아버지의 얼굴을 보기 힘들었다. 그래서 겸사겸사 아버지의 얼굴을 보러 간 은혁이었다.

위너그룹의 본사는 규모가 굉장히 컸다. 우리나라 최고의 기업이기도 했지만 아버지의 세심한 성격이 기업의 이미지에 그대로 녹아 있었다. 그래서 중공업이나 건설 쪽보다는 전기, 전자, 반도체, 통신 등 세밀함이 요구되는 품목이 주된 기업이었다. 거기다가 패션과 엔터 쪽도 위너의 자랑이었다.

회장실을 찾은 은혁은 사람들의 시선을 한눈에 받았다. 당연히 그럴 것이 위너의 후계자였기 때문이었다. 사람들은 나중에 그들의 우두머리가 누가 될지 궁금해하고 있었다. 언론에 얼굴을 알린 그였기에 회사에 나타난 그를 본 직원들은 충격에 휩싸일 수밖에 없었다.

"아버지."

회장실에 들어서자 아버지가 그를 향해 두 팔을 벌리고 계셨다.

"은혁아, 이게 얼마 만이지?"

"어머니하고 지난여름에 미국에 오신 뒤로 처음이죠."

"출장이 이렇게 연달아 있는 일이 드문데 우리 아들 오자마자 줄줄이라니 미안하구나."

"아니에요."

아버지와 마주 앉은 은혁은 눈코 뜰 새 없는 아버지의 바쁜 일과에 혹시나 건강은 괜찮으신지 걱정이었다. 하지만 걱정과는 다르게 아버진 건강해 보이셨다.

"아버지도 건강해 보이시니 다행이에요."

"우리 얘기는 밥 먹으면서 하자꾸나."

아버지와 그는 직원식당을 향했다. 아버지의 방침이었다. 특별히 점심 약속이 없을 경우에는 직원식당에서 직원들과 같이 밥을 먹었다. 하지만 직원들이 불편해할 것도 생각해서 식당 안에 임원들이 먹는 공간을 따로 두기는 했다.

배식 판에 밥을 푸자 직원들의 시선이 그들에게 향했다.

"이렇게 드시는 게 좋으세요?"

"나가서 먹기 귀찮아."

"직원들 체하겠어요."

"그렇지 않아. 요즘 사람들이 얼마나 당찬데."

아버지는 아무렇지 않게 밥을 퍼서 임원들이 밥을 먹는 공간으로 향하셨다. 칭찬해 드릴 일인데 직원들의 표정은 그리 좋지 않았다.

"미국지사에서 근무하는 건 어때?"

"좋습니다. 직원들과도 잘 통하고요."

"한국엔 언제 들어올 거야?"

"……"

"이달 말에 약혼식을 하고 나면 곧 결혼을 해야 할 텐데……."

"아직 결혼 계획은 없습니다."

아버지의 표정이 어두워졌다. 빨리 그가 가정을 가지고 안정을 찾기를 바라시는 것 같았다.

"그럼 아영이는?"

"정략결혼입니다. 어차피 그 정도는 아영이도 감수해야 한다고 생각합니다."

아버지께는 죄송한 마음이 들기는 했지만 아영이 자꾸 그의 마음에 들지 않는 행동을 하니 은혁도 서둘러 결혼을 하고 싶은 마음이 들지 않았다.

"아영이가 마음에 들지 않는 거야?"

아버지가 정곡을 찌르셨다.

"정략결혼에 마음에 들고 들지 않는 게 어디 있습니까? 그냥 이익이 되면 하면 되는 거지요."

아버지가 은혁을 한참 동안 바라보았다. 가족에겐 한없이 부드러운 은혁이었다. 하지만 일에 관해서라면 180도로 바뀌었다. 아버지가 그를 보며 무슨 생각을 하는지 알 것 같았다.

"아버지께 배운 겁니다."

"뭘?"

"가슴이 아닌 이성으로 사업을 하는 거 말입니다."

"하지만 난 사람에겐 그런 적용을 하지 않는다. 사람들은 상처를 입거든."

"가족만 지키면 된다고 생각합니다."

"아영이도 가족이야."

"아직은 아닙니다."

아버지와의 불편한 점심을 끝내고 은혁은 다시 회장실로 가서 오후 내내 아버지의 뒤를 따라다녔다. 이제 후계자로서 얼굴을 사람들에게 선보일 때가 된 것 같았다. 물론 경영에 참여하려면 군대를 다녀와야 해서 제대하고부터 본격적으로 일을 하게 되겠지만 말이다.

아버지와 헤어진 후에 그는 현빈과 저녁 약속을 했다. 어릴 때부터 현빈은 그의 뒤만 졸졸 따라다닌 녀석이었다. 그가 한국에 한 달간 머무른다고 하자 멋대로 그의 스케줄을 잡아버렸다.

며칠 전 파티도 녀석이 하도 졸라서 간 자리였다. 재벌가의 자녀들은 아무래도 재벌 순위에 영향을 받는 것 같았다. 그래서 1위 그룹 위너의 후계자인 그는 어딜 가나 그에 준하는 대접을 받았다.

그날은 제외였지만 말이다. 아영이가 그 자리에 올지는 상상도 하지 못한 그였다. 현빈이가 아영이에게 신경을 쓰는 건 알고 있었다. 위너의 안주인이 될 사람이니 당연히 챙길 수밖에 없었을 것이다.

은혁은 이상하게 자꾸만 아영에게 거부감을 느끼기 시작했다. 그전엔 관심이 없었는데 요즘 아영을 볼 때마다 좋지 않은 감정만 생기고 있었다. 이유는 알 수가 없었지만 말이다. 회사에서 나오자 현빈이 차를 대기시키고 기다리고 있었다.

"오늘은 또 뭔데?"

"오늘은 와인이나 마시자고."

은혁은 현빈의 차에 몸을 실었다. 특별히 할 일도 없었기 때문이었다. 약혼식을 빨리 치르고 미국으로 가고 싶은 마음뿐이었다.

"어딜 가는 거야?"

연정이 지은을 붙들고 어디론가 끌고 가고 있었다.

"뭔데?"

"가보면 알아."

연정이 싸들고 온 옷을 입고 평소에 하지도 않는 화장을 한 지은이었다. 평소 옷을 화려하게 입는 연정은 자신의 스타일대로 옷을 가져왔다. 거의 슬립 같은 옷은 그녀의 몸에 리얼하게 붙어 있었다.

"네가 입는 잠옷이냐?"

"멋을 알아야 패션을 논하지."

연정이 지은의 말을 한 방에 잘라 버렸다.

"부탁인데 무슨 일인지 알고나 가자."

"그냥 넌 옆에 있다가 내가 좋아하는 남자가 있다고 말하기만 하면 돼."

"신우? 그러니까 누구한테 말해야 하는데? 설마……."

"주말에 선본다고 했잖아. 진짜 내 스타일이 아니거든."

지은은 어이가 없었다. 아무리 철이 없어도 연정이 하는 짓은 이해가 가지 않았다.

"어른들이 마련한 자린데 이러는 건 아닌 것 같아."

"진짜 밥맛이야. 그리고 너도 알다시피 난 사람들 앞에서 말 잘 못 하잖아. 너는 완전히 냉정하게 말도 잘하잖아. 부탁이다, 친구야. 난 신우 없인 못살아."

한숨이 나왔지만 누구보다 친구의 마음을 잘 알기에 지은은 거절을 할 수가 없었다.

"그냥 그 말만 하면 돼?"

"응."

연정의 눈빛이 아주 밝게 빛났다. 친구의 이런 모습을 보니 안쓰러운 마음이 들었다. 신우도 마음이 없어 보이지는 않는데 너무 연정이를 프리하게 두니 연정이 혼자서 안달이었다.

그런 연정의 모습에 은혁을 향한 자신의 마음이 생각이 나서 그

안쓰러움이 더했다. 혼자만의 사랑이 얼마나 힘이 드는지 잘 알기 때문이었다.

그들이 도착한 곳은 최고급 와인 바였다.

“저기 있다.”

“어디?”

현빈이란 사람은 유빈이 과외를 하러 다니면서 대충 몇 번 본 적이 있었지만 그렇게 잘 아는 사람이 아니었다. 그런데 연정이와 마찬가지로 현빈도 혼자 온 게 아닌 것 같았다.

“혼자가 아닌데?”

“그러네, 아주 가지가지 한다니까.”

연정이 볼멘소리를 했다. 연정도 이번 선이 싫었지만 그건 현빈도 마찬가지인 것 같았다.

“잘됐네. 저 사람도 매너가 없으니까. 우리가 무슨 말을 해도 괜찮을 것 같아.”

연정이가 자존심 상해할까 봐 지은이 선수를 쳤다. 하지만 그것도 잠시 현빈의 옆에 앉은 남자를 본 순간 지은의 입은 그야말로 얼어붙어 버렸다.

“안녕하세요?”

“…….”

연정이 먼저 인사를 했지만 나머지 세 사람은 서로를 보고 놀라서 연정의 인사는 신경을 쓰지 않고 있었다.

"지은아."

"……."

지은은 은혁의 부름에 고개만 숙여 인사를 했다.

"앉으세요."

현빈이 그녀들을 보고 말했다.

"오늘 이게 무슨 일이야?"

"오늘 연정이하고 유빈이 형하고 선보는 날이에요."

"그러는 넌 왜 왔어?"

"그러는 오빠는요?"

선보는 사람들은 멍하게 앉아 있고 은혁과 지은만 말을 하고 있었다.

"나는 와인 마시러."

"전 연정이가 좋아하는 남자가 있다고 현빈 씨에게 말해주러 왔어요."

"그런 건 친구 분이 말해도 되지 않아? 이렇게 지은이가 야하게 입고 같이 오지 않아도 되는 일인 것 같은데?"

은혁 오빠는 그녀가 야한 옷을 입은 게 마음에 들지 않는 모양이었다.

"연정이는 수줍어서 이런 말 못 하고 또 연정이가 말한다고 해도 상대방이 안 믿을 것 같았으니까요. 이렇게 매너 없이 두 분이 나올 줄 알았다면 전 안 나왔을 거예요."

"좋아하는 사람 있어요?"

현빈이 연정을 보며 물었다.

"네, 오래전부터 좋아하는 사람이 있어요. 하지만 어른들이 이렇게 짝을 정해놓으셔서 너무 싫어요. 현빈 오빠에게 나쁜 감정은 없어요."

"누군지 물어봐도 돼요?"

"미안해요."

"알았어요. 나도 아직은 결혼할 마음이 없어요. 알다시피 난 자유로운 영혼이니까. 사업을 물려받을 마음도 없고. 우리 집은 유빈이가 아버지의 사업을 이어 받는 게 맞아요."

현빈의 의외의 말에 연정과 지은은 너무나 놀랐다. 오늘은 제정신인 것 같았다.

"연정 씨의 말 충분히 알아들었어요. 오늘 상처 줄 마음은 없었어요. 내가 생각이 좀 짧았던 것 같아요. 21살에 결혼을 한다는 건 끔찍할 것 같아요."

생각보다 현빈은 나쁜 사람 같지는 않았다. 아니, 지금은 최소한 그녀들을 힘들게 하지는 않았다.

"와인이나 한잔해요. 앉아요. 이것도 인연인데."

"아뇨, 괜찮아요. 그만 일어날게요."

지은은 자신을 뚫어지게 쳐다보고 있는 은혁의 눈길이 몹시 부담스러웠다. 그래서 자리에서 일어섰다. 그건 연정이도 마찬가지인 것 같았다. 인사를 하고 자리에서 일어난 연정과 지은은 서둘러 와인 바에서 나왔다.

"생각보다는 나빠 보이진 않았어."

"그래서 결혼이라도 하라고?"

연정이 날카롭게 말했다.

"미안, 그런 뜻은 아니었어."

"아니야, 내가 너무 예민했어. 신우의 형이 거기 와 있을 거라곤 생각도 못 했거든. 날 이상하게 생각하고 신우한테 말하면 어쩌지?"

"괜찮아. 그럴 사람은 아니야. 신우한테 전화해 줄까?"

"응."

언제 날카로웠는지도 모르게 연정이 밝게 대답했다.

"그렇게 좋아?"

"너무 좋아. 처음 본 순간부터 좋았어. 하지만 항상 신우 옆에는 네가 있으니까. 처음엔 힘이 들었어."

"신우는 친구야."

"알아."

지은이 신우에게 전화를 했다. 오피스텔로 오라고 말이다. 그녀의 오피스텔은 그들의 아지트였다. 오피스텔에 도착한 지은은 연정과 소파에 거의 널브러졌다. 선을 보는 데 신경을 너무 쓴 탓인 것 같았다.

"오늘 신우 오면 확실하게 네 마음 얘기해."

"그러다가 거절당하면?"

"거절당한다고 포기할 거야?"

"그건 아니지만……."

"오늘 연정이 너 굉장히 예뻐."

얼마 후에 신우가 왔는지 벨소리가 들렸다.

"재 키 있는데……."

일어서려는데 귀찮은 생각이 들어 말했다. 키가 있는데 굳이 사람을 귀찮게 하고 있었다.

"키 달라고 해."

"알았어."

연정은 신우가 그녀의 집 열쇠를 가지고 있는 게 싫은 모양이었다. 문을 열어주니 심각한 표정의 신우가 서 있었다.

"왔어?"

"……."

신우가 화가 난 표정으로 집 안으로 불쑥 들어와 연정이의 손을 잡아끌었다.

"나와!"

"신우야!"

지은이 신우를 불렀지만 신우는 막무가내였다. 하지만 지은이 더 이상 말리지 못한 이유는 따로 있었다. 현관에 은혁이 서 있었기 때문이었다.

"오빠."

신우와 연정이 가고 나자 은혁과 지은 둘만 남게 되었다.

"들어가도 될까?"

"네."

처음엔 조금 머뭇거렸지만 지은은 은혁에게 들어오라고 말했다. 그가 들어오자 그녀의 오피스텔이 작게 느껴지고 있었다. 신우도 컸지만 은혁처럼 커다란 존재감을 가지고 있지 않았다. 숨이 막힐 정도로 지은은 답답함을 느끼고 있었다.

"앉으세요. 커피 드실래요?"

"아니, 여기 맥주 마시지 뭐."

"어떻게 된 거예요?"

그가 얼굴에 미소를 머금었다. 조각상 같은 얼굴에 미소 주름이 잡히자 지은의 심장이 심하게 뛰었다.

"너희들이 나가고 5분도 안 돼서 녀석이 왔어."

"신우가요? 왜요?"

"연정이가 마음에 있었던 모양이야. 그러니 그렇게 화가 잔뜩 나서 왔겠지."

"어떻게 알고 왔을까요?"

"내가 문자 넣어줬어."

은혁이 아직 슬립 같은 옷차림인 그녀를 알 수 없는 눈길로 쳐다보았다.

"그런 줄도 모르고……."

"그래서 같이 왔어."

"둘이 잘됐으면 좋겠어요. 연정이는 진짜 신우를 좋아하거든요."

"난 우리 신우가 널 좋아하는 줄 알았어."

"다들 그런 오해해요. 둘이 너무 친하게 지내서 그런 것 같아요."

지은은 은혁의 눈도 못 마주치고 앞에 놓인 맥주 캔만 보며 말하고 있었다.

"지은이도 우리 신우를 좋아하는 줄 알았고."

"친구로서 신우는 너무 좋은 애예요. 하지만 남자로는 한 번도 생각해 본 적이 없어요."

신우와 연정의 이야기가 끝이 나자 아주 어색한 정적이 흘렀다.

"예쁘게 컸어."

그의 이 한마디에 숨이 막혔다. 심장은 위험할 정도로 빠르게 뛰고 있었다.

"감사해요."

간신히 한마디를 한 지은이었다. 너무 떨리니까 말도 제대로 하기 힘이 들었다. 하지만 자신의 이런 모습을 은혁에게 들키고 싶지 않아서 최대한 아무렇지 않은 척을 했다.

"여기서 1년 정도 있을 거라고 신우가 그러더라고."

"네, 상황이 안 좋았는데 신우가 도와줬어요."

"그래."

"미국에서 돌아오시면 이리로 들어오실 건가요?"

"아마도. 하지만 1년은 훨씬 더 걸릴 거야. 군대도 다녀와야 하고. 그러니 그냥 편하게 써."

뜻밖의 말에 지은은 놀랐다.

"진짜 그래도 돼요?"

정말 고마운 말이었다.

"아직 쓸 일이 없으니까."

"감사해요. 식사는 하셨어요?"

지금 지은은 고마운 마음도 마음이지만 조금이라도 은혁과 같이 있고 싶은 마음뿐이었다. 그래서 지은은 빠르게 머리를 돌렸다. 어떻게 해서든지 그를 붙잡아야 한다.

"아니, 그럴 시간이 보시다시피 없었어."

"라면 먹을 건데 드실래요?"

어색한 마음에 지은이 자리에서 일어서며 말했다.

"좋지."

지은은 하마터면 소리를 지를 뻔했다. 비록 라면이지만 그와 함께 저녁을 먹을 수 있었다. 그것도 단둘이 말이다.

지은은 주방으로 가서 냄비에 물을 올려놓았다. 자신의 뛰는 가슴 위에 손을 잠시 올려놓았다. 그래도 미친 듯이 뛰는 가슴을 진정시키기란 쉽지 않았다.

지은은 라면 2개와 달걀 2개를 꺼내고 파도 조금 채 썰어놓았다. 그리고 집에 있는 그릇 중에 예쁜 사발을 꺼내기 위해 싱크대 장의 윗부분을 열었다.

혼자 살다 보니 그릇을 많이 쓰지 않아서 위로 올려놓았는데 키가 닿지 않았다. 발뒤꿈치를 들고 그릇을 꺼내려고 애쓰는 사이에 어느새 그가 그녀의 뒤에 와서 서 있었다.

"이거?"

둘의 손끝이 조리장 끝에서 닿았다. 지은은 손끝이 마치 불에 덴 듯이 뜨거워 얼른 손을 뺐다.

"네."

"라면은 끓일 줄 알아?"

"네? 네."

"하하하, 농담이야."

손끝에 닿았던 그의 손길이 그리고 그녀의 등에 닿았던 그의 가슴이 그리고 체향이 그녀를 몹시 흔들고 있었다. 진짜 아영에게서 그를 빼앗고 싶어졌다. 그래서 지은은 절대로 하지 말았어야 할 일을 했다.

웃고 있는 그의 입술에 살며시 자신의 입술을 대고 말았다.

"……."

놀란 은혁의 얼굴엔 이젠 웃음기가 없었다.

"미, 미안해요."

그의 표정이 무섭게 변했다. 수년간 가슴에 묻어온 남자였다. 그리고 그는 그녀와 단둘이 있었다. 이 기회를 놓치고 싶지 않은 마음에 너무 생각 없이 입을 맞추었다. 키스도 아니고 입맞춤에 그가 이렇게 화를 내고 있을 줄 몰랐었다.

"그, 그러니까……."

이번엔 그의 입술에 지은의 입술이 삼켜졌다. 그 뜨거운 입맞춤에 지은의 눈이 스르르 감겼다. 하늘에 붕 떠 있는 느낌이 이런 느낌일 것 같았다.

지은이 숨을 쉬려고 입술을 벌린 사이로 그의 혀가 미끄러지듯이 들어왔다. 태어나서 처음 해보는 어른의 키스에 지은은 매료되어 버렸다. 부끄러웠지만 지은은 발꿈치를 들고 그의 목에 팔을 감았다. 그녀의 허리를 단단히 잡고 있는 그의 강인한 팔이 주는 느낌도 너무나 좋았다.

그의 혀가 지은의 입안을 샅샅이 훑어 내리고 있었다. 마치 다 먹어 치울 것 같은 그의 저돌적인 키스에 지은은 미칠 것 같았다.

"으으음."

그때 그녀의 신음 소리와 함께 물이 끓어오르는 소리가 요란하게 들려왔다. 하지만 지은과 은혁에게는 상관이 없었다. 지금은 둘만의 세계가 전부였다.

그의 손이 그녀의 허리에서 대담하게 가슴 쪽으로 올라왔다. 슬립 같은 얇은 원피스만 입은 지은이었다. 그의 뜨거운 손길이 그대로 느껴지고 있었다.

그런데 그때 갑자기 그가 그녀를 밀어 떨어뜨렸다.

"지은아……."

"……."

그의 얼굴은 당황스러움이 가득했다. 왜 그런지 지은은 이해할 수가 없었다. 하지만 지금 이 상황을 후회하고 있음이 그녀의 눈에 보였다.

"괜찮아요. 제가 먼저 시작한 일이에요."

"……."

그는 사과하지 않았다. 하지만 태어나서 처음으로 욕망이란 것을 느낀 그녀를 남겨두고 오피스텔을 나가 버렸다. 지은은 황망히 그가 사라진 현관을 바라보다가 그 자리에 주저앉아서 울었다.

"유혹은 무슨."

자신이 나쁜 생각을 했기 때문에 얻은 결과라고 생각하자 더 울음이 터졌다. 그랬다. 종년은 사랑을 할 수도 해서도 안 되는 것이었다. 아영을 한 번도 부러워한 적이 없었던 지은이었지만 지금 이 순간은 세상 누구보다도 아영이 부러웠다.

아영은 이은혁이라는 남자를 차지했으니까 말이다.

정신없이 오피스텔을 나온 은혁은 자신이 무슨 짓을 했는지 선명하게 기억하고 있었다. 그리고 20살의 어린 지은에게 욕망을 느낀 자신에 대해 죄책감을 느끼고 있었다. 아직 어린아이와 같은 지은을 그는 가질 뻔했다.

아직도 그의 입술에 지은의 온기가 남아 있었다. 그 부드러움이란…….

"말도 안 돼."

현빈과 와인 바에 있을 때 그는 지은을 보고 얼마나 놀랐는지 몰랐다. 지은이 그렇게 섹시할 줄은 생각조차 하지 못했기 때문이었다. 깊게 파인 원피스 위로 가슴골이 보일 정도로 지은은 글래머였다.

마르기만 한 줄 알았는데 완전히 반전 몸매였다. 은혁은 놀라지 않은 척하기 위해서 많은 노력을 해야 했다. 그래서 현빈보다 날카롭게 그녀를 몰아붙였다. 자신의 마음을 숨기기 위해서 말이다.

그리고 그녀들이 가고 신우가 왔을 때 그는 신우를 핑계 삼아 지은의 오피스텔로 따라온 것이었다.

“비겁했어.”

확실하게 그는 오늘 비겁했다. 지은이 자신을 동경의 눈으로 바라본다는 것을 은혁은 알고 있었다. 하지만 그것은 다른 여자들이 그를 바라보는 눈빛과 다르지 않다고 생각했었다. 아니, 그렇다고 자신을 속이고 있었다.

아영과 함께 과외를 받은 불쌍한 아이라고만 생각했는데 그 아이는 이제 그의 마음을 흔드는 숙녀로 자라 있었다. 하지만 그들은 이루어질 수 있는 관계가 아니었다.

처음부터 시작을 하지 말아야 한다. 그래야 자신을 동경하는 지은이 상처를 받지 않기 때문이었다. 하지만 아직 그의 입술에서 느껴지는 뜨거움은 은혁도 당황스러웠다. 키스를 처음 해본 사람처럼 그는 그녀의 입술을 탐했다.

“미친놈.”

그는 그렇게 자책을 하며 집으로 향했다. 신우는 아직 집에 도착하지 않았다. 연정과 할 이야기가 많은 모양이었다.

“다녀왔습니다.”

그가 말을 하고 자신의 방이 있는 2층으로 올라가려고 할 때 어머니가 그를 불렀다. 어머니의 옆에는 아영과 그녀의 어머니인 조 여사가 함께 있었다.

“안녕하십니까?”

“호호호, 우리 은혁 군은 언제나 멋있어.”

조 여사가 간드러지게 웃으며 말하자 은혁의 인상이 절로 안 좋아졌다.

“오빠, 엄마하고 같이 간식거리 좀 만들어 왔는데 드세요.”

“미안한데 밥 먹고 왔어.”

아영의 얼굴이 눈에 띄게 굳었다.

“하긴 지금 이 시간에 식사를 안 했으면 그게 더 이상하지. 그럼 같이 차라도 마셔요.”

조 여사가 아영의 눈치를 보며 그에게 말했다. 은혁은 차까지 거절하면 어머니의 입장이 곤란해질 것 같아서 잠시 그들과 함께 차를 마시기로 했다. 갑자기 어머니가 즐겨 쓰시던 다기 세트가 소파 테이블 위에 차려졌다.

간단히 마시고 들어가서 쉬고 싶었는데 은혁은 할 수 없이 오래

자리를 지키게 되었다. 차를 내리는 건 어머니가 아니라 아영이었다.

"우리 아영이가 요즘 아이답지 않게 꼭 다도를 배우고 싶다고 해서요."

조 여사가 아영을 칭찬했다. 하지만 은혁이 보기에 긴장을 해서 그런지 제대로 못 배운 건지 아영의 차 내리는 모습은 불안하기 짝이 없었다. 다도에 심취해 계시는 은혁의 어머니도 불안한 눈길로 보기는 마찬가지였다.

억지로 만든 차 한잔이 그의 앞에 놓였다. 그는 떫은맛의 차를 마시며 쓴소리를 하지 않게 위해 혀를 깨물고 있었다.

"이달 말에 약혼식을 하면 언제 결혼식을 하나요?"

아영이 조 여사의 허벅지를 건드리자마자 조 여사가 어머니께 물었다.

"글쎄요. 약혼식을 치르고 나면 우리 애가 출국을 하니 언제라고는 딱히 말씀을 못 드리겠습니다. 아영 양도 이제 20살인데 결혼을 일찍 하는 것보다 공부도 하고 자기 일도 할 시간을 보내는 것도 나쁘지 않을 것 같은데요."

"아닙니다. 전 현모양처가 되는 게 꿈입니다."

아영이 어머니를 간절한 눈빛으로 쳐다보며 말했다.

"그래요? 다행이네요."

"말씀 편하게 하세요."

"아영 양, 우리 은혁이는 미국지사에……."

"어머니, 전 미국에 가서 살고 싶어요. 오빠 내조도 하고 싶고……."

어머니가 아영을 매서운 눈으로 쳐다보았다. 어머니의 말을 중간에서 자르고 들어왔기 때문이었다.

"그건……."

"진짜 잘할 수 있어요."

"아영 양!"

한 번은 참아도 두 번은 못 참겠다는 듯이 어머니가 아영의 말을 잘랐다.

"어른이 말하는데 자꾸 자르는 버릇은 안 좋은 것 같네요."

마음에 안 드시는지 존대를 하시는 어머니였다.

"우리 회장님께서 약속하신 혼사라서 뭐라고 우리는 말을 할 수 없지만 은혁이도 이제 스물다섯입니다. 군대도 다녀와야 하고 우리로서도 딱 언제라고 답을 할 수 없어요."

"그럼, 회장님께 여쭈면 될까요?"

"아영 양."

정말 질리게 하는 여자였다.

"저는 이만 올라가도 되겠습니까? 내일 오전에 일찍 회사에 가

봐야 해서요."

그가 차갑게 말을 내뱉고는 자신의 방으로 들어가 버렸다.

"오빠."

그의 뒤로 아영이 부르는 소리가 들렸다. 은혁은 마음속으로 정리를 했다. 아영과는 절대로 결혼을 하지 않기로 말이다.

늦은 저녁 퇴근을 한 아버지와 은혁은 술자리를 가졌다. 모처럼 부자간의 술자리였다. 오늘은 성인이 된 신우도 함께했다.

"우리 아들들과 이렇게 술자리를 같이하니 좋구나."

아버지는 은혁과 신우에게 와인을 따라주시며 호탕하게 웃으셨다.

"오늘 아영이가 왔다고?"

"네, 그것 때문에 드릴 말씀이 있습니다."

"안 된다."

"네?"

아버지는 이미 그의 마음을 알고 계셨다.

"결혼이란 게 서로 사랑하는 사람을 만나서 하는 것이 맞다고 아버지는 생각한다. 하지만 때로는 서로 어울리는 상대를 만나서 결혼을 해도 행복할 때가 있다. 은혁이 네가 특별하게 만나는 여자가 있다면 아비도 아영이와의 결혼을 끝까지 밀어붙이진 않을 거다. 하지만 만나는 여자도 없고 특별한 이유도 없이 결혼을 안

한다는 건 아비로서 이해가 되지 않는구나."

"사랑하는 감정이 없어도 결혼은 할 수 있다고 생각했는데 그건 제 생각이 틀렸던 것 같습니다. 아영이를 볼 때마다 싫은 감정이 점점 쌓이니 이건 아영이나 저 둘 다를 위해 좋지 않을 것 같습니다."

"저도 형 생각이 맞는 것 같아요. 아영이는 진짜 아니거든요."

"이신우!"

아버지가 호통을 치시자 신우가 갑자기 꼬리를 내렸다.

"전 아영이와 결혼하지 않겠습니다."

아버지가 불같이 화를 내셨지만 끝내 그의 고집을 꺾지는 못하셨다.

아영과 결혼은 하지 않지만 명성그룹과의 좋은 인연은 사업적으로 계속해 나갈 거라는 말을 남기고 그는 미국행을 선택했다.

그리고 얼마 후에 그는 마음을 정리하기 위해 군에 입대했다.

3. 기억 속의 그 남자

하루 종일 서류에 묻혀 있다가 소주 한잔을 마시니 좀 살 것 같았다. 그래도 뭐니 뭐니 해도 스트레스를 날리는 건 술이었다.

"지은아, 잔 비었다."

"그래, 많이 마셔라."

하루 종일 일하랴 그녀의 잔소리 들으랴 이래저래 고생한 신우의 잔에 지은은 소주를 가득 부어주었다.

"고생했다. 미안하고."

"뭐가 미안해. 내가 미안하지. 일을 배우는 게 이렇게 힘이 든지 몰랐다. 형은 어쩜 그렇게 잘하는지 난 이해가 안 간다."

본부장은 미국지사에 있을 때부터 업무에 관해선 신화 같은 존재였다. 그래서 본부장이 차기 회장이 되는 것에 아무도 반기를 들지 못했다. 그런데 신우의 말대로 우리 신우는 일을 못 해도 너무 못 했다.

일 배우는 속도가 너무 느린 신우였다.

"아직 1년밖에 안됐잖아."

"난 사업엔 소질이 없는 것 같아. 그냥 다른 일 하고 싶다는 생각이 들어."

그건 지은의 생각도 마찬가지였다. 우리나라 최고의 대학을 나온 인재가 왜 이러는지 지은도 미스터리였다.

"그래도 조금만 힘내. 네가 잘해야 앞으로 본부장님의 힘이 돼 주지."

"하긴."

"연정이는 어떠냐?"

"우리 둘이 이러고 있는 거 보면 뒤집어질 거다."

"그만큼 널 좋아하는 거야."

부어라 마셔라를 하다 보니 시간이 12시가 넘었다. 술기운이 올라오는 지은이었다. 앞을 보니 신우는 더 정신을 못 차리고 있었다. 어제 술을 그렇게 마시고 오늘 또 마시니 술이 해독이 될 리가 없었다.

윙—

"형이네."

본부장에게 전화가 온 모양이었다.

"본부장?"

"어."

"이리 줘봐."

"왜?"

눈이 풀린 신우가 그녀에게 왜 주냐고 물었다. 하지만 지은이 신우의 손에 들린 전화기를 그냥 빼앗았다.

"여보세요?"

[…….]

"본부장님, 지은이에요."

앞을 보니 신우가 테이블에 머리를 박고 있었다.

"우리 신우가 뻗었어요. 하하하."

[취했군.]

"신우가 취했어요."

[아니, 박지은 씨.]

"저요? 노노."

[어디야?]

"여기는 삼겹살집이요."

[어디 삼겹살?]

본부장이 화가 많이 났는지 소리를 질렀다.

"왜 화를 내고 그러실까?"

이 상황이 너무나 웃음이 났다.

[갈 테니까. 그대로 있어.]

"싫습니다. 내가 왜요? 어제랑 똑같은 상황이 될 텐데……."

[기다려.]

그가 전화를 끊었다. 그와 동시에 지은은 갑자기 정신이 맑아졌다.

"내가 지금 무슨 짓을 한 거지?"

지은은 신우와 전화기를 가게 주인에게 맡기고 계산을 한 뒤에 서둘러 삼겹살집을 나왔다.

"내가 미친 게 분명해."

택시를 타고 가는 내내 심장이 미친 듯이 벌렁거리고 있었다. 지은은 본부장의 얼굴을 오늘만은 마주하고 싶지 않았다.

"미쳤어."

택시 아저씨가 보든 말든 지은은 무릎에 얼굴을 묻고 소리를 질렀다. 돈 주고 마신 술이 아깝게도 확 깨는 순간이었다.

"어떻게 본부장의 얼굴을 보지?"

지은은 두 눈을 감았다. 이게 다 일주일 전에 본사로 발령이 난 본부장 탓이었다. 신우가 없을 때나 오던지 아니면 다른 부서로 가던지 어떻게 기획실로 와서 두 형제가 다 그녀를 괴롭히는지 지은은 너무나 괴로웠다.

창밖을 내다보며 지은은 일주일 전 기억을 떠올렸다.

위너그룹의 본사는 우리나라의 인재들 중에서도 탑 오브 탑만이 들어갈 수 있는 곳이었다. 최고의 연봉과 함께 미래가 보장이 되는 곳이자 직원들의 업무 스트레스가 최고인 곳이기도 했다.

"뭐든 최고야."

서류가 한 가득 담긴 박스를 들고 빨리 결재를 받아야 하는 서류를 입에 문 지은은 엘리베이터를 기다리고 있었다. 엘리베이터가 도착을 했고 바쁜 사람들이 앞 다투어 엘리베이터 안으로 들어가는 바람에 지은은 하마터면 타지 못할 뻔했다.

누군가 그녀를 위해 길을 터주었기 때문에 겨우 들어갈 수 있었다.

"20층 부탁드려요."

서류를 입에 물고 있어서 그녀는 어눌하게 목적지를 말했다. 그리고 자신을 밀어 넣어준 반질반질하게 윤이 나는 구두의 주인공에게도 말을 했다.

"감사합니다."

휴지로 파일을 감싸고 무는 신공은 기획실에 근무하는 사람들이면 다 할 줄 아는 일이었다.

"박지은 씨가 위너에서 가장 바쁜가 봐?"

"아, 아닙니다."

서류를 물고는 답하는 데 한계가 있었다. 그리고 내부 감사가 있어서 각 부서에 대리급은 지금 손에 박스 하나씩은 다 들고 다녔다. 그녀를 아는 사람이 박스 너머에서 물어 지은은 답했다. 분명히 그녀를 질리게 쫓아다니는 해외본부팀의 본부장이거나 아니면 영업부 1팀의 김 과장이거나 아니면 홍보팀의 조 과장이거나 아님 그 외의 누군가일 것이다.

지은은 지금 위너 본사에서 가장 인기가 많은 여직원 중에 하나였다. S대 출신에 얼굴까지 예쁜 그녀가 남자들의 눈에 띄지 않을 이유가 없었다. 지은이 신경을 쓰지 않고 있을 뿐이었다. 혼자 산 지 8년 차이지만 정확히 신우에게서 독립을 한 지는 6년 차였다.

신우는 대학 졸업과 군대까지 제대를 한 후에 아버지 회사인 위너그룹에 평사원으로 입사를 했고 지금 그 뒤치다꺼리를 사수인 지은이 하고 있었다. 전생에 신우를 부려먹은 아주 못된 대감쯤 됐던 게 분명했다.

지금 지은은 자신의 업무와 신우의 업무를 같이 보느라 몸이 두 개라도 부족했다. 아무래도 이건 그녀의 팔자인 것 같았다. 뒤도 안 돌아보고 엘리베이터를 나오는 데 누군가 자신의 박스를 빼앗

듯이 들고 갔다.

"야!"

안 봐도 뻔했다. 신우가 그녀를 돕는다고 박스를 빼앗은 것이었다.

"나밖에 없지 않냐?"

"후, 그래."

남들이 오해를 하거나 말거나 신우는 어릴 때처럼 그녀에게 잘 해주었다. 연정이와 약혼을 한 사이였지만 말이다. 가끔 연정이 지은에게 투덜댈 정도로 신우는 지은에게 잘했다.

"자꾸 이러니까 소문이 이상하게 나는 거 아닙니까?"

"웬 존댓말?"

"이신우 씨!"

"네, 네, 대리님."

정신이 없는 녀석이었다. 기획실은 감사 때문에 정신없이 바빴다. 인사철이기도 해서 각 부서의 장들은 몸들을 사리고 있었다. 거기다가 특히 기획실은 불행인지 다행인지 회장의 아들인 신우가 있어서 팀장님이 더욱더 긴장을 한 상황이었다.

"박 대리."

기획실에 들어서자마자 팀장님이 그녀를 불렀다. 서류박스를 신우가 들고 들어왔기 때문에 식겁한 상황인 것이다. 지은은 눈치

빠르게 박스를 빼앗아 들고는 팀장실로 향했다.

"그게 무슨 서륜지 알고 이신우 씨에게 맡겨?"

"죄송합니다."

"서류 잘 관리해."

"네."

뭔가가 찔리는 게 있는지 자꾸 감추려고만 하는 유 부장이었다. 사실 지금 본부장 자리가 공석이라서 유 부장이 그 자리를 놓고 신경을 바짝 쓰고 있는 상황이었다. 팀장인 유 부장은 화려한 스펙을 가지고 있었지만 이상하게 승진복은 없었다.

같은 기수에 살아남은 사람들은 본부장을 달거나 빠른 사람은 사장도 달았는데 유 부장은 그런 운이 없었다. 그래서인지 인사철만 되면 아주 예민하게 굴었다. 이해는 가지만 여간 힘이 든 게 아니었다.

"박 대리, 이번에 본부장이 새로 온다는 소문이 있던데……."

서류의 한참 살피던 유 부장이 그녀에게 물었다. 이건 넌지시 떠보는 것이었다. 알고 말하는 것이 아니라 들은 바가 있냐고 묻는 것이었다.

"아뇨, 처음 듣는데요?"

"그래?"

"네."

"알았어. 나가봐."

그럼 그렇지, 소심한 유 부장은 저렇게 대놓고 묻지도 못하는 사람이었다. 아마도 그의 뒤처지는 승진은 저 소심한 성격 때문인 것 같았다.

"대리님."

나오자마자 그녀를 부른 건 신우였다.

"왜요?"

"오늘 점심은 저랑 같이 하시는 걸로."

언제는 다른 사람이랑 먹은 것처럼 말하는 신우를 지은이 째려보았다.

"유별나게 이신우 씨는 박 대리만 찾아."

"어릴 때부터 친구라서 그래요."

그녀의 옆자리에 앉은 오 과장이 눈을 가늘게 뜨며 물었다.

"그럼 박 대리도 그쪽이야?"

재벌가의 신우와 친구라면 지은도 재벌이냐고 묻는 것이었다.

"아뇨, 전혀 상관이 없는 평민 중의 평민이 접니다."

"아닌 것 같아."

점심시간이 되고 지은은 신우와 함께 구내식당이 아닌 밖으로 나가 외식을 했다. 회장님도 식당에서 드시는 관계로 위너그룹 본사의 직원들은 웬만하면 밖에 나가서 밥을 먹지 않았다. 솔직히 바깥보다 회사 밥이 더 맛있었다.

"뭔데?"

"가보면 알지."

점심시간에 그들이 간 곳은 근처의 유명 차이니즈 레스토랑이었다. 팀장의 얼굴이 떠올랐다. 점심 먹다가 늦게 올라가기라도 한다면 오늘 완전히 눈총에 맞아 죽을 게 뻔했기 때문이었다.

"뭔지는 모르겠지만 빨리 끝내자."

예약이 되어 있는 룸 안으로 들어가자 연정이가 손을 흔들며 그들을 반겼다. 오성그룹의 오성어페럴의 디자인 실장인 연정은 진짜 연예인이 아닌가 하는 생각이 들 정도로 세련미를 뽐내고 있었다.

그리고 연정의 옆에는 아주 훤칠한 미남이 앉아 있었다.

"지은아, 앉아."

뭔 상황인지는 모르겠지만 오랜만에 연정의 얼굴을 보니 아주 반가웠다.

"잘 지냈어? 더 예뻐졌다. 연예인인 줄 알았어."

지은은 진심으로 연정이 반가웠다.

"그런데 어쩐 일이야?"

남자는 쳐다보지도 않고 연정과 밀린 얘기를 하느라 바빴다.

"흠흠, 연정아, 오늘 이러려고 온 건 아니잖아."

신우의 말에 연정이 옆에 앉아 있던 남자를 소개했다.

"이쪽은 우리 사촌 오빠 최우진. 오성그룹 마케팅 본부장이야."

연정에게 이렇게 잘생긴 사촌 오빠가 있는 줄 처음 안 지은이었다.

"안녕하세요? 최우진입니다."

"안녕하세요."

지은은 얼떨결에 인사를 했다.

"지금 이 자리는 소개팅 자리고 우리 오빠는 지은이 너 알고 있어."

지은은 남자를 아무리 쳐다봐도 잘 기억이 떠오르지 않았다.

"제가 기억력은 좋은 편인데 기억이……."

"저도 S대 법학과 나왔습니다. 경영학과 퀸카를 모를 리가 없죠."

그녀보다 4살이 많은 우진이었다. 그렇다면 학교에서 볼 수도 있었겠지만 솔직히 기억이 나지 않았다. 저런 외모라면 기억할 법도 한데 통 기억에 없었다.

"죄송합니다."

"저랑 미팅도 하셨는데 모르시겠어요? 물론 제 파트너는 아쉽게도 아니었지만……."

남자가 기대에 찬 눈빛으로 물었지만 기억에 없었다. 2학년 땐

가 머리수를 채우기 위해 법대생들과의 미팅을 한 기억이 있었지만 이 남자에 대한 기억은 없었다.

“기억 안 하시는 게 더 좋을 것 같습니다. 그땐 공부를 하느라 몰골이 영 아니었거든요. 지금은 그나마 사람이 된 거죠.”

“멋있으세요.”

“감사합니다. 오늘은 희망이 있어 보이네요.”

무슨 소리를 하는지 도통 알아들을 수 없는 상황이었다.

“오늘 둘이 소개팅 자리야.”

신우의 말에 지은은 신우를 매섭게 째려보았다.

“전화번호도 형한테 줬고.”

“뭐?”

“핑계 대면서 빠져나갈 구멍만 찾을 게 뻔하니까 우리가 미리 대책을 세운 거지.”

이번엔 연정이가 신우를 대신해서 말했다. 지금이 어떤 시점인지도 모르는 재벌가 2세들에게 지은은 아무런 말을 할 수가 없었다.

지금 어머니가 뇌졸중으로 반신불수가 되어 요양원에 입원해 있은 지 1년이 되었고 그녀가 그쪽으로도 돈을 보내야 한다는 것과 밀려드는 업무량으로 남자 따위는 신경 쓸 겨를조차 없다는 걸 이들이 알 턱이 없었다.

"우리 오빠 잘생겼지?"

지은이 고개를 끄덕였다. 사실 남자다운 외모라기보다는 신우처럼 꽃미남에 속하는 우진이었다.

"거짓말이라도 기분은 좋네요."

남자가 부드럽게 말했다. 곱상한 외모에 어울리는 따뜻한 말투였다. 음식이 나오고 지은은 서둘러 음식을 먹었다.

"배고프셨나 봐요?"

"아뇨, 요즘 감사기간이라 빨리 들어가야 해서요. 구내식당에서 안 먹고 이렇게 나온 것만으로도 눈치가 보이거든요."

우진의 선하게 생긴 눈동자에 웃음이 가득했다.

"이해해요."

"다행이네요."

"야, 너무한다."

연정의 눈에는 서운함이 가득했다.

"미안해."

"아니, 괜찮습니다. 우리는 다음에 또 보면 되니까요."

남자는 다음을 기약했다.

윙—

그녀의 핸드폰이 울렸다.

"지금 이 번호가 제 번호니까 저장해 두세요. 안 받으면 서운할 것 같습니다."

"네? 네."

왠지 코가 끼는 느낌이었다. 잘생기고 다정한 스타일의 우진이 싫지는 않아서 지은은 저도 모르게 답을 해버리고 말았다. 우진의 얼굴에 환한 미소가 떠올랐다.

"이신우!"

사무실로 거의 뛰다시피 들어가며 지은이 신우를 불렀다.

"왜? 너도 이제 고생 그만하고 좋은 사람 만나서 시집가."

아주 속에서 천불이 나는 소리만 하고 있었다.

"내가 말을 말자. 곱게 크신 도련님께서 뭘 알겠니."

퇴근 후 지은은 요양병원으로부터 연락을 받고는 서둘러 의정부에 위치한 요양병원을 찾았다. 어머니가 또다시 요양보호사를 공격했다는 것이었다. 병원에 도착한 지은은 어머니의 병실부터 찾았다.

"유영자 씨 보호자분."

"네."

"오늘 담당 요양사분의 팔을 포크로 찔렀어요. 다행히 심하진 않았지만 자꾸 이렇게 공격성을 나타내시면 병원에서는 조치를 취할 수밖에 없어요."

"죄송합니다."

지은은 머리가 땅에 닿도록 사과를 하고는 엄마의 병실 안으로 들어갔다. 병실 안의 엄마의 모습은 처참했다. 손을 쓰지 못하게 묶어놓은 상황이었다.

"엄마."

"가!"

어눌한 말투로 엄마가 적개심이 가득해서 그녀를 쳐다보고 있었다. 침대에서 튀어나올 것처럼 몸을 비틀며 거부의 몸짓을 보내고 있었다.

"너 때문이야!"

엄마가 그녀에게 모질게 말을 하는 이유는 단 한 가지였다. 명성가에서 쫓겨났기 때문이었다. 은혁이 아영에게 파혼을 선언하고 미국으로 돌아간 후에 아영이 엄마를 집에서 내쫓아 버렸다.

그동안 모아둔 돈으로 작은 분식점을 시작한 엄마는 남자를 잘못 만나서 몽땅 사기를 당하고 그 충격으로 뇌졸중까지 얻은 상황이었다. 엄마는 이 모든 책임이 지은에게 있다고 철저하게 믿고 있었다.

"엄마."

"가!"

옆으로 돌아간 엄마의 입에선 그녀에 대한 거부감이 가득했다.

"도대체 왜 그러는 거야? 뭐가 그렇게 엄마를 힘들게 하는 거냐고?”

“너 때문이야.”

“아니, 아영이 때문이잖아. 안 그래? 그리고 거기에 그렇게 목을 매는 이유가 뭐야? 엄마에게 특별하게 잘해준 것도 아니고…….”

말은 이렇게 했지만 지은은 알았다. 엄마는 아빠의 흔적이 조금이라도 있는 명성그룹의 본가를 떠나고 싶지 않았던 것이다. 그리고 만난 남자는 외모가 놀라울 정도로 아빠와 닮아 있었다.

엄마는 첫사랑인 아빠의 모습을 찾기 위해 그 남자에게 최선을 다했고 지금은 아무것도 남지 않았다. 뇌졸중으로 입이 돌아간 엄마의 얼굴은 보기에 안쓰러울 정도였다.

“이제 그만해.”

“억~ 억.”

엄마가 약간은 괴기스러운 목소리를 내며 울부짖기 시작했다.

“간호사들을 공격한다거나 해코지를 하면 그땐 회장님께 말할 거야.”

“뭐?”

엄마가 거짓말처럼 울음을 멈추었다. 명성그룹의 김기철 회장을 가장 두려워하던 엄마였다. 할머니에 할머니때부터 김씨 가문의 노비로 살아 온 엄마였다. 주인어른이라면 신적인 존재인 것이었다.

지은이는 진짜 완벽하게 돌연변이였던 것이다. 말 잘 듣는 엄마는 명성가의 울타리에서 벗어나 본 적이 없는 사람이었다. 그러니 회장님의 존재는 엄마에게는 하늘, 그 이상이었다.

"지은아……."

"엄마, 난 엄마랑 다른 거 알지? 회장님 찾아가서 엄마가 명성가에 먹칠을 하면서 난동을 부린다고 말할 거야."

"아니야."

"아니긴. 오늘도 그렇게 했잖아?"

"안 그래. 안 할게. 회장님께는 말하지 마."

"엄마, 여기 간호사들은 엄마를 낫게 해서 명성 본가로 보내주려고 하는 사람들이야."

"알았어."

엄마가 처음으로 차분하게 말을 하고 있었다. 지은은 이런 엄마를 보면서 마음이 아팠지만 지금은 엄마가 심리적으로 안정이 되게 만드는 게 최우선이었다. 뇌졸중을 치료하는 건 그다음의 일이었다.

마음이 안 좋은 상태로 병원을 나온 지은은 자신의 집으로 향했다. 왜 이렇게 자신에게만 안 좋은 일들이 일어나는지 지은은 너무나 속이 상했다. 신은 그녀의 편이 아닌 게 확실했다.

그렇게 아등바등하던 지은에게 본부장의 등장은 엎친 데 덮친 격이었다.

위너그룹의 전용기가 공항에 착륙을 했다. 비행기에서 내리는 일행 가운데 가장 눈에 띄는 건 은혁이었다. 편안한 청바지 차림의 그는 한국의 봄바람을 온몸으로 맞고 있었다. 친숙한 그렇지만 지금은 조금 낯선 느낌이 들었다.

"회장님 전화십니다."

그의 비서가 전화기를 은혁에게 건넸다. 그가 이렇게 갑작스럽게 들어온 건 대대적인 인사이동 때문이었다. 이번 인사이동은 다분히 은혁을 위한 것이었다. 위너의 차기 회장을 만들기 위한 물밑 작업이 시작되고 있었다.

"여보세요?"

[도착했어?]

"네."

[피곤하겠구나.]

"괜찮습니다."

아버지는 따뜻하게 그를 맞아주셨다. 언제나 그의 편이 되어주시는 따뜻한 아버지였지만 그와 마찬가지로 사업에 한해서는 굉장히 냉철한 분이셨다. 그렇기 때문에 위너를 글로벌 그룹으로 키우실 수 있었을 것이다.

[집에 와서 만나야 하는데 내가 지금 부산이다. 2, 3일 쉬고 출근해.]

“아닙니다.”

[아니야, 급하게 한다고 해서 잘되는 건 아니니까.]

“제가 알아서 하겠습니다.”

[알았다. 내일 저녁쯤이면 서울에 도착 할 것 같구나.]

“알겠습니다.”

시차 때문에 머리가 아프긴 했지만 그래도 일을 쉬고 싶은 마음은 없었다. 대기해 있던 리무진에 몸을 실은 은혁은 오랜만에 집으로 향했다. 어머니와 신우가 있는 집으로 말이다.

은혁은 오랜만에 편안한 잠을 잤다. 본가가 오랜 타향 생활에 지친 그의 마음을 달래주는 것 같았다. 다음 날 아침 신우와 함께 회사로 출근했다.

“우리 부서에 지은이 있는 거 알아? 대리야. 내 사수기도 하고.”

“그래?”

지은이의 이름은 오랜만에 들었다. 그녀가 그에게 했던 마지막 키스를 기억했다. 그동안은 잊고 싶은 기억이었다. 아버지의 말씀을 처음이자 마지막으로 어긴 일이 아영과의 파혼이기 때문이었다.

물론 약혼식은 하지 않았지만 어릴 때부터 그의 정혼녀였기 때문에 아버지는 처음에 화를 내시다가 그의 뜻을 받아들여 주셨다. 그때의 일을 생각하면 지금도 죄송한 마음뿐이었다. 그 후로 결혼을 제외한 모든 일을 그는 최선을 다해서 했다. 그렇게 7년이란 세월이 흘렀고 은혁은 이제 어른이 되었다.

"형은 어디로 발령이 났어?"

"아직은 몰라. 너는 기획실이라고?"

"응, 아직 1년 차라 정신없어. 지은이가 내 사수야."

"……."

지은이라는 이름이 조금은 불편한 마음이 드는 은혁이었다.

"형은 안지혜랑 잘돼?"

그는 지금 여배우와 만나는 중이었다.

"그냥."

"진짜 예쁘던데? 소개 좀 시켜줘."

"알았어."

"진짜?"

아직도 어린 구석이 있는 동생이었다. 잠은 잘 잤는데 시차 때문인지 컨디션은 그렇게 좋지 않았다. 이런저런 이야기를 하다 보니 위너 본사에 도착했다.

"형, 난 먼저 갈게. 늦으면 지은이한테 혼나."

신우는 정신없이 엘리베이터 쪽으로 뛰어가서 바로 엘리베이터를 잡아탔다. 출근 시간이라서 그런지 엘리베이터 앞에 사람들이 많이 있었다. 은혁은 운동을 할 겸해서 비상계단을 걷기 시작했다.

아버지의 사무실이 30층에 있으니 올라가는 일이 만만치 않았다. 하지만 은혁은 흐트러짐 없이 계단을 오르기 시작했다. 한참을 걷고 있는데 계단을 은혁 자신만 걷고 있는 게 아니란 걸 알게 되었다.

"헉헉, 진짜 죽을 맛이다."

여자의 목소리가 그의 뒤에서 들리고 있었다.

"헉헉, 이건 아니잖아."

하도 구시렁거리는 소리가 들려 그는 자신보다 2계단 아래에 있는 목소리의 주인공을 내려다보았다.

"아악! 이 죽일 놈의 계단. 더 죽일 놈의 이신우!"

신우의 이름이 나오자 자연스럽게 더 눈길이 갔다. 박스를 든 여자가 계단을 숨 가쁘게 오르고 있었다.

"다음 생은 이신우 아들로 태어나고 말 거야. 그래서 뒤치다꺼리가 뭔지 보여주겠어."

이를 가는 소리가 그의 귀까지 들리는 것 같았다.

"개새끼!"

흰색 블라우스에 독특한 문양의 보라색 치마를 입은 여자가 10층의 비상구로 사라졌다.

"뭐지? 설마 그 개새끼가 우리 신우?"

그는 고개를 갸웃거리며 나머지 계단을 올랐다. 회장실에 그가 모습을 드러내자 비서들의 표정은 놀람 그 자체였다. 특히 아버지의 비서실장은 어제 그가 서울에 도착한 건 알았지만 이렇게 다음 날 바로 출근할 줄은 몰랐다며 당황스러워했다.

게다가 아버지가 없는 상황에서 그의 방문은 그들에겐 핵폭탄 투하와 같은 일이었다.

"저는 신경 쓰지 마시고 일들 하세요."

그건 말이 안 되는 일이었다. 오전 시간 내내 은혁은 아버지의 사무실에 앉아서 비서실장이 주는 서류들을 검토했다. 본사의 상황을 알고 싶었는데 지금이 딱 적기였다.

은혁은 오전 시간을 아버지의 사무실에서 보내고 점심도 거른 채 회사분위기를 파악하는 데 주력했다. 하루 만에 될 일은 아니었지만 전반적으로 무엇이 지금 최대의 문제인지는 파악할 수 있게 되었다.

저녁은 신우와 만나기로 했다. 신우의 약혼녀인 연정도 같이 나오기로 했다.

그보다 신우가 먼저 결혼을 할 것 같다는 생각이 들긴 했다. 신우와 연정은 은혁이 보기에도 참 잘 어울렸다. 여전히 투덜대는 신우였지만 연정을 생각하는 면이 그의 눈에 보였다. 보기 좋은 커플이었다.

강남에서 가장 유명한 이탈리안 레스토랑에 들어서자 신우가 그를 향해 손을 흔들고 있었다.

"형!"

그가 신우 쪽으로 가서 반갑게 그들과 인사를 했다.

"오빠, 더 멋있어지셨어요."

"고마워."

"사실이니까 고마워하실 것까지는 없어요."

연정이 웃으며 말했다.

"신우 넌 이태리 음식 싫어하잖아."

"내가? 설마? 형이 잘못 알고 있는 거야."

신우는 피자나 파스타를 그리 좋아하지 않았다. 아니, 이태리풍의 음식을 즐기지 않았다. 신우는 스테이크 종류를 좋아했다. 하지만 오늘 보니 연정이가 피자와 스파게티를 좋아하는 모양이었다.

"연정이가 좋아하는구나?"

"신우도 잘 먹어요."

신우가 그를 보며 눈짓을 했다. 연정이 때문에 식성까지 바꾼 모양이었다.

"그렇다고 치자. 오늘은 왜 불렀어?"

"오빠하고 밥 한번 먹고 싶어서요. 지난번에 미국에 갔을 때 너무 잘해주셔서 감사하기도 했고요."

연정이 어머니에게도 잘하고 아버지에게도 잘하는 걸 알기에 그가 연정이 가족들과 미국으로 휴가를 왔을 때 대접을 했었다. 그게 고마웠던 모양이었다.

"엄마가 집으로 초대하라고 했는데 오빠가 불편하실 것 같아서요."

이런저런 이야기를 하고 있는데 연정이 갑자기 손을 들었다.

"오빠!"

은혁의 고개가 자연스럽게 뒤로 돌아갔다. 그리고 은혁도 자연스럽게 고개를 돌려 연정이 반갑게 부르는 곳을 보았다. 그리고 천천히 얼굴이 굳어가고 있었다.

잘생긴 꽃미남 옆에 보라색 치마를 입고 얌전하게 서 있는 지은이 그의 눈에 보였다.

"오빠, 어쩐 일이야?"

남자가 사람들을 의식해서 손으로 밥 먹으러 왔다는 표시를 했다. 지은의 눈은 신우에게 향해 있었다. 신우와 입모양으로 장난을 하고 있었다. 아직 그를 보지 못한 것 같았다. 은혁은 얼른 고개를 돌렸다.

"누구야?"

"연정이 사촌 오빠. 잘생겼지? 지은이랑 잘돼가나 봐."

"둘이 사귀는 거야?"

은혁은 최대한 아무렇지 않은 척 물었다.

"내가 소개시켜 줬어."

"오빠가 학교 다닐 때부터 지은이가 마음에 들었었나 봐요. 둘이 잘 어울리죠?"

"……."

오랜만에 보는 지은이었다. 그리고 지은의 옆에는 남자가 있었다.

열 번째 문자였다. 도저히 거절할 핑계가 없었다. 아니라고 자르기엔 우진의 문자와 전화는 너무나 조심스러웠다. 누군가를 가슴 시리게 좋아해 봤기에 우진의 마음을 쉽게 거절할 수가 없었던 지은이었다.

[거절하지 말아줘요. 내 생일이니까.]

우진의 한마디에 지은은 저녁은 자신이 사기로 했다. 그리고 딱 잘라서 말하려고 했다. 그런데 그 자리에서 은혁을 보게 될 줄은 상상도 하지 못했었다. 신우와 연정에게 인사를 하고 우진을 따라

이동하던 순간 지은은 은혁을 보고야 말았다.

지은은 우진의 뒤를 따라 자신들의 자리로 향했다. 하지만 테이블에 앉아서 한참을 멍하게 있었다.

"지은 씨?"

"네?"

"뭘 그렇게 생각해요?"

"아니에요."

우진이 걱정 어린 눈빛으로 그녀를 보았다.

"정말 괜찮은 거 맞아요? 얼굴은 창백하고 놀란 것 같은데……."

"괜찮아요. 요즘 무리했더니 몸살 기운이 있나 봐요."

"그럼 일어날까요?"

"아뇨, 오늘은 우진 씨 생일인데 축하해 주고 싶어요."

그녀의 말에 우진이 진지한 표정으로 지은을 바라보았다.

"거짓말했어요."

"……."

"지은 씨 보고 싶어서 거짓말했어요."

자신이 뭐라고 이렇게 잘난 남자가 왜 이렇게 간절한 마음으로 말하는지 궁금했다.

"전 우진 씨가 생각하는 여자가 아니에요. 아버지는 돌아가시고 어머니는 명성가의 도우미로 평생을 사셨어요. 그리고 지금은 뇌졸중으로 요양병원에 계시고요."

"압니다."

"네? 뭘 아신다는 거죠?"

"제가 지은 씨를 짝사랑한 지 너무 오래돼서 웬만한 정보는 다 압니다. 연정이가 한몫하기는 했지만 말이죠."

연정이가 수년간 그녀에 대한 정보를 우진에게 준 모양이었다.

"한마디로 연정이가 제 정보원이었습니다."

"우진 씨……."

"전 성인이고 제가 재벌이든 아니든 여자를 좋아할 권리는 있다고 생각합니다. 재벌2세들이 모두 정략결혼을 하는 건 아닙니다."

정략결혼이라는 말이 지은의 귀에 꽂혔다. 아영과 은혁이 하려고 했던 것이었다. 지금은 물론 아니지만 말이다.

"알아요."

"그럼 저에게 기회를 주세요."

"재벌이든 아니든 지금은 누굴 만날 정신이 없어요. 그리고 결혼할 마음도 없고요."

"다른 남자는 없다는 말이네요."

"……."

"그럼, 됐습니다."

지은의 밝게 웃고 있는 남자를 보았다.

"밀어내지만 말아주십시오. 그리고 저라는 남자를 잘 봐주세요."

"우진 씨……."

"전 지은 씨가 이렇게 제 이름을 불러주는 날이 올 거라고는 생각도 못 했습니다. 지금 지은 씨가 제 이름을 불러주시는 것만으로도 좋습니다."

진짜 할 말이 없었다.

"감사한데 부담스러워요."

"지은 씨는 이런 대접을 받아 마땅한 사람이에요. 제가 잘하겠습니다."

한숨이 나왔다. 하지만 너무 진지한 우진에게 더 이상의 말은 하면 안 될 것 같았다.

"오늘 저녁은 제가 거짓말을 했으니 쏩니다. 맛있는 거 드세요. 여기는 저희 집 식구들이 자주 오는 곳입니다. 연정이가 특히 좋아하는 곳이죠."

"……."

"편하게 저녁 먹어요."

"네."

"그럼 제가 여기서 괜찮은 음식 주문할게요."

지은이 고개를 끄덕이자 그는 해맑은 미소를 지으며 말했다. 진짜 태어나서 먹어본 피자 중에 가장 맛있는 화덕 피자를 먹었다.

"진짜 맛있어요."

"또 오고 싶을 겁니다. 제가 그걸 노린 거죠."

"그러네요."

밥을 먹고 자리에서 일어나자 앉아 있을 땐 안 보이던 은혁이 보였다. 그리고 은혁의 옆에는 여자가 앉아 있었다.

"안지혜네요."

"네?"

"저기 연정이 옆에 앉아 있는 여자가 안지혜라는 배우예요. 실물이 더 예쁘네요. 지은 씨는 몰라요?"

"네."

바쁘게 사느라 연예인들은 잘 몰랐다.

"너무 바쁘게 산 거 아니에요?"

"……."

우진이 콕 집어 말하자 놀란 지은이었다.

"때로는 한 템포 쉬는 게 필요할 때가 있어요. 영화도 보고 TV도 보고. 제가 많이 데리고 다닐 테니 긴장해요."

우진의 말은 귀에 들어오지 않았다. 지은이 안지혜라는 여자의 얼굴을 보고 나자 알 수 없는 좌절감이 생겼기 때문이었다. 안지혜는 그녀가 본 여자 중에 가장 예뻤다.

"안지혜보다 제 눈에는 지은 씨가 더 예쁩니다. 가시죠."

나올 때는 신우와 연정에게 인사를 하지 않았다. 그들도 얘기에 열중한 것 같았기 때문이었다. 지은의 집까지 우진이 바래다주었다.

지은을 집에 바래다준 우진은 어딘가로 전화를 걸었다. 그의 은색 캐딜락은 주위의 시선을 한 몸에 받는 고급진 모습의 차였다. 지금 만나러 가는 사람이 사준 것이지만 말이다. 우진의 머리서부터 발끝까지 그 여자가 안 사준 게 아무것도 없었다.

서울 강남의 가장 중심지에 부자들만이 사는 빌라가 있었다. 이곳은 그들이 밀회를 즐기는 곳이기도 했다. 호스트바에서 처음 만난 두 사람은 벌써 5년째 은밀한 만남을 가져오고 있었다.

"아영 씨."

그가 현관 안으로 들어서자 아영이 빠르게 달려와 그에게 안겼다.

"우진 씨."

"언제 와 있었어요?"

"한참 전에. 오늘 그년은 어땠어?"

"그렇게 미인은 아니던데 왜 그렇게 다들 경계하는지 모르겠어요? 연정 씨는 굉장히 경계하던데요? 안 그런 척하면서?"

"아직 우진 씨가 몰라서 그래. 어때, 연정이가 소개하니까 믿지?"

"네."

우진은 아영의 입술에 입을 맞추었다.

"그래도 저한테는 아영 씨뿐이에요."

"종년하고 스킨십은 안 되는 거 알지?"

"물론이죠."

우진은 아영이 왜 그렇게 지은을 두려워하는지 알 것 같았다. 지은은 남자들의 로망 그 자체였다. 처음에 지은을 소개받고 그는 호스트생활을 하며 수많은 연예인들과 강남에서 잘나가는 텐프로를 합쳐도 지은의 미모를 따를 수 없다고 생각했었다.

그리고 아영이 몰래 즐길 생각이었다. 들키지 않게 최선을 다해볼 생각이었다. 오늘 보니 지은도 그를 밀어내는 것 같지는 않았다.

아영의 손이 그의 셔츠 사이로 들어왔다.

"우진 씨."

3년 전부터 아영은 그에게 집을 하나 얻어주고 용돈을 대주며 호스트 생활을 그만하게 만들어준 은인이나 다름없는 여자였다.

아영의 성격이 유별나든 어떻든 그에게 돈줄이면 우진은 다 참을 수 있었다.

"그런데 왜 지은인가 하는 여자를 꼬셔야 합니까?"

"내 종년이 잘되는 게 싫어."

이해가 가기는 했다. 자신이 부리는 사람의 딸이 아영보다 모든 면에서 뛰어나니 싫을 만도 했다.

"잘하면 이번에 차 바꿔줄게."

"난 아영 씨만 있으면 돼요."

여자가 뭘 좋아하는지 아는 우진이었다. 그의 눈이 빛나기 시작했다.

4. 어느 날 갑자기

5월의 첫날이었다. 가정의 달이자 가장 마음이 따뜻한 달이기도 한 5월인데 위너그룹의 기획실엔 긴장감이 돌고 있었다. 오늘 본부장이 새로 온다고 했기 때문이었다. 우리의 팀장님은 이번 인사에서도 낙동강 오리알이 되어 있었다.

거기다가 마흔이 넘은 부장은 새로운 본부장이 오기 전까지는 기획실의 대장이었다. 오늘 아침 조회는 그 스트레스의 끝장판이었다.

"이번 감사에서 우리가 무사히 빠져나가긴 했지만 앞으로도 조심 또 조심해야 합니다. 이번 감사에서 영업 1팀은 부장, 과장, 대리까지 모조리 해고 그리고 직원들까지도 징계조치가 들어갔습니다.”

그건 영업부의 활동비를 개인적으로 쓴 게 들통이 났기 때문이었다. 거기다가 실적도 다른 팀들에 비해 확연하게 적었다.

“그리고 오늘 본부장님이 오시면 첫인상이 좋아야 합니다. 각자 엉망인 책상 위도 좀 정리하세요.”

“진짜 별것도 아닌 것 가지고 시비네.”

신우가 지은만 들리게 조용히 소곤거렸다.

“뭐라고 하는 겁니까?”

신우의 움직임을 유 부장이 본 모양이었다.

“박 대리!”

회장 아들인 신우에겐 뭐라고 말하지 못하고 엄한 지은에게 소리를 지른 유 부장이었다.

“아닙니다.”

지은이 소리쳤다.

“우리 부서에 새 본부장님이 오시니까 모두들 당분간은 긴장 좀 하세요.”

“네!”

군대도 이런 군대가 없었다. 조회를 마치고 기획실 직원들은 자신의 책상을 정리하기에 바빴다. 아직 회장실에 있는 본부장은 내려올 생각을 하지 않았다. 대신에 유 부장이 회장실로 올라가서 본부장을 모시고 오는 모양새였다.

"진짜 짜증이다. 자기가 뭔데 나이 든 유 부장님을 오라 가라야? 그리고 첫 출근이면 일찍 일찍 나와야지."

지은이 구시렁거리며 이번 감사 때문에 자신의 키보다 높게 쌓인 서류박스를 한쪽으로 빼놓기 시작했다. 하지만 아무리 지은이 구시렁거려도 신우가 가만히 있었다. 자신의 책상만 묵묵히 정리를 하고 있었다. 한마디 할 때가 됐는데 아주, 몹시, 매우, 많이 수상했다.

"이신우 씨!"

참다못한 지은이 신우를 불렀다.

"네."

"왜 이렇게 조용하십니까? 본부장님에 대해서 아시기라도 합니까?"

지은의 목소리가 컸는지 책상 정리를 하던 직원들이 그들을 쳐다보고 있었다.

"그래, 신우 씨, 말해봐. 우리도 공유 좀 하자."

지은의 앞자리에 앉은 공 과장이 신우를 보며 물었다.

"하긴 정보로 따지자면 우리 신우 씨가 최고겠지."

"아닙니다."

"아니긴. 달리 로열패밀리겠어?"

"……."

"아나 봐요."

직원들이 신우를 궁지에 몰아넣고 있었다. 신우는 아무 말도 하지 않고 입만 꾹 다물고 있었다. 하지만 그때 구원투수처럼 유 부장이 새로운 본부장과 함께 기획실 안으로 들어왔다. 순간 기획실 전체가 얼음이 되었고 지은은 그야말로 놀라서 쓰러지기 일보 직전이었다.

"형인데 어떻게 말해."

신우가 투덜거렸지만 지은의 귀에는 들어오지 않았다. 그의 눈에는 은혁뿐이었다. 마치 슬로우 비디오처럼 걸어 들어오는 은혁의 존재감은 대단했다. 그는 들어오면서 직원들에게 가볍게 인사를 하고는 자신의 사무실 안으로 들어가 버렸다.

"기획실이 로열패밀리의 집합소가 됐군."

공 과장이 좌절이 섞인 말을 한마디하고는 자신의 자리에 앉았다.

"그러게 말이에요. 이제 숨도 쉬면 안 될 것 같아요."

공 과장 옆자리의 여의주 씨가 한숨을 쉬며 말했다.

"기획실이 대단한 곳이긴 한가 봐요?"

"회사의 머린데 대단한 곳이지."

"하긴."

직원들이 제각각 한마디씩하고 있었다. 하지만 지은은 여전히 멍한 얼굴이었다.

"박 대리님."

신우가 지은을 불렀다.

"박 대리님."

"말시키지 마."

지은의 날카로운 말에 주변이 얼어붙어 버렸다.

"넌 나한테 말했어야 했어."

"그게, 아니라……."

순간적으로 지은은 신우에게 배신감을 느꼈다. 말을 한다고 해서 상황이 바뀌는 것은 아니지만 최소한 마음의 준비는 할 수 있었을 것이다. 며칠 전에 레스토랑에서 신우를 보고 은혁을 봤지만 신우는 우진에 관한 것만 말했지 자신의 형에 대한 이야기는 하지 않았다.

"공 과장, 김 과장, 박 대리, 윤 대리 빨리 들어와."

"네."

공 과장이 크게 답을 했다.

"박 대리, 빨리 들어가자. 미래의 회장님께서 뭐라고 하시는지 들어보자고. 그리고 잘 보여야 하고."

공 과장이 여의주의 거울을 빼앗아 자신의 얼굴을 바라보고 있었다. 지은은 공 과장을 두고 먼저 본부장실로 향했다. 매도 빨리 맞는 게 나았다. 심장이 여전히 미친 듯이 뛰고 있었다.

"면역력이 안 생겨."

7년이면 면역력이 생길 법도 한데 그녀의 심장은 여전히 나대고 있었다. 문을 열고 들어가자 책상에 앉아서 매서운 눈으로 그들을 보고 있는 은혁이 보였다. 하지만 지은의 생각인지 몰라도 은혁은 지은에겐 눈길조차 주지 않고 있었다.

다행이라고 생각해야 하는데 왠지 모르게 서운한 생각이 들었다. 그가 그녀를 잊은 게 아닌가라는 생각이 들기까지 했다.

"반갑습니다."

은혁의 낮은 저음의 목소리는 세월의 무게까지 실려서 여자들의 가슴을 설레게 만들기에 충분했다.

"오늘부터 기획실의 본부장이 된 이은혁입니다. 제가 누구의 아들이던지 간에 일은 여러분들과 다름없이 할 겁니다. 그전의 본부장은 어떤 스타일인지 알 수 없지만 전 확실하게 여러분의 쉬는 시간을 반납 받을 겁니다."

이건 앞으로 빡세게 일을 하게 될 거라는 경고였다.

"기획실은 회사의 가장 중심에 있습니다. 여러분이 빠르게 움직이지 않으면 있으나마나 한 곳이 될 수도 있습니다. 최고의 지성들이 모인 곳이니만큼 번쩍이는 아이디어의 기획안들을 기대하겠습니다."

"네."

마치 군부대를 연상시키는 듯 모두가 한목소리로 답했다. 그렇게 은혁은 카리스마로 중무장이 되어 그녀에게 돌아왔다.

"나가서 일들 보세요."

그가 말하는 동안 지은은 그가 지은에게 눈길 한번 주지 않음을 느끼고 또 느꼈다. 뭔가 강하게 거부당하는 느낌이 들었다. 하지만 이건 어디까지 은혁의 무시에 대한 그녀의 생각일 뿐이었다. 본부장실을 나온 그녀에게 여의주가 굉장히 궁금한 얼굴로 물었다.

"뭐라고 하세요?"

"뭐라고 하시긴 일 똑바로 하라고, 여가 시간은 반납이라고 말이야."

공 과장이 지은 대신 말했다.

"그러는 게 어디 있어요? 여기처럼 빡세게 부려먹는 부서가 어딨다고?"

"일이나 해. 본부장님은 신우 씨랑은 달라. 아주 피 한 방울 안 나오겠더라고."

공 과장이 한숨을 푹 쉬었다.

"왜 우리 유 부장님은 승진을 못 하셔가지고……."

"뭐?"

여의주 씨의 말을 유 부장이 뒤에서 들은 모양이었다.

"아닙니다."

"아이고, 속 터져."

신우는 말없이 일만 하고 있었다. 신우도 자신의 부서로 형이 온 게 마음에 들지 않는 눈치였다.

"다른 부서로 가지……."

신우가 혼자 구시렁거리는 소리를 지은은 들었지만 아무런 말도 하지 않았다. 지은도 지금 화가 많이 났기 때문이었다.

점심시간 신우와 밥을 먹은 지은은 구시렁거리기 시작했다.

"뭐냐?"

"뭐가?"

"진짜 이렇게 비밀이 많기야?"

지은이 투덜거리기 시작할 때 기획실 직원들이 그들의 옆으로 하나씩 앉기 시작했다.

"오늘의 히든카드는 떡갈비다."

공 과장이 혀를 낼름거리며 말을 하고는 신우의 옆에 앉았다. 지은의 옆에는 여의주가 앉았다.

"본부장님하고 회장님하고 같이 드시나 봐요."

이 회장과 본부장이 식당에 들어서자 언제나처럼 직원들이 일어났다가 앉았다. 이 회장과 본부장은 임원들이 먹는 식당 안으로 배식 판을 들고 들어갔다.

"신우 씨는 안 들어가?"

공 과장이 말없이 밥만 먹고 있는 신우에게 물었다.

"전 평직원입니다."

신우가 입을 씰룩거리며 공 과장의 물음에 답했다.

"그래도 큰아들하고 너무 차이가 나는 것 아니야?"

신우가 공 과장을 매섭게 쳐다보았다. 신우 또한 위너가의 사람이었다. 평소에는 마냥 좋은 사람이지만 화가 나면 불같은 성격이었다.

"화났어?"

공 과장이 꼬리를 내렸다.

"아닙니다."

일촉즉발의 순간이 지나고 밥을 다 먹어갈 무렵 이 회장이 본부장과 나오면서 신우의 곁으로 왔다. 그 일대의 사람들이 모두 자리에서 일어났다.

"이신우 사원, 할 만합니까?"

"네, 회장님."

"다행이군. 밥들 편하게 먹어요. 우리 박지은 씨는 더 예뻐진 것 같아."

"네?"

놀란 지은이었다. 이 회장이 자신의 이름을 알 거라고는 상상도 하지 못했었다.

"감사합니다."

"우리 신우 사수라고?"

"네."

"잘 부탁해요. 이건 아버지로서 부탁입니다."

이 회장이 이렇게 멋지게 느껴진 적은 한 번도 없었다. 천하의 이 회장도 아들을 걱정하는 아버지였다.

하지만 지은은 어떻게 자신의 이름을 이 회장이 알고 있는지가 더 궁금했다. 수십만의 직원들 중에 회장이 이름을 알고 있는 직원은 몇 안 되기 때문이었다. 이건 가문의 영광이었다.

식사를 마치고 돌아오는 길에 지은이 신우에게 물었다.

"회장님에게 내 얘기 한 적 있어?"

"내 얘기 할 시간도 없다. 얼굴을 봐야 무슨 말을 하지?"

"바쁘신 분이니까."

"근데 진짜 우리 아버지가 어떻게 널 아실까?"

오히려 신우가 더 궁금해하고 있었다.

은혁은 부임 첫날부터 타이트하게 직원들을 조이기 시작했다.

그게 은혁의 일하는 방식이었다. 그의 곁에서 일을 봐주던 비서실장은 힘이 들어 벌써 2번이나 응급실 신세를 졌고 과로사를 대비해서 보험까지 들어둔 상태였다.

그의 비서실장은 은혁의 한 달간 스케줄을 미국에서부터 잡아둔 상태였다. 빠르게 움직이는 게 은혁의 스타일이었다.

"오후에는 기획실 직원들 회의가 있습니다. 그리고 회의가 끝이 난 뒤에는 위너전자의 사장님과 미팅이 마련되어 있습니다."

"전자 사장?"

"네, 작년에 기획실에서 올해 상반기 중점사업을 전자에 너무 치중해서 다른 곳들의 불만이 많습니다."

"그럼 다른 자사 사장들을 만나야 하는 것 아닌가? 채 실장?"

"다른 사장님들보다 위너전자 사장님이 가장 막강한 실세신지라……."

"내가 인사를 해야 한다는 말인가?"

은혁은 화가 났다. 어른으로서 인사를 하는 것과 사업을 하는 사람으로서 머리를 조아리는 건 상황이 달랐다.

"내가 전자의 본부장도 아니고 그룹 본사의 본부장인데 사업을 논하는 자리에서 머리를 숙이고 싶지 않아. 전부 한꺼번에 만날 생각이니 오늘 다 모이게 하든지 아니면 날짜를 다시 잡아."

"네."

오랜 기간 동안 같이 일을 해서 그의 스타일을 다 파악한 줄 알았는데 아닌 모양이었다. 실망이었다. 그 후 기획실 사람들과 한 회의는 더더욱 실망이었다.

"여기 우리나라 최고의 천재들이 모인 곳 맞습니까? 누가 교과서라도 나누어 줍니까? 왜 이렇게 획일적인 말만 합니까?"

"……."

"위너전자만이 위너그룹의 회사가 아닙니다. 미디어, 엔터도 마찬가지고 패션도 마찬가지입니다."

"하지만 전자가 주된 사업이다 보니 자연스럽게……."

유 부장을 매서운으로 쳐다보자 그가 말을 흐렸다.

"예전 건 모두 잊어요. 그리고 회의는 항상 전체 회의고 부서장들과 따로 회의를 하는 일은 거의 없을 겁니다. 실력이 있는 자만이 위너에서 살아남을 수 있습니다."

"네."

회의가 끝이 나고 그는 채 실장이 소집한 사장단을 만나기 위해 사무실을 나섰다. 그때 그의 눈에 신우와 웃으며 무언가를 말하고 있는 지은이 들어왔다. 그는 그들을 매섭게 슬쩍 바라보다가 자리를 나섰다. 그가 그들을 본다는 걸 신우와 지은은 알지 못했다.

사무실을 나선 은혁은 사장단을 만난 후에 아버지가 있는 회장실로 향했다.

"아버지, 부탁드릴 게 있어서 왔습니다."

그가 이곳으로 오기 전에 미국에서 아버지와 한 약속이 있었다. 그가 무엇을 하든 믿고 전폭적인 지지를 아끼지 않겠다는 것이었다.

"뭔데?"

갑작스러운 은혁의 방문에 이 회장이 놀라 물었다.

"신우를 다른 부서로 발령 내주십시오."

"왜?"

"형제가 같이 일을 하니 직원들 보기에도 그렇고 저 또한 동생이라는 생각이 먼저 들어 일을 냉정하게 가르치기가 좀 그렇습니다."

회장은 그의 말을 말없이 들었다.

"신우가 네 보기에 많이 부족하냐?"

"부족해서가 아니라 불편한 겁니다."

"하긴 나도 신우에 대해서 위너전자 영업 1팀으로 발령을 낼까 생각 중이었다. 그쪽이 이번 감사에서 문제가 많았거든."

아버지의 의중을 누구보다 잘 아는 은혁이었다.

"하지만 지금은 신우가 너무 몰라도 몰라. 몇 달간은 박 대리가 가르치도록 내버려 둬. 그러면 내가 영업부로 보내마."

더 이상 아버지를 조를 수는 없는 일이었다. 그리고 아버지의 말이 맞기도 했기 때문에 은혁은 절반의 소득을 거두고 기획팀으로 돌아갔다. 역시나 그가 들어선 것도 모른 채 지은과 신우는 머리를 맞대고 있었다.

"이신우 씨, 사무실로 들어와요."

까칠한 목소리로 그가 신우를 보지도 않고 말했다.

"네."

신우가 쪼르르 그의 사무실로 따라 들어왔다.

"네, 본부장님."

"다른 부서로 가는 건 어때?"

"……."

밑도 끝도 없는 그의 말에 신우가 어리둥절한 표정을 지었다.

"왜요?"

"불편해. 동생이 같은 사무실에 있다는 게."

"신경 쓰지 마시고 본부장님 스타일대로 하십시오."

신우도 지지 않았다. 예전의 어린 신우가 아니었다.

"왜 기획실에 있고 싶은 거지?"

"배울 게 많아서요."

"그럼 최선을 다해. 시시덕거리지 말고."

속에 있는 말이 나왔다. 은혁답지 않게 지은과 신우의 모든 것이 눈에 거슬렸다. 이건 일과는 무관한 일이기에 은혁 스스로도 신기하게 느껴졌다. 이은혁이 다른 사람을 신경 쓰고 있었다.

"시시덕거린 적 없습니다."

"알았으니 나가봐."

"본부장님께서 너무 예민하신 겁니다. 박 대리와 친한 건 사실이지만 회사 안에선……."

"소문이 자자해."

"앞으론 조심하겠습니다."

신우가 사무실을 빠져나가고 은혁은 의자에 기대 눈을 감았다. 오랜 세월 동안 기억에 남아 있던 지은이었다. 하지만 그때는 이미 지난 시간이었다. 지금 와서 눈앞에 지은이 알짱거린다고 해서 그가 불편해할 이유는 없었다.

하지만 그의 이성과는 달리 지은이 자꾸만 신경이 쓰였다.

퇴근 후에 신우가 열이 받는 일이 있는지 술을 마시자고 했다. 지은은 쉬고 싶었지만 이렇게 화가 난 모습의 신우는 처음인지라 할 수 없이 그들이 자주 가는 이자카야로 향했다. 연정이도 온다고 했는데 차가 막히는지 아직 도착하지 않았다.

"네가 보기에 내가 너랑 시시덕거리는 것 같아?"

"아니라고는 볼 수 없겠지. 다른 사람들은 충분히 그렇게 생각할 수 있어. 누가 그러는데?"

"형."

"본부장님이 오시고 우리가 그런 적이 있나? 아마 다른 사람들이 그렇게 말했을 거야. 괜히 서운하게 생각하지 마."

"아니, 형은 진심이었어."

지은은 한숨이 나왔다. 지난날 그에게 한 일이 아직 미운털이 되어 그의 기억에 남아 있는 것 같았다.

"신우 네가 미운 게 아니라 내가 미운 거야."

"왜?"

"예전에 내가 본부장님에게 실수한 게 있거든."

그때 연정이 인상을 쓰며 안으로 들어왔다.

"우진이 오빠 안 만나?"

연정이의 말에는 가시가 돋쳐 있었다. 오늘따라 더 그런 것 같았다.

"오늘 늦게 끝나서."

"내가 오빠한테 전화할까?"

왜 이렇게 적극적인지 지은은 오늘따라 연정의 행동이 거슬리기 시작했다.

"아니, 만날 생각 없어. 오늘은 피곤해."

"피곤하다면서 여기 있어?"

연정 역시 오늘따라 아주 예민한 것 같았다. 다른 때 같으면 그냥 무시하고 넘겼겠지만 오늘은 지은도 날카로운 날이었다.

"왜 그래? 너무 예민하다고 생각하지 않아?"

"아니, 나도 참을 만큼 참았어. 너희 둘이 나 없이 있는 걸 내가 언제까지 참아야 하니? 난 신우 약혼녀야. 네가 아영이 파혼시킨 거 나도 알거든."

연정이 오늘 기어이 선을 넘고 말았다.

"연정아."

아주 기가 막혔다. 지은은 한 번도 아영이의 파혼에 자신이 관련이 되어 있다는 말을 하지 않았다. 그 누구에게도 그녀가 본부장에게 품었던 마음을 말한 적이 없었다. 신우에게조차도 말이다.

오늘 연정이는 지은이 평소에 알던 연정이 아니었다. 연정이 목소리가 커지자 주변의 손님들이 그들을 쳐다보기 시작했다.

"연정아, 그만해."

"내가 왜? 오늘은 말해야겠어. 너를 위해 남자친구도 만들어줬는데 그러면 이제는 조심해야 하는 거 아냐?"

"알았어. 나 때문에 싸우지 마. 이제 다시는 사적인 자리에서 신우와 단둘이 만나지 않을게."

지은이 자리에서 일어나자 신우가 그녀의 팔목을 잡았다.

"놔, 네 여자친구가 오해하잖아."

그리고 지은은 신우의 팔을 뿌리치며 이자카야를 나왔다. 진짜 기분이 아주 더러웠다. 오늘 그냥 집으로 갔어야 했다. 진짜 기분이 엉망이었다. 지은은 택시를 타기 위해 도로변으로 나왔다.

그때였다. 갑자기 검은색 리무진이 그녀의 앞에 섰다. 놀란 지은이 한걸음 물러서자 리무진의 창이 아래로 내려졌다.

"박 대리."

본부장이었다. 본부장이 왜 이 시간에 이곳에 있는지 알 수가 없었지만 일단 지은은 본부장을 향해 고개를 숙였다.

"타지."

"네?"

"타라고."

그가 다시 한 번 매서운 눈으로 그녀를 쳐다봤다. 잔뜩 화가 나 있는 것 같았다. 어제의 일 때문에 지은은 차를 덥석 탈 수가 없었다.

"택시 타고 가면 됩니다."

"할 말이 있으니까 타."

하는 수 없이 지은은 본부장의 차에 올랐다. 그의 리무진은 문제의 그날 회식이 끝나고도 탔었다. 물론 탄 기억은 없었지만 말이다. 오늘 맑은 정신으로 보니 확실하게 위너그룹이 왜 1등 그룹인 줄을 알 것 같았다.

눈에 보이는 모든 것이 다 최첨단이었다. 웃기는 소리 같지만 지은은 학교에 다니는 내내 아영과 함께 리무진을 타고 등하교를 했었다. 하지만 아영이 타던 차와 지금의 차는 확실하게 차이가 났다.

칭—

갑자기 운전사와 그들 사이에 차단막이 쳐졌다. 지은은 최대한 차문 쪽으로 몸을 움직였다. 시선은 창밖으로 피했지만 그의 남성적인 체향이 그녀의 후각을 자극하고 있었다. 술기운에 저지른 일이었다.

"죄송합니다."

"뭐가?"

"회식 땐 제가 술에 취해서 그만……."

"어제 우리의 일은 술 때문이었어?"

그의 말에는 노기가 섞여 있었다.

"그, 그러니까……."

"평상시에는 우리 신우에게 열중해 있다가 술이 들어가니 아무 남자에게 추파를 던진 건가? 당첨이 된 게 운이 나쁘게 나고?"

그의 신랄한 비난에 지은은 뭐라고 대꾸를 할 수가 없었다.

"나랑 밤을 보냈으면 내 동생은 건드리지 마. 신우에겐 연정이 가 있어."

순간 지은은 화가 났다. 신우는 친한 친구일 뿐이었다. 그녀의 남자가 아니었다. 다들 왜 그들의 순수한 관계를 자꾸만 이상한 쪽으로 몰고 가는지 지은은 화가 나기 시작했다.

"본부장님, 전 신우와 친구 이상인 적은 한 번도 없습니다."

"그래?"

"네, 회식 때의 일은 그냥 실수였습니다. 제가 남자가 많이 그리웠던 모양입니다."

"처녀가 남자가 그리웠다."

"처녀성이 뭐 그리 대단하다고요. 아무에게나 줄 수 있었습니다. 운이 없게 본부장님이 선택이 된 거지요."

본부장이 갑자기 고개를 돌려 그녀를 바라보았다.

"내 눈을 똑바로 보고 말하겠나?"

"네, 어제 본부장님은 본부장님이 말씀하신 대로 운이 없게 제게 걸리신 겁니다."

"그렇군."

열이 나서 얼굴이 화끈거리는 지은과는 다르게 본부장의 표정은 변화가 없었다. 얄미웠다. 뭘 확인하고 싶은 건지 알 수가 없었다.

"본부장님, 이제 궁금한 게 풀리셨으면 내려주십시오. 택시 타고 가면 되니까요."

"아니, 난 아직 궁금증이 풀리지 않았어."

그는 목적지에 도착할 때까지 입을 아예 닫아버렸다. 차가 서고 지은은 아침에 그녀가 도망쳐 나온 곳이란 걸 알게 되었다.

"내려."

"전 더 이상 할 말이 없습니다."

"내가 할 말이 남았어. 확인할 것도 있고."

그가 차에서 내렸다. 그리고 그녀의 문을 열어주었다. 그와 함께 나란히 서자 그의 커다란 키에 다시 한 번 주눅이 들었다. 남자치고도 큰 키에 운동으로 몸이 다져져서일까 가까이 서 있는 그는 위험스러웠다.

그를 따라 그의 빌라에 들어서자 지은은 아침에 경황이 없어 제대로 못 본 집을 입을 벌리고 바라보았다. 이 집은 진짜 굉장했다. 남자 혼자 사는 집치고는 굉장히 크기도 했지만 예술품들이 집 안 곳곳에 장식이 되어 있어서 마치 화랑을 보는 느낌이었다.

"앉아."

그가 소파를 손으로 가리켰다. 지은은 한눈에 보기에도 고급스러운 소파에 앉았다. 그녀의 앞에는 극장의 스크린만큼이나 큰 TV가 있었다. 모든 게 억 소리나게 비싸 보였다.

"커피? 아니면 술?"

"그냥 물 주세요."

"술 마신 것 같진 않은데?"

"어제 과음했더니 속이 하루 종일 안 좋아서요."

그가 물이 든 잔을 그녀에게 건넸다.

"우리 신우와는 그냥 친구라고."

"네. 몇 번을 물으셔도 전 같은 대답일 거고 신우도 마찬가지일 거예요. 신우는 연정이를 사랑해요."

"확신해?"

"네."

이건 분명한 사실이었다. 그녀가 확신을 하고 안 하고는 문제가 되지 않았다. 하지만 지금 본부장의 눈빛은 그녀를 믿지 않는 것처럼 보였다.

"믿지 않을 거면서 왜 묻죠?"

"진실이란 게 느껴질 줄 알았거든."

"……."

"어제는 진짜 같았거든. 감정에 솔직하고 아주 열정적인 모습을 난 진짜라고 믿고 싶었어."

본부장은 그녀를 아주 비참하게 만드는 데 소질이 있는 것 같았다.

"죄송하게 됐네요. 진실하지 못해서."

"죄송까지야."

"이렇게 모욕을 주려고 가던 사람을 불러서 집까지 데리고 왔나요?"

"분명히 말했을 텐데 확인할 게 있다고."

"그럼, 빨리 확인하세요. 집에서 가서 쉬고 싶어요."

그녀가 그를 똑바로 보고 앉았다. 그는 위험스럽게 그녀의 손에 들려 있는 물 컵을 소파 테이블 위에 빼앗아놓았다. 순간 지은은 그가 자신에게 키스를 할 것 같다는 생각이 들었다.

“뭘, 뭘 확인한다는 거죠?”

목소리가 떨렸다. 몸은 그와는 반대방향으로 움직여졌다.

“어제 우리가 했던 거.”

“왜, 왜요? 한 번이면 족해요.”

지은이 점점 옆으로 물러났다. 싫어서가 아니었다. 두려움이 가득했기 때문이었다. 어렴풋이 기억이 나는 어제의 기억에서 그녀가 또렷하게 기억하는 건 그의 페니스가 그녀를 둘로 갈라놓을 듯이 컸다는 것이었다.

“회식 때는 지은이 사정을 해서 한 거고.”

“제, 제가 사, 사정을 언제 했다고 그러세요?”

이제는 귀까지 화끈거리고 있었다. 그의 말은 기억을 종합해 보면 사실이었다. 미치지 않고서 어떻게 가지 말라고 자신과 섹스를 해달라고 사정을 할 수 있었을까?

“본부장님, 그때는 제가 술이 너무 취해서 그런 거지…….”

그가 지은의 손을 잡아 자신의 옆에 바짝 앉게 했다.

“취해서 아무 남자에게나 그러는 사람이었나?”

“그 일은 죄송했습니다.”

진심으로 사과를 했는데 본부장은 오히려 더 화가 난 얼굴이었다. 어제 그녀는 참았어야 했다. 아무리 자신의 옆에 있는 남자를 좋아했었다고 해도, 아니, 지금도 마음이 있다고 해도 그녀는 어제 술기운을 빌려 그렇게 이 남자와 섹스를 해서는 안 되었던 것이었다.

본부장의 눈길이 그녀에게 향해 있었다. 마치 그녀를 부여잡고 있는 듯 본부장은 말없이 한참을 그렇게 지은을 바라보았다. 매섭기만 하던 본부장의 눈동자에 지은은 시선을 돌릴 수가 없었다.

그의 검은 눈동자 안에는 지은이 가득했다.

"본부장님……."

그녀가 그를 다 부르기도 전에 그의 입술이 그녀의 입술을 막았다. 지난번은 그녀가 먼저 했는데 오늘은 그가 먼저 입술을 부딪쳤다. 어제의 일은 실수였다고 입으로는 말을 해놓고 지금 지은은 아주 열렬하게 그의 입술을 받아들이고 있었다.

이러면 안 된다는 말을 수백 번 되뇌면서도 지은은 자신의 마음이 그에게로 여전히 향해 있음을 알고 있었다. 그의 혀가 거침없이 그녀의 입안으로 들어왔다. 그 또한 많이 흥분을 한 것 같았다.

그날의 일은 디테일하게 기억이 나지 않지만 이상하게 그의 입에서 나온 신음 소리는 기억하고 있었다. 지금 키스를 하면서도 그의 입에서 신음 소리가 흘러나오고 있었다. 거부감이 들어야 하는데 왜 이렇게 그 소리에 안도감이 드는 것일까?

그녀와의 키스에 만족하는 것 같다는 생각이 들기 때문일 것이다. 그는 더 이상의 행동은 아직 하지 않았다. 키스만으로도 이렇게 죽을 것 같은 느낌인데 그와의 섹스는 상상하지 않아도 대단하다는 걸 느낄 수 있었다.

그리고 그 증거가 하루 종일 격한 운동을 한 것처럼 온몸이 쑤셨다는 것이었다. 얼마나 격하게 했는지 알 수 있을 것 같았다. 지금 그의 키스는 그녀의 혀를 송두리째 뽑아낼 것처럼 빨아 당기고 있었다.

마치 이 키스가 마지막 키스인 것처럼 그는 격정적이었다. 지은은 자신도 모르게 그의 가슴에 손을 대고 마치 순한 양처럼 그의 키스를 받아들이고 있었다. 하지만 그것도 잠시, 그의 집요함에 지은도 서서히 무너져 내리고 있었다.

가만히 있어야 할 손이 저도 모르게 움직여 그의 셔츠 단추를 풀어 내렸다. 그리고 그 안으로 손을 넣어 그의 맨살이 주는 감촉을 느꼈다. 그때도 이렇게 그녀의 손이 그의 가슴을 어루만졌을까? 라는 생각이 들자 아무것도 기억나지 않음이 아쉬웠다.

지은의 손바닥에 거칠게 뛰는 그의 심장이 그대로 느껴졌다. 조금 더 손을 움직이자 그녀의 손바닥에 그의 단단한 유두가 닿았다. 지은은 손바닥에 약간 더 힘을 주어 그의 유두를 비볐다.

"으으음."

그의 입에서 신음이 흘러나왔다.

"더 이상은 위험해."

"위험한 걸 시작한 건 본부장님이에요."

이 말을 한 게 자신이 맞나 싶었다. 그때도 자신의 의지와는 다른 또 다른 자아가 튀어나와서 그를 유혹했었다. 오늘은 술 취한 그녀의 자아도 아닌데 왜 이런 말이 불쑥 나왔는지 알 수 없었다.

하지만 후회해도 늦었음을 바로 느낀 지은이었다.

팍!

양손이 본부장에게 잡힌 채로 소파 위에 눕혀진 지은은 당황한 눈으로 본부장을 바라보았다. 일이 점점 커지고 있었다. 왜 어제와 데자뷰가 되는지 알 수 없었다. 어제도 꼭 이런 일이 있었던 것 같았다.

"그럼 시작을 했으니 끝을 볼까?"

그의 입술이 다시 그녀에게로 향했다. 하지만 이번엔 입술이 아닌 그녀의 목이었다. 지은은 마치 감전이 된 사람처럼 온몸에 전류가 흐르는 느낌이었다. 그의 젖은 입술이 그녀의 목을 타고 내려오며 지은을 자극하고 있었다.

이랬구나? 어제 그와의 밤은 이렇게 만 볼트의 전류가 흐르듯이 짜릿했구나, 라는 생각이 들자 지은은 자신의 눈을 스르르 감았다. 눈을 감자 그의 입술이 혀가 주는 감촉이 더 강하게 느껴지고 있었다.

"아흐."

저도 모르게 신음이 터져 나왔다. 그의 손이 어느새 그녀의 블라우스 단추를 거칠게 풀어버렸다. 아무 무늬도 없는 스킨 색 브래지어가 오늘따라 부끄러웠다. 이래서 여자들이 사랑을 하면 속옷이 화려해지는구나를 생각하게 되었다.

지은이 몸을 비틀자 본부장이 그녀의 허리를 잡아 못 움직이게 했다.

"헉헉, 더 이상 날 자극할 필요 없어. 이미 충분히 미칠 것 같으니까."

그가 거친 숨을 몰아쉬며 그녀에게 말했다. 그녀만 흥분한 것이 아니었다. 그의 손이 그녀의 볼륨 있는 가슴을 움켜잡았다. 그리고 그 위로 봉긋 솟은 가슴에 입술을 가져다 댔다. 어제의 열정적인 관계로 그녀의 몸은 온통 그의 키스마크로 가득했다.

"부드럽게 해줘요."

"안 돼."

"제발……."

말은 이렇게 했지만 그의 거친 손길이 오히려 좋았다. 너무 부드러운 건 싫었다. 그의 거친 손길은 그녀를 갈구하는 그의 마음을 전하는 것 같았기 때문이었다.

"아흐."

그녀의 가슴을 깊이 빨아들이자 온몸에 또다시 전류가 흘렀다.

미칠 것 같아서 그녀의 가슴 위에 있는 그의 머리를 잡았다. 그의 혀가 유두를 빨기 시작하자 지은은 더 이상 아무런 생각을 할 수가 없었다.

지은의 머릿속에는 온통 그의 신음 소리와 그가 주는 쾌감만이 가득할 뿐이었다. 이러다가 진짜 미칠 것만 같았다. 하지만 이제 시작이라는 걸 이때까지 지은은 알지 못했다. 그가 갑자기 소파에서 지은을 안아 들었다. 그리고 그들이 욕망을 불태웠던 침실로 향했다.

아침의 기억에는 분명히 흰색 시트였는데 지금은 짙은 회색 시트가 깔려 있었다. 지난밤에 그들의 흔적 때문에 바꾼 것 같았다.

"여기 본부장님이 갈았어요?"

"아니."

"그럼, 다른 사람이 아는 거예요?"

"신경 쓰지 않을 거야."

지은이 순진하게 묻었지만 그는 아무렇지 않게 답했다. 그렇다면 이런 일이 자주 있었다는 말이 된다.

"오해는 하지 마. 나도 처녀는 처음이었으니까."

그녀의 마음을 읽기라도 한 것처럼 본부장이 말했다. 지은은 등에 닿은 침대보의 느낌이 좋다고 생각했다. 하지만 그 생각도 잠시 그녀의 앞에서 빠르게 옷을 벗는 본부장의 모습에 지은은 마른 침을 삼키고 있었다.

남자의 완벽한 나신을 본 건 늦은 밤 야동을 본 게 전부인 그녀는 어제 어렴풋했던 그의 모습과 오늘 맑은 정신에 넋을 놓고 바라보는 본부장의 모습은 너무나 다르다는 생각이 들었다.

"만족스러운가?"

그는 입가에 미소를 띤 채 그녀에게 얄밉게 물었다. 지은은 어찌 답할 줄 몰라 고개를 끄덕였다. 그런 그녀의 모습을 본 그가 크게 웃었다.

"나도 지은의 모습에 만족해."

언제 그녀의 옷이 다 벗겨졌는지도 모르게 그녀 또한 그처럼 아무것도 걸치지 않은 모습이었다. 지은은 슬며시 침대보를 끌어 올려 몸을 가리려 했지만 그의 동작이 훨씬 빨랐다.

"이건 반칙이야."

그의 목소리는 갈라져 있었고 그의 눈동자는 칠흑처럼 어두웠다. 그리고 그의 향은 야수의 짙은 페로몬 향을 내며 그녀를 강하게 유혹했다.

"아름다운 건 감추는 게 아니지."

그가 그녀의 입술을 강하게 물자 자연스럽게 그녀는 침대 위로 쓰러졌다. 그의 몸에 기분 좋게 눌린 지은은 말로 표현할 수 없는 강한 자극을 느끼고 있었다. 그의 강한 피부와 그녀의 부드러운 피부가 아주 묘하게 어우러지고 있었다.

지은은 그의 목에 팔을 두르고 그의 입술을 더 깊이 받아들였다. 그의 살갗이 주는 느낌은 말로 표현하기가 아주 어려웠다. 하지만 확실한 건 너무 좋다는 것이었다. 그의 입술은 그녀의 아랫입술을 물고 손은 그녀의 가슴을 주무르고 있었다.

하지만 제일 자극적인 건 지금 그녀의 눈을 뚫어지게 보고 있는 그의 짐승같이 강한 눈동자였다. 거칠어진 서로의 호흡이 방 안을 울리고 있었다. 그의 단단한 남성도 그리고 단단한 그의 육체도 모든 게 생소한 것들인데 이상하게 익숙한 느낌이 들었다.

어제 취해서 한 일을 몸이 기억하는지 모르겠지만 지금 지은은 그와의 섹스가 아주 자연스럽게 느껴지고 있었다. 이상한 일이었다.

하지만 더 이상 딴생각을 하게 그가 놓아두지 않았다. 그의 손이 갑자기 그녀의 가슴에서 아래로 내려와 여성을 감싸 쥐었다.

"앗!"

놀란 지은이 소리를 질렀다.

"헉헉, 어젠 더한 것도 했어."

그가 손으로 그녀의 오므린 다리를 펴고 다시 지은의 여성을 손으로 잡았다.

"이, 이상해요."

"괜찮아질 거야."

은혁은 그녀를 안심시키고는 그 틈을 이용해서 손가락을 그녀의 질 안으로 밀어 넣었다.

"아흐."

지은이 다시 다리를 오므리지 못하게 이번엔 다른 손으로 그녀의 한쪽 다리를 잡았다. 그의 손가락이 그녀의 안에서 움직이자 지은은 몸을 활처럼 휘었다. 그의 손가락이 주는 쾌감은 그녀가 느껴보지 못한 느낌이었다.

"아아앙."

자신도 모르게 부끄러운 줄도 모르고 지은은 신음 소리를 크게 내고 있었다. 하지만 그는 그런 그녀의 신음 소리에 더욱 흥분을 하고 있는 것 같았다. 지은의 몸이 활처럼 휘어졌다. 그의 입술이 그녀의 여성에 닿았을 때 지은은 진짜 까무러치게 놀랐다.

"본부장님."

"쉿!"

이렇게 은밀한 행동은 한 번도 해본 적이 없는 지은의 몸은 그대로 굳어버렸다. 하지만 은혁의 입술이 본격적으로 그녀의 여성을 빨아들이자 지은은 마지막으로 잡고 있던 이성의 끈을 놓아버렸다.

그의 혀가 그녀의 검은 숲을 가르고 들어와 믿어지지 않지만 지금은 지은의 클리토리스를 핥고 있었다. 정신이 아득해지는 느낌이었다. 아랫배가 찌릿해지면서 그의 혀가 닿을 때마다 그녀의 작은 클리토리스가 움찔거리기 시작했다.

미칠 것 같은 짜릿함에 그녀는 어쩔 줄을 모르고 몸을 꼬기 시작했다.

"가만!"

그가 갑자기 한마디를 내뱉자 지은은 말 잘 듣는 아이처럼 그대로 동작을 멈추었다. 지금 그녀의 아래에서 느껴지는 것을 쾌감이라고 말한다면 지금 지은은 완벽하게 쾌감을 느끼고 있었다. 미칠 것 같았다.

처음으로 남자의 스킨십에 기절할 것 같은 쾌감을 느낀 지은이었다. 그의 머리카락 사이로 지은은 손을 넣었다. 그의 머리를 밀어내 보았지만 그는 꿈쩍도 하지 않고 있었다.

"아앙."

그의 혀가 손가락이 드나들었던 그녀의 질에 닿았을 때 지은은 머릿속이 하얗게 됨을 느끼고 있었다. 이런 게 섹스였구나를 하는 생각이 들었다. 포르노에서처럼 그냥 남자의 페니스가 여자의 질 안으로 들어가는 것만이 섹스가 아니란 걸 지은은 온몸으로 느끼고 있었다.

그는 지은이 녹초가 될 때까지 그녀의 여성을 마음껏 빨아들이고 있었다.

"아아아앙."

지은의 신음 소리가 점점 커져갈 때 은혁이 지은의 다리를 벌리고 그 가운데 서서 지은을 내려다보았다. 지은은 그의 짙은 눈빛에서 점점 내려와 무섭게 커져 있는 그의 페니스를 보고는 마른침을 삼켰다.

저게 어제 그녀의 몸 안을 둘로 나누는 고통을 주던 거라는 생각이 들자 절로 다리를 오므리게 되었다.

“더 이상 참는 건 무리야.”

뭘 참았다는 건지 알 수 없었지만 그는 그녀의 다리를 벌리고 자신의 페니스를 넣기 시작했다.

“아악!”

절로 비명이 터져 나왔다. 이러다가 죽을 수도 있겠구나라는 생각이 들었다. 하지만 그는 노련하게 움직이며 그녀의 고통을 점차 쾌락으로 바뀌게 만들고 있었다. 무슨 마법이라도 부린 걸까 지은은 점차 그의 움직임에 쾌감을 느끼는 자신을 발견했다.

“이제 느껴지나?”

“…….”

“헉헉, 어제는 더 미친 듯이 나를 원했지. 난 남자 경험이 아주 많은 줄 알았어.”

여전히 지은은 그의 아래에 있었지만 그의 말에 기분이 상했다.

“처녀란 걸 몰랐다면 깜박 속을 뻔했지.”

“…….”

“헉헉, 왜 그랬지?”

그는 허리를 밀어붙이며 지은에게 물었다.

"그냥요. 아무 의미 없이 그냥 섹스가 필요한 날이었어요."

"박지은이란 여자는 언제나 거짓말에 서툴러."

"본부장님."

"허허, 직함을 부르는 걸 좋아하나? 박 대리?"

그가 그녀를 놀리고 있었다. 하지만 그의 눈은 웃지 않고 있었다. 그는 지금 그 어느 때보다도 혼란스러워 보였다. 그녀의 몸을 탐하면서도 생각이 많아 보였다.

"뭘 두려워하세요?"

"허허, 내가 두려워한다고?"

"직장 여직원과 원나잇을 하는 기분이 그리 좋아 보이진 않아서요."

그녀의 말에 동작을 멈춘 은혁이었다.

"말이 아주 거칠어. 몸은 이렇게 고분고분한데 말이야. 왜 그렇게 솔직하지 못하지?"

"뭐가요?"

"반반한 얼굴 하나로 동생이나 형 둘 중에 하나를 차지할 수 있으니 말이야."

"뭐라고요?"

그녀가 몸을 거칠게 움직이자 은혁이 지은의 양손을 잡고 침대에 고정시켰다.

"그럼 도대체 왜 내 앞에 자꾸 얼쩡거려서 사람을 끝까지 몰아넣는 거지?"

"그런 적 없어요."

"아니, 넌 처음 만난 이후부터 내 앞에 항상 있었어."

"아니에요."

퍽퍽퍽!

그의 움직임이 빨라지고 있었다. 그에게선 부드러움은 사라진지 오래였다. 그녀의 말에 그가 화가 났다는 게 온몸으로 느껴지고 있었다. 그가 갑자기 움직임을 멈추었다. 지은은 저도 모르게 그에게 사정을 하고 있었다. 그가 멈추는 게 싫었다.

"아, 제발."

"헉헉, 날 원한다고 말해!"

그는 지금 지은에게 명령을 하고 있었다. 여기서 그를 뿌리쳐야 했지만 이젠 지은에겐 이성이란 없었다. 본능만이 존재했다.

"어서."

"원해요. 더 깊이……."

"네가 원해서 하는 거야."

퍽퍽퍽!

그가 다시 격하게 움직이기 시작했다. 지은은 자존심도 없이 그의 움직임에 커다란 쾌감을 느끼고 있었다. 평소의 그녀라면 절대로 상상할 수 없는 일이었지만 지금 지은은 그가 주는 쾌락에 완전히 미쳐 있었다.

한차례 격정이 끝이 나고 지은과 은혁은 그대로 침대에 누워 있었다. 지은은 아직도 거칠게 뛰는 심장 때문에 아무런 말을 못 하고 있었다.

“여자의 육체에 이렇게 끌린 적은 없었어. 단 한 번도.”

“…….”

“내가 생각해도 이상한 일이야. 미친놈도 아니고 상대방이 원한다고 술 취한 사람과 섹스를 하다니…….”

“왜 했어요?”

“원했으니까.”

그는 이렇게 한마디를 남기고 샤워를 하기 위해 욕실로 들어갔다. 지은은 그가 샤워를 하는 사이에 옷을 입고 그의 집을 나왔다. 하루에 두 차례나 같은 집을 나오다니 참 이상했다.

지은은 후들거리는 다리 때문에 구두를 벗었다. 그리고는 지나던 택시를 잡아타고는 자신의 아파트로 향했다.

“이건 꿈이야.”

지은이 창밖을 보며 조용히 혼잣말을 했다.

5. 자꾸 돌아보다

두 번의 섹스가 그녀에게 끼친 영향은 치명적이었다. 그나마 다행 중에 다행은 토요일과 일요일은 본부장의 얼굴을 안 봐도 된다는 것이었다. 어젯밤의 섹스로 지은은 일어서기조차 힘이 들었다.

언제나 똑같은 일상이 매일 반복되는 지은이었는데 며칠 사이에 많은 것이 바뀌어 있었다.

딩동!

요란한 벨소리에 놀란 지은은 하마터면 침대에서 떨어질 뻔했다. 왜 이리 불안한지 알 수가 없었다. 현관문을 열자 꽃바구니가 그녀의 눈에 먼저 들어왔다.

"안녕하세요. 박지은 씨 맞죠?"

"네."

"받으세요. 최우진 씨가 보내신 겁니다."

지은이 꽃바구니를 받자마자 그녀의 핸드폰이 울렸다. 배달원을 보내고 지은은 바구니를 든 채로 침대 위의 핸드폰을 받았다.

"여보세요?"

우진이었다.

[잘 받았어요?]

"아, 네. 제 생일도 아닌데……."

[제가 계 탄 날이거든요.]

"네?"

[제가 지은 씨를 만났으니 계를 탄 거죠.]

그녀의 부담스러운 마음과는 달리 우진은 아주 즐거운 모양이었다.

[오늘 뭐 합니까?]

"오늘은 집에서 쉬려고요."

[나와요. 영화나 봅시다.]

"아뇨, 진짜 피곤해서 그래요."

[그럼 오전엔 쉬고 저녁에 봐요.]

"우진 씨."

[6시에 집 앞으로 가서 전화할게요.]

보기엔 순해 보이는데 아주 앞만 보고 달리는 직진남이었다.

"전 안 나가……."

벌써 전화기가 꺼진 상황이었다. 올해는 이상하게 남자들이 꼬이고 또 꼬였다. 이건 남자 복이 터진 게 아니라 쓸데없이 남자들만 걸리적거리는 것이었다.

"진짜 혼자 있고 싶다."

지은은 침대에 벌러덩 누웠다. 온몸은 쑤시고 마음은 공허했다. 그런데 웃긴 건 본부장이 자꾸만 생각이 난다는 것이었다. 벌거벗은 그의 몸은 어젯밤부터 지은을 괴롭히고 있었다.

"이건 진짜 아니다."

지은은 눈을 질끈 감아버렸다.

윙—

가는 날이 장날이라고 오늘따라 아침부터 그녀를 괴롭히는 전화가 많았다. 연정이의 전화였다. 아직 마음이 풀리지 않아 진짜 통화하기가 싫었다.

[지은아.]

"왜?"

말이 좋게 나갈 수가 없었다.

[뭐 해?]

"쉰다."

[진짜 이렇게 계속해서 화낼 거야?]

"입은 삐뚤어졌어도 말은 바로 하자. 화를 낸 건 내가 아니고 너였고 지금도 네가 일방적으로 전화를 한 거고."

[그러지 말고 나와.]

"오늘은 진짜 피곤해."

[우진이 오빠랑 우리 별장에서 놀자. 오늘 신우랑 가기로 했거든. 너도 같이 가자. 응?]

"나, 진짜 힘들어."

연정이 한번 조르기 시작하면 끝장을 본다는 걸 누구보다 잘 아는 지은은 결국 두 손을 들었다.

"알았어."

[지금 오빠한테 가라고 할게. 그리고 수영복도 준비해. 오늘 저녁에 파티 할 거니까.]

아주 기분이 최고인 것 같았다.

"알았으니까 끊어."

[고마워.]

미워할 수가 없는 연정이었다.

"파티라……."

주말엔 진짜 쉬고 싶은 지은이었다. 대충 하루 동안 지낼 짐을 챙겼다. 연정이의 별장은 매년 여름에 친구들과 함께 갔기 때문에 잘 알고 있었다. 수영장이 집 안과 밖에 걸쳐져 있었다. 그래서 반은 실내에서 반은 실외에서 수영을 즐길 수 있었다.

인상적인 수영장 뒤로는 바다가 한눈에 보이는 곳이었다. 마치 우리나라가 아닌 동남아의 섬을 연상시키는 곳이기도 했다. 귀찮기는 했지만 이틀 동안 본부장 때문에 받은 스트레스를 날려 버릴 수 있는 기회일 수도 있었다.

"가자."

지은은 준비를 하기 위해 욕실로 들어가다가 깜짝 놀랐다. 온몸에 멍투성이였다. 진짜 얼굴에 멍 자국이 없어서 그렇지 이건 완전히 17대 1로 싸운 것 같았다.

"이래서 신우가 멍 자국이 있다고 한 거구나."

한숨이 절로 나왔다. 긴팔을 꼭 챙겨가야 할 것 같았다. 5월이기는 했지만 그렇게 덥지는 않으니까 말이다.

"아주 내가 미쳐."

그녀가 준비를 다 마칠 무렵 우진이 도착했다는 전화가 왔다. 그녀는 서둘러 준비를 마치고 아파트 주차장으로 내려갔다.

"오래 기다리셨죠?"

"아닙니다."

재벌가 사람이라서 그런지 몰라도 우진은 모든 게 다 명품이었다. 하다못해 핸드폰 케이스까지 그는 명품이 아닌 건 아무것도 없는 것 같았다. 그리고 아주 잘 어울렸다. 고급스러운 남자였다. 하지만 그런 모습이 오히려 지은은 거리감을 느끼게 만들었다.

"받아요."

그가 장미 한 송이를 지은에게 건넸다. 남자에게 꽃 받는 게 익숙하지 않은 지은은 어색한 미소를 지으며 그의 붉은 장미를 받았다.

"오다가 지은 씨 생각이 나서 샀어요."

"원래 꽃을 좋아하시나 봐요."

"장미만 좋아해요."

"왜요?"

"가시가 있으니까. 예쁘기만 한 건 재미가 없어서요."

"네."

우진의 말에 진심이 그대로 느껴졌다. 너무 순한 여자는 싫어하는 것 같았다. 그리고 그는 지은이 가시가 있다고 느끼는 모양이었다.

"제가 가시가 있나 봐요?"

"있죠. 그것도 아주 많이."

"……."

"다가가면 한 번씩 찌르니까 좀 겁이 나기도 하고 도전 의식도 생기고 그래요."

그의 말에 지은은 완전히 반박할 수 없었다.

"전 무난하게 살지 않았기 때문에 재벌가의 아가씨들처럼 그렇게 우유부단하진 못해요. 연정이만 봐도 자기중심적인 면이 있어도 삶에 찌들진 않았죠. 모든 게 갖추어진 사람은 그만큼 너그러운 것 같아요."

"잘못 알고 있네요."

그는 운전을 하면서 조용하지만 차갑게 말했다.

"돈이 있는 여자들은 그 돈으로 다른 사람의 행복을 빼앗으려고 해요. 그저 장난삼아 말이죠. 그들의 마음이 다치거나 괴로운 건 상관하지 않아요. 단지 자신들의 마음에 들지 않는다는 이유만으로 그들은 타인을 괴롭힐 수 있는 괴물들이죠."

"우진 씨."

"물론 다 그렇다는 건 아니고요."

연정의 별장에 가면서 지은은 우진의 다른 면을 많이 보게 되었다.

"우진 씨는 참 신기한 사람이에요."

"제가요?"

"네, 제가 알고 있던 재벌들과는 조금 달라서요."

"아마도 제가 연정이나 신우처럼 대단한 재벌이 아니기 때문일 겁니다. 전 그냥 다른 사람들보다 돈이 조금 더 여유가 있을 뿐이죠.”

지은이 우진을 쳐다보았다. 조각 같은 꽃미남이었다.

“이렇게 잘생기고 능력도 되시는 분이 여태까지 혼자였다는 게 믿어지지 않아요.”

“전 지은 씨만 바라봤으니까요.”

“우진 씨, 전 부담스러워요.”

“알아요. 하지만 너무 밀어내지 말고 흐르는 대로 그냥 둬봐요.”

우진의 말에 지은은 마음이 좋지 않았다. 괜히 착한 사람에게 상처 주는 게 아닌가 하는 생각이 들었다. 이러면 안 되는데 하는 마음이 생긴 지은이었다.

연정은 저녁에 있을 파티를 준비하느라 바쁜 메이드들 사이에서 불안한 듯 서 있었다. 오늘 초대한 사람은 지은과 우진뿐이 아니었다. 오늘 이곳에 모인 사람들은 다 같이 얽히고설킨 관계의 사람들이었다. 아주 흥미진진한 상황이 벌어질 수도 있었다.

이 모든 걸 기획한 건 아영이었다. 사실 연정은 아영이를 그렇게 좋아하진 않았다. 학교 다닐 때도 자신이 명성 그룹의 외동딸이라는 점을 내세우며 잘난 척을 해서 별로 어울려 다니지 않았다.

그리고 연정은 신우를 쫓아다니느라 다른 것엔 신경 쓸 겨를이 없었다. 그런데 결국 신우 때문에 아영의 도움을 받고 말았다. 마음에 걸리는 부분이 있기는 했지만 지금 당장 급한 건 신우의 마음을 독차지하는 것이었다.

"연정아, 오랜만이다."

아영의 약혼자인 성빈이 연정에게 인사를 했다.

"안녕, 결혼 준비는 잘돼가?"

"뭐 다음 준데 준비는 다 끝났지. 너도 신우랑 같이 와."

"그럼 가야지."

"별장이 예쁘네."

아영이 어울리지도 않는 롱드레스를 입고 나타났다. 그만큼 고치고 그만큼 다듬어도 아영은 예쁘지 않았다. 아버지의 짧은 목과 팔다리를 물려받은 아영은 어릴 때가 훨씬 더 귀여웠다.

"처음이지?"

"응, 언제 날 부르긴 했어?"

"미안, 넌 휴가철엔 항상 외국에 있었으니까."

"하긴, 오늘 다 부른 거야?"

"응, 다들 올 때가 됐어."

때마침 현빈이 오빠가 도착을 했다. 옆에는 요즘 잘나가는 여배우와 함께 말이다.

"안녕하세요. 김지아예요."

연예인이라서 그런지 예쁘긴 했다.

"지아 씨 반가워요. 실물이 더 예쁘네요."

연정은 호스트로서 열일을 하고 있었다. 그때 신우가 방에서 나왔다. 어제부터 잠만 잔 신우였다. 요즘은 회사 일 때문에 늘상 피곤해했다.

"왔어?"

기지개를 켜며 나오는 그를 아영이 안 좋은 눈으로 보자 연정이 얼른 신우의 옆에 섰다.

"넌 여전히 안 예쁘구나."

연정이 얼른 신우의 입을 막았다.

"저 자식이."

옆에 있던 성빈이 욱했는지 신우에게 덤비려고 했다.

"그만."

현빈이 소파에 앉아서 둘을 향해 소리치자 신우와 성빈이 조용해졌다. 그때 차 한 대가 들어왔고 거기서 지은과 우진이 내렸다.

"저 남자는 누구야?"

"우리 사촌 오빠."

"그래?"

현빈이 유심히 우진을 보았다.

“오빠는 우진 오빠 모를 거예요. 워낙 범생이라서.”

아영이 우진의 편을 들었다. 연정은 속으로 들킬까 봐 초긴장 상태였다.

“아영인 알아?”

“그럼요, 저 오빠 얼마나 잘생겼는데.”

현빈이 눈썹을 치켜떴다.

“안녕하십니까?”

연정이 보기에 우진의 연기력은 진짜 수준급이었다. 얼굴색 하나 변하지 않고 거짓말을 했다. 호스트바 출신의 남창인데 여자 하나 잘 만나서 팔자가 핀 케이스였다. 하지만 연정은 상관이 없었다. 우진이 그보다 더한 남자라도 지금은 그냥 지은이를 신우에게서 떼어내는 게 더 급했다.

“왔어?”

“응.”

신우가 먼저 지은에게 인사를 건넸다. 이제 이럴 일도 얼마 남지 않았다.

“어, 저기 형 왔다.”

연정은 놓치지 않고 지은의 표정을 보았다. 지은은 다른 날과는 달리 은혁이 왔다는 말에 얼굴의 핏기가 완전히 사라졌다. 왜일까? 연정은 지금 상황이 몹시 궁금했다. 단순히 자신의 회사의 본부장이라서 그러는지 아니면 다른 이유인지 연정의 머리가 복잡해지고 있었다.

"지혜 씨는?"

연정이 신우에게 왜 은혁이 혼자 왔는지를 물었다.

"안 만나."

"어? 그새 또 헤어진 거야?"

"응."

은혁은 아무 말 없이 곧바로 현빈에게로 향했다. 하지만 연정의 마음에 걸리는 건 현빈이 데리고 온 김지아라는 연예인이었다. 자꾸만 우진을 힐끔거리며 보고 있었다. 마치 아는 사람인 것 같았다. 아직 확신하기는 이르지만 말이다.

지은과 신우에게만 집중을 하고 싶은데 상황이 블록버스터가 되어가고 있었다.

일단은 아영의 계획대로 모두 한자리에 모았으니 이제 우진과 지은이 잘 지내는 모습을 신우가 보면 되는 것이고 아영과 성빈의 행복한 모습은 은혁이 보면 되는 것이었다. 간단한 일인데 연정이 눈엔 자꾸 지아가 우진을 쳐다보던 게 마음에 걸렸다.

"다들 방에 들어가서 짐부터 정리해요. 커플이니까 방은 하나로 준비했어요."

이게 연정이 준비한 결정타였다. 빼도 박도 못 하게 연인 사이임을 보여주는 것이었다.

"연정아, 우린 아니야."

지은이 연정에게 딱 잘라 말했다.

"그래, 우린 만난 지 아직 얼마 되지도 않았는데 지은 씨 말대로 각자 방을 썼으면 해."

멍청한 우진이 그녀의 계획에 찬물을 끼얹고 있었다.

"알았어."

연정은 기분 나쁨을 숨기지 않고 카드키 두 장을 지은의 손바닥 위에 신경질적으로 놓았다. 이러고 싶지 않았는데 정말 지은은 얄미웠다.

짐을 정리하기 위해 방으로 들어온 지은은 너무나 빠르게 뛰는 심장을 진정시키기 위해 문에 등을 대고 서 있었다. 이곳에 본부장이 와있을 거라고는 상상도 하지 못했다. 연정이는 본부장과 그렇게 친하지 않은데 왜 불렀는지 그 의도가 궁금했다.

거기다 생각지도 못하게 아영까지 나타났으니 지금 지은은 정신이 아주 심란했다. 머리를 식히러 왔다가 더 복잡하게 되어버렸다.

일단 짐을 정리하고 지은은 흰색 블라우스에 하늘거리는 롱스커트를 입고 머리를 업스타일로 해서 우아하면서도 여성스러운 분위기를 냈다.

짧은 옷을 입고 싶어도 지금 그녀의 온몸에 도장을 찍어놓은 본부장 때문에 입을 수가 없었다.

"진짜 언제 없어지는 거야."

화가 났지만 지금은 어쩔 수가 없었다. 키스마크는 둘째 치고 본부장이 우진과 그녀의 관계를 의심할 걸 생각하니 그것도 머리가 아팠다.

"괜히 왔어."

연정이 그렇게 사정하지 않았다면 이곳에 오지 않았을 것이다. 아니, 본부장이 온다는 소식만 알았더라도 오지 않았을 것이다. 이런 악연이 또 있을까?

지은은 화장을 대충 고치는 둥 마는 둥 하며 화장대 앞에 앉아 있었다. 잠깐 사이에 10년은 늙은 느낌이었다.

똑똑.

"지은 씨."

우진이었다. 지은은 문을 열고는 시원한 하늘색 셔츠에 흰색 바지를 입은 우진을 보며 웃었다.

"오늘 멋진데요?"

"지은 씨는 아름다워요. 들어가도 돼요?"

"물론이죠."

지은은 우진이 매너 있는 사람이라고 생각해서 그를 방으로 들어오게 했다.

"아, 아니, 내려가요."

지은의 방에 들어오려던 우진이 갑자기 내려가자고 말했다. 마치 뭐에 놀란 것 같았다. 하지만 방에서 나와 복도에서 지은이 본 건 아영이뿐이었다. 둘이 아는 사이도 아닐 텐데 참 이상했다.

"왜 그래요?"

"뭐가요?"

"놀란 것 같아서요."

"지은 씨의 미모 때문에 놀랐죠."

우진을 겪을수록 말하는 게 참 상대방을 너무 배려한다는 생각이 들었다. 마치 접대 받는 느낌이었다. 너무 이러면 매력이 없는데라는 생각을 했다. 하지만 이 생각도 잠시 지은은 거실 소파에 앉아서 현빈과 이야기를 나누고 있는 본부장을 보고는 그대로 말을 멈추었다.

심장이 미친 듯이 뛰었다. 지금은 떨려서라기보다는 어제는 신우한테 꼬리 치고 오늘은 모르는 녀석한테 꼬리를 치고 있냐며 비아냥거리는 시선으로 그녀를 보고 있는 본부장 때문에 불편해서 심장이 오작동을 하고 있는 것 같았다.

"다들 모였으면 다이닝룸으로 들어가서 저녁식사 하죠."

별장에 그동안 여러 번 와봤지만 오늘처럼 불편하긴 처음이었다. 그녀와 마주 앉아 있는 건 아영과 성빈 그리고 본부장이었다. 밥 먹다가 체하기 딱 좋은 배치였다. 그녀와 친한 신우는 아예 끝에 있어서 말하기도 힘이 들었다.

"연예인이세요?"

"네?"

지아가 지은을 보며 물었다.

"영화배우는 아닌 것 같고 가수예요?"

영화배우인 지아는 지은을 연예인이라고 생각하는 모양이었다.

"아니에요. 전 직장인입니다."

"진짜 배우를 하셔도 될 미모세요."

"감사합니다. 지아 씨도 실물이 더 미인이에요."

현빈은 지아가 예쁜지 연신 밥을 먹으면서도 지아의 머리를 쓰다듬기에 바빴고 그 모습을 그대로 성빈이 흉내를 내고 있었다. 아영의 머리를 성빈이 만지자 아영이 성빈의 손을 꼬집었다. 그 모습이 어찌나 웃긴지 지은은 먹은 걸 쏟아낼 뻔했다.

"저희 다음 주에 식인데 오실 거죠?"

성빈이 본부장에게 물었다.

"미안한데 다음 주는 힘들 것 같아. 선약이 있거든."

"그래요? 아쉽네요."

"미리 축하할게. 아영아, 축하해. 성빈이가 아주 잘할 거야."

아영은 아주 벌레 씹은 표정을 지었다.

"우리 신우도 빨리 연정이랑 결혼해야지?"

"내년에."

"왜?"

연정이 갑자기 신우의 말을 잘랐다.

"말했잖아. 아직은 일을 배우는 단계라고."

"왜 그렇게 핑계만 대는데?"

연정이는 다 좋은데 저게 문제였다. 너무 신우를 피곤하게 하고 있었다. 그런데 그 빈도가 요즘 아주 심해졌다. 옆에서 보기에도 이렇게 짜증이 나는데 당사자인 신우는 더 짜증이 날 것 같았다.

"연정아, 너 왜 이렇게 피곤하게 굴어?"

보다 못한 현빈이 한마디 했다.

"남자는 이렇게 얽매면 짜증낸다."

"오빠가 뭘 안다고 그래요?"

연정이 자리에서 일어나 나가자 신우가 따라 나갔다. 갑자기 분위기가 묘해졌다.

"오빠는 왜 쓸데없는 소리를 해서 그래요?"

아영이 연정이의 편을 들었다.

"자기 남자 뺏길 것 같으니까 그러는 거잖아요. 나는 한 번 뺏겨

봐서 알지만…….”

아영은 지은이 들으라는 듯이 말을 계속 이어갔다.

“사람은 출생이 아주 중요한 것 같아. 평민들은 아주 사람을 지치게 하거든.”

“맞아.”

성빈이 아영의 비위를 맞추고 있었다.

“둘은 진짜 잘 어울려.”

현빈이 빈정거렸다.

“유빈이가 안부 전해달라고 하더라.”

현빈이 지은을 보며 말했다.

“유빈인 잘 지내죠?”

현빈이 고개를 끄덕였다.

지은이 대학 시절 과외를 했던 아이가 이 집의 막내 유빈이었다.

“우리 집에서 유빈이가 가장 사람답지. 지금 회사에서 인턴사원으로 일 배워.”

“유빈이가 잘 클 줄 알았어요.”

유빈이는 그녀의 대학 후배이기도 했다. 동민건설 삼 형제 중에 최고임에는 분명했다.

“유빈이는 우리랑 다르거든.”

"형, 너무 유빈이만 감싸고돌지 마. 안 그래도 버릇이 없는데……."

"너나 잘해."

성빈과 현빈이 투닥거리고 있었다. 완전 덤 앤 더머같이 보였다.

"신우 사수라며?"

현빈은 지은과 대화를 하는 게 좋은지 자꾸 말을 걸었다.

"네."

"신우는 어때?"

"제가 가르친 사람 중에 잘 못 하는 사람은 아무도 없었어요."

"오올, 인정."

오늘따라 현빈이 그녀의 편에 서서 이야기를 하고 있었다. 하지만 지은의 시선은 본부장에게로 향해 있었다.

"뭘 그렇게 보십니까?"

갑자기 우진이 본부장에게 말하자 분위기가 싸해졌다.

"박 대리."

"네?"

"그러는 당신은 누구지? 처음 보는 얼굴인데?"

본부장이 얼음같이 차가운 목소리로 우진에게 말했다.

"연정이 사촌 오빱니다."

"사촌 누구?"

"오성그룹의 최우진입니다."

"오연정의 사촌이 최우진이라……."

"이종사촌입니다."

"연정이 어머님은 이씨신데?"

본부장이 조용히 우진을 몰아붙이고 있었다.

"은혁 오빠, 그만해요."

아영이 이번에도 본부장을 말리고 있었다. 지은은 좀 이상한 느낌이 들었다. 아영과 우진이 자꾸만 아는 사이란 생각이 들었다.

"오늘은 왜 이렇게 분위기가 삭막하냐? 성빈아, 가서 색소폰 좀 불어라. 그거 진짜 웃긴데……."

현빈이 분위기를 살리려고 농담을 했다.

"형!"

"농담이야."

"우리 기분도 그런데 수영이나 하자. 다들 수영복으로 갈아입고 나와."

현빈이 여자친구와 먼저 일어났다. 분위기가 묘했던 저녁시간이 흐르고 그들은 수영복으로 갈아입고 다시 한자리에 모였다.

"지은 씨는 왜 수영복으로 안 갈아입어요?"

"저는 물 무서워해요."

우진은 완전히 손바닥 크기의 수영팬티를 입고는 물속으로 유유히 들어갔다. 지은은 우진의 대담함에 다시 한 번 놀랐다. 다들 물속으로 들어갔는데 지아와 지은만 물 밖에 있었다.

"수영 안 해요?"

"네, 어릴 때 물에 빠진 적이 있어서요. 지아 씨는 왜 안 들어가요?"

"그날이라서요."

"아."

"여자들은 이런 날엔 진짜 불편하죠. 남자들은 이런 게 없어서 좋을 것 같아요."

"동감이에요."

와인을 한잔씩 마시며 지아와 지은은 금방 친해졌다.

"위너그룹 기획실 다닌다면서요?"

"네."

"우리나라 최고의 엘리트들만 다니는 곳이잖아요. 진짜 대단해요."

"어디서 들으셨어요?"

지아가 그녀에 대해 아는 게 신기했다.

"아영 씨한테서요. 물론 좋은 얘기는 제가 알아서 추려 들은 거예요. 저 입에서 좋은 말은 안 나오거든요."

"빙고."

그들은 그 말 때문에 한참을 웃었다. 지은은 지아가 점점 더 마음에 들었다.

"그런데 어떻게 저 사람을 알게 됐어요?"

"누구요? 우진 씨요? 언정이가 사촌 오빠라고 소개해 줬어요."

"그래요? 이상하다, 저 사람은 호스트바에 있던 사람 같은데?"

지아는 오래전에 친구들하고 강남에서 제일 잘나가는 호스트바에 갔었는데 그곳에서 본 사람이 확실하다고 했다. 그리고 지은에게 조심하라고 말했다.

"좀 이상한 냄새가 나니까 조심해요. 그리고 친구분 사촌이 맞는지 확실하게 알아보시고요. 전 아영이라는 사람이 너무 싫은데 두 사람 굉장히 친해 보여요."

지아의 말을 듣고 난 다음부터 지은의 눈에 더욱더 둘이 이상하게 보이기 시작했다.

풍덩!

은혁은 물살을 가르며 수영장 안으로 들어왔다. 아직 날씨가 덥지 않기 때문에 수영장은 따뜻한 물이었다. 마치 노천탕에 들어온 기분이었지만 그래도 그의 뜨거운 몸을 식히기에는 충분했다.

아무리 생각을 해도 지은은 그의 몸에 해로운 불량식품 같은 존재였다. 쓸데없이 그의 심장을 두근거리게 만들고 있었다. 거기다가 오늘은 혈압까지 대폭 상승하게 만들고 있었다. 우진이란 변변치 않은 녀석을 끼고 온다는 말만 안 들었어도 오늘 그는 이곳에 오지 않았을 것이다.

처음 보는 사기꾼 같은 녀석을 향해 지은은 계속해서 웃음을 남발하고 있었다. 화가 났다. 보아하니 매일 남자들이 바뀌는 것 같았다. 아무리 신경을 안 쓰려고 해도 지은은 그의 신경을 건드리고 있었다.

수영을 하면서 그는 힐끔거리며 지은을 보았다. 지은이 수영복을 안 입고 긴팔에 긴치마를 입고 있는 건 순전히 은혁의 탓이었다. 그 생각을 하니 은혁의 얼굴에 웃음이 절로 지어졌다.

"도장 찍기라……."

지은의 온몸에 그의 입술자국을 남겨놓길 잘했다는 생각이 들었다. 그때 우진이 수영장 끝으로 가서 지은을 올려다보고 있었다. 지은은 뭐가 그렇게 좋은지 연신 함박웃음을 지었다.

첨벙첨벙!

은혁이 우진을 향해 접영을 하기 시작했다. 물이 사방으로 흩어지고 있었다. 그가 옆으로 지나가자 우진은 물벼락을 맞았다.

"아참!"

우진의 투덜거림이 들렸지만 은혁은 아무렇지 않게 수영을 했다. 은혁은 자신이 이렇게 소심한 남자인지 처음으로 느끼고 있었다. 소심한 복수 후에 그는 수영장을 빠져나왔다. 그리고 와인 바에서 와인을 한잔 들고 밖으로 나왔다.

아주 순간적인 일이었다. 그는 자신의 눈을 의심했다. 우진이 갑자기 지은을 안아 들고는 물에 빠트렸다. 사람들은 그들의 모습을 보고 웃고 있었다. 신우는 어디로 갔는지 그 사이에 보이지 않았다.

물에 빠져 허우적거리는 지은을 바라보며 모두가 웃고 있었다. 은혁의 이성보다 발이 먼저 지은을 향해서 뛰기 시작했다.

풍덩!

그는 어릴 때 수영 강습 시간이 제일 싫었다. 물을 그렇게 좋아하지 않은 은혁이었다. 그때마다 아버진 자신의 몸은 스스로 지킬 수 있어야 한다며 수영을 억지로 시키셨다. 오늘 그는 그 어떤 때보다 아버지께 감사를 드리고 싶었다.

"푸하."

그는 지은을 안아 들고는 물 밖으로 나왔다. 그때서야 심각성을 안 다른 사람들이 물 밖으로 나왔고 그때까지 어디에 처박혀 있었는지 신우도 달려나왔다. 은혁이 지은에게 인공호흡을 하려 하자 여배우인 지아가 그를 막았다.

"저 자격증 있어요. 제가 할게요."

그녀가 지은에게 인공호흡을 하기 시작했다.

"켁!"

지은이 물을 토해냈다. 지은이 괜찮은 걸 확인한 후 은혁이 우진을 향해 주먹을 날렸다.

"너 뭐 하는 새끼야!"

"그냥 장난으로……."

우진은 비굴하게 장난이었다고 말하고 있었다. 은혁은 화가 나서 우진에게 또다시 주먹을 날렸다.

"은혁 오빠, 그만!"

갑자기 아영이 그를 뜯어 말렸다.

"너, 오성그룹이라고? 누군지 내가 반드시 알아내서 널 가만히 두지 않을 거야. 알았어? 이건 내 이름을 걸고 맹세해."

아영은 얼굴이 창백해졌고 옆에 있던 연정도 창백하기는 마찬가지였다.

"구급차 불러."

"어."

신우가 빠르게 구급차를 불렀다.

"오늘 일은 분명히 후회하게 만들어줄 거야."

"오빠!"

아영이 은혁을 불렀다.

"뭐야?"

"오빠가 뭔데 지은이에게 이러는 건데요? 우진 씨가 장난으로 그랬다고 하잖아요?"

"넌 얘가 물에 대해 공포가 얼마나 심한지 몰라?"

"몰라요."

아영이 이상하리만치 강하게 모른다고 말했다.

"아빠가 지은일 구하다가 물에 빠져 돌아가셨어. 너 같으면 트라우마가 안 생기겠어?"

"종년은 그런 거 없는 줄 알았어요."

"뭐?"

여자만 아니었어도 은혁은 우진처럼 아영의 얼굴에 주먹을 날렸을 것이다. 어쩜 저렇게 못됐을까라는 생각이 들었다.

그때 멀리서 구급차가 오는 소리가 들렸다.

"내가 데리고 갈 테니까 신우 네가 짐 챙겨서 나와."

"신우가 왜요?"

이번엔 연정이가 난리였다. 하나같이 자기만 아는 못된 것들이란 생각이 들었다.

"그럼 연정이 네가 갈래?"

"제가 왜요? 안 가요. 그리고 신우 너도 가지 마. 오늘 가면 진짜 끝이야."

신우는 아무런 말 없이 지은의 짐을 챙겨서 은혁과 함께 연정의 별장을 빠져나왔다.

"넌 어딜 갔던 거야?"

"연정이가 잠깐 할 말이 있다고 해서."

"아주 계획적이었어."

"뭐가?"

"아영이하고 연정이 그리고 그놈. 아무리 봐도 연정이 사촌 같지 않아. 처음 보는 얼굴이야. 연정이 사촌이면 경화양행의 자식들일 텐데 그쪽은 이씨야."

신우가 한숨을 쉬었다.

"나도 이제 그만 연정이하고 헤어지려고. 지은이랑 나 사이를 진짜 너무 의심하니까 지쳐."

이렇게 말을 하는 신우의 얼굴에 슬픔이 가득했다. 은혁이 봤을 때 신우는 연정이를 사랑하고 있었다. 그걸 연정이가 모른다는 게 문제였다.

"보는 나도 지치더라. 하지만 너희 둘은 나도 의심이 가."

"형, 진짜 지은이는 친구야."

"이상하잖아. 지은이에게 그렇게 잘하는 게."

"사실 지은이를 처음 봤을 때 아줌마 딸인 줄 알았어."

그러고 보니 신우의 유모와 지은이가 굉장히 닮았다.

"화자 아줌마?"

"응. 그래서 마음이 갔어. 처음 시작은 그랬어."

초등학교 때까지 신우를 길러준 유모였다. 어느 날 집에서 쫓겨난 유모는 그 후로 소식조차 들을 수 없었다. 나중에 안 일이지만 아버지와 유모가 바람이 나서 어머니가 유모를 내쫓았다는 말을 우연히 들었었다.

신우는 어머니보다 유모와 정이 많이 들었었는데 그 아픔을 지은이 달래준 것이었다.

"난 지은이 여자로 안 봐. 그런데 자꾸 유모가 떠올라서 지은이가 없으면 불안해. 지은이도 날 버리고 사라질 것 같아서 어릴 땐 불안했어."

동생의 말을 듣고 보니 이해가 갔다. 유모와의 분리불안 장애를 지은이로 이겨낸 것이었다.

"지은이 죽으면 어떻게 하지?"

"안 죽어."

숨은 쉬고 있었지만 지은은 아직 의식이 돌아오지 않은 상황이었다. 구급차를 따르는 은혁의 마음이 무거웠다.

6. 기억하기 싫은 날

지은은 꿈을 꾸고 있었다. 가장 기억하고 싶지 않은 그날이 보였다. 가끔씩 이렇게 꿈을 꿀 때면 꿈이라도 피해가고 싶은 그날의 악몽 같은 일이 나타나곤 했다. 이런 꿈을 꾸고 나면 하루 종일 기분이 우울한데 어쩐지 오늘도 꿈속에서 그녀는 아버지와의 마지막 날을 보게 될 것 같았다.

화창한 오후였다. 학교를 마치고 돌아오는 지은의 발걸음이 그 어느 때보다 가벼웠다. 오늘은 3학년이 되어서 치른 중간고사 시험에서 모두 백점을 맞았기 때문이었다. 가방 속에 시험지를 넣고 지은은 자랑할 마음에 들떠 있었다.

아영은 공부에 관심이 전혀 없었다. 그래서인지 이번 시험은 망친 것같이 보였다.

"너 시험지 이리 줘."

"왜요?"

"그거 우리 엄마한테 보여주게."

"이건 제 거예요."

"여기 네 것이 어디 있어?"

"아가씨?"

가방을 가지고 실랑이를 벌이다가 문 앞에서 그날따라 일찍 집으로 들어오신 회장님의 차와 마주했다.

"무슨 일이야?"

차에서 내린 회장이 그녀들에게서 시험지를 빼앗았다. 시험지 위에는 박지은이라고 쓰여 있었다. 그녀의 것이었다. 화가 난 회장은 아영을 나무랐고 그것이 불행의 시초가 되었다. 그냥 시험지를 줘버릴 걸 하는 후회를 계속해서 반복하고 있다.

꿈이지만 왜 이렇게 그날의 기억이 선명할까? 처음 있는 일이었다. 보통 아빠의 꿈은 여기서 흐지부지되다가 끝이 나는데 오늘은 뭔가가 달랐다.

다음날 오후에 아영은 지은을 수영장으로 불렀다. 집에는 어른들이 수영을 하는 깊은 수영장이 있었다. 그곳은 어린아이들이 놀 수 있는 곳이 아니라서 평소에는 그쪽으로 집사님이 못 가게 하셨다.

지은은 아무런 의심 없이 수영장에 갔었다. 수영장으로 가기 전에 아빠가 정원에서 그녀를 보고는 손을 흔들었다. 그게 아빠의 마지막 모습이었다.

"아가씨, 부르셨어요?"

"너 같은 건 죽어버렸으면 좋겠어."

"아가씨."

풍덩!

아영이 그녀를 있는 힘껏 밀었다. 물에 빠진 지은이 아무리 허우적거려도 물만 계속해서 입으로 들어올 뿐이었다.

"살려……."

살려달라는 말을 끝까지 하지 못하고 지은은 그렇게 물속으로 빨려 들어갔다. 물속에서 지은은 누군가 자신을 안는 게 느껴졌다. 아빠였다. 수영을 못 하는 지은이 얼마나 아빠를 누르고 살겠다고 버둥거렸을까? 아빠는 지은을 끌어 올리고 끝내 그렇게 죽음을 맞이했다.

"아빠, 안 돼. 아빠!"

지은은 꿈속에서 아빠의 마지막 얼굴을 기억해 내고야 말았다. 어린 지은에게 가장 기억하기 싫었던 순간이 물속에 다시 빠짐으로 해서 기억이 돌아온 것이었다.

그녀를 밀던 아영의 얼굴도 떠올랐다. 그녀를 밀고 아영은 분명히 웃었다. 아빠가 그녀를 구하러 들어오는 모습을 보고도 그 자리에 한참을 그렇게 웃으며 서 있었다.

"절대로 용서 못 해."

지은은 결심했다. 절대로 아영을 용서하지 않겠다고 말이다. 무슨 수를 써서라도 아영에게 복수하리라 마음먹었다. 아무리 꿈이지만 어린 지은은 꿈속의 어린 아영을 잡으려고 했다.

잡아서 때려주고 싶었다. 하지만 꿈속의 지은은 무엇에 눌린 것인지 꼼짝도 할 수가 없었다.

"지은아."

또 하나의 소리가 지은에게 들려오고 있었다.

"지은아."

본부장의 목소리였다.

"지은아, 정신 차려."

이번엔 신우의 목소리였다. 이제 희미하던 그들의 얼굴이 선명하게 보였지만 지은이 찾고 있는 건 본부장과 신우가 아니었다. 지은은 필사적으로 아영을 찾았다. 잠시 후 지은은 이곳이 연정의 별장이 아님을 알아차렸다.

실망이었다. 아영에게 그날의 일이 기억났다고 말하려 했었다. 너의 죄에 대한 벌은 끝까지 받게 할 거라고 말하려고 했다. 하지만 아쉽게도 아영은 없었다.

“정신이 들어?”

신우가 그녀를 흔들어 깨웠다. 지은은 고개를 끄덕였다.

“다행이다.”

신우가 힘없이 그녀 앞의 의자에 주저앉았다.

“형이 너 살렸어.”

“본부장님은?”

지은은 은혁이 지금 이 순간 가장 보고 싶었다.

“지금 잠깐 화장실 갔나 봐. 방금 전까지 여기서 계속 있었어.”

신우는 거의 수영복 차림으로 앉아 있었다.

“옷이 그게 뭐야?”

“이제 정신이 돌아왔네. 내 옷 걱정하는 걸 보니까.”

“괜찮아. 근데 여긴 어디야?”

“근처 병원이야. 너 상태 안 좋으면 서울로 가려고 형이 헬기까지 띄웠다.”

그때 마침 본부장이 안으로 들어왔다.

“괜찮아?”

“네, 괜찮습니다.”

“다행이네.”

생각보다 무뚝뚝하게 한마디를 하고는 신우 뒤의 의자에 앉았다.

"신우 넌 옷부터 갈아입고 와."

"나?"

"그래 너. 차 안에 옷 있어."

"알았어."

신우가 병실을 나가자 지은과 본부장 둘뿐이었다. 어색한 침묵이 흘렀다.

"감사했어요."

지은은 겨우 그에게 감사의 말을 전했다.

"다행이군."

"그런데 다음엔 절대로 절 구하지 마세요."

"뭐?"

"아빠가 절 구하시다가 돌아가셨어요. 다시는 그렇게 사람들이 나 때문에 죽는 게 싫다고요."

지은의 눈에서 눈물이 흘러나왔다.

"그 죄책감이 얼마나 큰 줄 알아요? 하나도 안 고맙단 말이에요."

지은은 소리를 죽이며 흐느꼈다.

"그날 왜 내가 물에 빠졌는지 이제 기억이 나요. 18년 동안 기억이 나지 않던 일이 갑자기 오늘 떠올랐어요. 그런데 왜 내가 그걸 기억하기 싫었는지 알 것 같아요. 아빠가 날 위해서 몸을 던지던 게 기억나요. 그리고 그런 아빠를 붙잡고 살아남은 내가 기억이 났어요. 아영이가 날 밀던 것도 말이에요."

"……."

"난 아영이를 용서하지 않을 거예요."

"지은아."

지은의 가슴에 불이 타오르듯이 분노가 타올랐다.

"지금은 건강을 먼저 회복해야 해."

지은은 눈을 감았다.

눈을 감았다고 잠이 든 건 아니었다. 지금은 생각을 정리할 때였다. 그리고 아주 천천히 아영의 목을 조일 것이다.

아영은 지은이 입원해 있는 병원에 우진, 연정과 함께 갔다. 서울로 올라가는 길이기도 했고 또 우진이 괜히 불안해해서 그를 데리고 병원을 찾은 것이었다. 성빈은 현빈과 함께 서울로 보내 버렸다.

아주 쓸모없는 녀석이었다. 다만 그녀가 결혼을 해서도 성빈이 그녀의 허수아비가 되어줄 것 같아서 데리고 다니는 것이었다. 하지만 우진은 달랐다. 우진은 그녀가 아끼는 애견이나 마찬가지였다. 그런 우진이 다치는 건 아영은 싫었다.

우진이 불안해했기 때문에 아영은 지금 꼴도 보기 싫은 지은을 보러 왔다. 또 하나의 이유는 연정 때문이었다. 어제 신우가 헤어지자 했다고 아주 울고불고 난리가 아니었다. 저걸 사랑이라고 해야 하는지 집착이라고 해야 하는지 알 수가 없었다. 아영도 슬슬 짜증이 났다.

병실에 들어서자 지은이 침대에 혼자 누워 있었다.

"괜찮아요?"

우진이 잔뜩 겁을 먹고는 물었다. 그 모습에 실망한 아영은 우진을 째려봤다.

"뭐 죽을죄라도 지었어요? 물에 한번 빠뜨린 걸 가지고 뭘 그렇게 굽신거려요?"

아영은 우진이 지은을 안쓰럽게 보는 것조차 싫었다. 지은은 사람이 아닌 종이었다. 아영이 먹여주고 입혀주면 그저 고마워해야 하는 종년이었다.

"사과를 하러 온 거야? 시비를 걸러 온 거야?"

침대에 누워 있는 지은이 아영을 째려보며 말했다. 아주 간이 배 밖으로 나와 있었다.

"아주 팔자 편해?"

"나도 이럴 때가 있어야지."

오늘 지은은 아영이 느끼기에 뭔가 달랐다. 그게 뭔지는 모르겠지만 그렇게 기분이 좋지는 않았다.

"널 이렇게 키워준 건……."

"나야."

"뭐?"

"난 누가 키워준 게 아니고 혼자 컸어. 아니, 내가 널 키운 거지."

아영의 말에 지은이 꼬박꼬박 반박을 하고 있었다. 역시 평소의 지은과는 다른 느낌이었다.

"물을 너무 많이 먹었어?"

"응."

"미쳤구나?"

아영은 약이 오르기 시작했다. 누구나 그녀의 발아래였다. 위너 그룹 정도는 되어야 그녀가 인정하는 사람들이었고 그 밖의 사람들은 모두 발뒤꿈치의 때만도 못 했다.

"무슨 배짱이야?"

"배짱이 아니라 사실이야. 너무 물을 많이 먹었더니 사라진 기억들이 돌아와서 말이야. 이번에도 네가 그런 거야?"

"뭐, 뭐?"

지은이 의미심장하게 말했다.

"너도 기억하지?"

지은이 넌지시 또 한 번 물었다. 아영은 답답함을 느꼈다. 항상 불안했던 일이 일어난 것이다. 지은은 그날 아영이 자신을 수영장에 민 걸 기억해 냈다.

아영은 순간 온몸이 떨렸다. 사실이 알려지는 건 두렵지 않았다. 어차피 이제는 증명할 방법이 없으니까 말이다.

"사람을 그렇게 모함하면 못쓰지. 역시 종년들은 달라."

"맞아 달라. 앞으로 기대해도 좋을 거야. 기억이 나기 전과는 다를 거야. 그리고 연정이 너."

연정이 지은을 잡아먹을 듯이 쳐다봤다.

"이제 네 옆에는 신우가 없을 거야."

"내가 이럴 줄 알았어. 못된 년."

달려드는 연정을 우진이 잡았다.

"난 신우하고 친구야. 친구가 나쁜 여자를 만나게 하면 안 되잖아? 안 그래?"

"박지은!"

"그동안 역겨운 종년 옆에서 친구인 척하느라 고생했다. 그런데 말이야, 지금 내 눈에는 연정이 네가 아영이 종년처럼 보인다."

"뭐? 야!"

이때 신우와 은혁이 병실 안으로 들어왔다.

"왜 이렇게 소란스러운가 했다. 어서들 나가."

"오빠."

"여기까지가 내가 참는 한계야."

은혁이 그들을 보며 화를 냈다. 아영은 화가 많이 나서 어찌할 바를 모르고 있었고 연정은 신우의 눈치를 보고 있었다. 연정이 왜 그렇게 신우에게 매달리는지 아영은 알 길이 없었다. 신우는 아영의 스타일이 아니었다.

곱상하기만 한 남자는 싫었다. 그녀를 지배할 수 있는 은혁 같은 남자가 아영은 더 좋았다. 하지만 이상형과 곁에 있는 남자는 달랐다. 성빈은 멍청할 정도로 그녀의 말을 잘 듣는 착한 남자였고 우진은 예쁘장한 여우 같은 남자였다. 둘 다 아영이 좋아하는 스타일은 아니었다.

"아영아, 이제 그만할 때도 된 것 같은데?"

은혁이 아영에게 말했다.

"난 병문안을 왔을 뿐이에요."

은혁이 지은의 편을 들자 열이 받은 아영이었다. 그녀가 놓친 남자가 오늘따라 더 멋있어 보였다. 거기에 비하면 성빈이나 우진인 피라미에 불과했다.

"짜증나."

아영은 낮게 중얼거렸다.

"난 오빠가 지은이에게 이렇게 신경을 쓰는 게 이해가 안 가요.”

“난 네가 지은이를 이렇게 집요하게 괴롭히는 게 이해가 안 가.”

은혁이 냉정하게 말을 하자 아영은 이런 상황을 만든 지은이 더 미웠다. 주는 것 없이 밉다고 하는데 지은이 그랬다. 하지만 아영이 지은을 미워하는 데는 그만한 이유가 있었다.

지은은 아영이 좋아하는 사람들에게 아영보다 더 예쁨을 받았다. 할아버지도 그랬고 아버지도 그랬다. 학교 친구들도 지은을 좋아했다. 그래서 아영은 지은이 미웠다. 모두가 그녀를 보길 원했는데 사람들은 지은만 좋아했었다.

“아영아.”

가만히 침대에 앉아 있던 지은이 아영을 불렀다. 어찌나 소름 끼치게 차갑게 부르던지 그리 큰 목소리가 아니었음에도 사람들의 시선이 다 지은에게 향했다.

“오늘은 그만 돌아가. 그리고 잊지 마. 내 기억이 돌아왔다는 걸.”

“무슨 기억?”

아영의 입술이 두려움으로 떨렸다.

“너와 나의 일, 그리고 아빠의 일.”

지은의 목소리는 아주 차분했고 그게 더 아영을 두렵게 만들었다.

"아주 사람을 이상하게 만드네."

"이제 시작이야."

"지은 씨 미안해요. 내가 장난치려던 게 실수였어요."

우진이 다시 한 번 얼른 사과를 하고는 아영을 데리고 밖으로 향했다. 연정도 그들의 뒤를 따라 나왔다.

"망했어."

병원에서 나오자마자 연정이 투덜거리기 시작했다.

"뭐가?"

"다 아영이 너 때문이야."

"이게 도와줬더니 어디서 행패야? 네가 신우한테 너무 미쳐서 그런 거지. 누굴 탓하는 거야?"

아영은 기가 막혔다. 지은을 약 올리려다가 오히려 지금 그녀가 궁지에 몰린 상황이었다.

"젠장."

아영은 우진의 차에 몸을 실었다. 지은이 그녀에게 마지막으로 한 말이 자꾸만 머릿속에 남았다. 지은은 아영에게 이제 시작이라는 말을 했다.

"시작이라고? 웃겨."

말은 이렇게 가볍게 했지만 지금 아영의 마음은 불안했다.

어제 하루를 병원에서 보내고 월요일 아침이었다. 주말의 놀라웠던 경험은 지은에게 변화를 가져오게 했다. 지은의 마음가짐이 다른 때와는 달랐다. 목표의식이 생기니 달라진 모양이었다. 이전에는 돈을 벌고 안정된 생활이 그녀의 목표였다면 지금은 아영을 철저하게 부수는 게 지은의 목표였다.

그러기 위해선 힘이 필요했고 지금 그녀에게 힘이 되어줄 사람은 본부장이었다. 신우도 아닌 본부장을 지은은 지금 그녀의 사람으로 만들어야 했다. 방법은 아직 몰랐지만 본부장도 그녀를 싫어하진 않으니 도전해 볼 만한 일이었다.

"박 대리?"

"네."

"오늘 뭔가 달라."

공 과장이 그녀의 옆에 서서 볼펜을 입에 물고는 지은을 아래위로 훑어봤다.

"성희롱으로 고소할 겁니다."

"뭔가 이상해."

"뭐가요?"

이번엔 여의주 씨까지 합세를 했다.

"독기가 오른 건지 물이 오른 건지 모르겠단 말이야. 주말에 무슨 일이 있었어?"

눈을 가늘게 뜨며 공 과장이 지은을 추궁했다.

"없었고요. 한 번만 더 그런 식으로 말하면 고소 바로 들어갑니다."

"요즘은 너무 살벌해. 남자들이 제대로 말을 못 한다니까."

"그동안 편하게 하신 거죠."

오늘의 지은은 다른 사람들에게도 다르게 느껴지는 모양이었다. 신우도 그녀에게 물었다.

"오늘 박 대리님 낯섭니다."

"죽다 살아와서 그렇습니다."

"진짜 그런 것 같습니다."

"이신우 씨, 잠깐 나 좀 볼래요?"

그녀가 자리에서 일어나자 신우가 손으로 목을 치는 흉내를 내며 그녀의 뒤를 따랐다. 이제 그녀에게 죽었다는 뜻이었다.

"지은아, 무슨 일 있어?"

신우가 그녀의 뒤를 졸졸 따라오며 물었다.

"아니."

"그런데 왜?"

"커피도 마시고 할 말도 있고."

"뭔데?"

자판기에서 커피 두 잔을 뽑아 신우에게 하나를 건넸다.

"최우진에 관해 알아봐 줘."

"어? 최우진?"

연정에게 헤어지자고 통보했다고는 하지만 연정이 신우를 쉽게 놔줄 리가 없었다. 이런 상황에서 연정이의 사촌에 관해 알아봐 달라고 하는 건 좀 미안하긴 했다.

"응, 토요일에 들은 얘기가 있어서 그래."

"연정이 사촌 맞아. 연정이가 나한테 그런 거짓말을 할 리가 없잖아."

"싫어?"

"그건 아니지만 지금 연정이하고 말하고 싶지 않아."

"다른 쪽으로 알아볼 방법은 없을까?"

지은은 집요하게 부탁을 했다. 신우도 차마 지은의 부탁을 거절하지 못하고 흥신소를 하는 친구에게 부탁을 해본다고 말했다.

"고마워."

"왜, 이상한 소리 들었어? 내가 보기엔 착해 보이던데……."

"좀 이상한 말을 들어서, 부탁 좀 할게."

"사실 형한테 알아봐 달라고 하는 게 더 빠를 거야."

"그래?"

"형한테는 채 실장이 있잖아. 완전 끝내주게 사람 뒷조사 하거든. 네가 형한테 부탁하는 게 더 빠를 거야."

"알았어."

그 시간 이후로 지은은 본부장을 목 빠지게 기다렸다. 점심식사 시간 후에도 은혁은 아직 출근 전이었다. 오전에 평택공장에 시찰을 나간 상태였다. 3시가 넘어서야 본부장은 사무실에 들어왔다. 지은은 용기를 내서 본부장실 안으로 들어갔다.

"뭐지?"

채 실장이 본부장과 함께 그녀를 놀란 눈으로 바라보고 있었다.

"본부장님께 드릴 말씀이 있어서요. 5분이면 됩니다."

"채 실장은 나가봐."

"네."

채 실장이 나간 후에 그가 재킷을 벗고는 책상에 앉아서 그녀를 바라보았다.

"부탁드릴 게 있어서요."

본부장이 턱에 손을 괴고는 그녀를 바라보았다.

"말해."

피곤한 얼굴이었다. 하긴 토요일부터 어제까지 본부장이 그녀를 위해 한 일을 생각하면 피곤할 만도 했다.

"감사했습니다."

"그 인사는 들었고, 또?"

"최우진에 관한 자료를 받고 싶습니다."

"지은 씨 애인 아닌가?"

본부장이 비꼬듯이 말했다.

"아닙니다. 왜 저한테 접근을 했는지 정확한 이유를 알고 싶습니다."

"그리고?"

본부장이 뭔가를 묻는 듯이 그녀를 바라봤다.

"무슨 말씀이신지?"

"세상에 공짜는 없어."

그의 말뜻을 충분히 알고도 남았다.

"한 가지 묻고 싶은 게 있습니다."

이건 진짜 지은의 입장에선 궁금한 일이었고 분명히 해두어야 할 일이었다.

"말해."

"안지혜 씨와는 끝났습니까?"

그가 애인이 있는데 둘 사이에 끼는 일은 하고 싶지 않았다.

"시작도 안 했어."

그는 아주 간단하게 말했다.

"오늘 저녁에 댁으로 가겠습니다."

"나가봐."

왠지 기분이 이상했다. 그에게 뭔가를 준다고도 말을 하지 않았는데 그들은 그녀가 그에게 오늘 저녁에 뭘 줄지를 알았다. 기분이 그다지 좋지 않았지만 상황이 그녀를 이렇게 만든다고 생각했다.

“본부장님이 뭐라고 하세요? 도와준데요?”

신우가 그녀에게 물었다. 회사에서는 그녀가 상사이기 때문에 신우는 항상 존대를 했다.

“알았대.”

“잘됐습니다.”

“그런데 진짜 연정이하고 안 만날 거야?”

“네.”

“파혼할 거냐고?”

“네.”

신우는 부연설명을 더 이상 하지 않고 서류에 얼굴을 묻었다. 지은도 실연의 상처로 고생하는 신우를 더 이상 괴롭히지 않았다.

퇴근 후에 지은은 근처 와인 가게에 들러 본부장이 좋아할 만한 와인과 치즈를 사가지고 본부장의 집으로 향했다. 보는 눈이 많아 그의 차를 같이 타고 갈 수 없으니 그녀가 따로 움직였다. 그녀의 차는 중고 소나타였다. 그녀가 가장 아끼는 애마이기도 했다.

차를 근처 주차장에 세우고 그의 아파트로 향했다. 혹시라도 채 실장이 보기라도 한다면 이상한 소문이 날까 작은 것까지도 신경을 썼다.

딩동!

벨을 누르자 본부장이 직접 문을 열어주었다.

"왜 이렇게 늦었어?"

"이걸 좀 사 오느라고요."

"와인?"

"제 마음입니다. 토요일에 제 생명을 구해주셨으니까요."

"그날은 화를 내지 않았나?"

그가 콕 짚어 말했다.

"제가 일관성이 없습니다."

"그런 것 같아. 사적인 자리에서도 본부장이라고 해야 하나?"

"그럼……."

"예전처럼 편하게 불러. 회사에서야 어쩔 수 없지만."

"아닙니다."

그건 아닌 것 같았다. 그럼 신우한테처럼 툭하고 반말이 나올 것 같았다. 본부장은 신우와 달리 상사인데 그럴 수는 없었다.

"여하튼 들어와서 얘기해."

그의 집은 보면 볼수록 근사한 곳이었다. 예술을 잘 모르는 지은이 봐도 값비싼 그림이나 도자기들이 많이 있었다.

"예술에 관심이 많으신가 봐요?"

"투자가 되기도 하고 혼자 멍 때리고 싶을 때 멍하니 쳐다볼 수 있어서 좋아."

"멍 때리기 대회도 있다던데……."

"그래?"

그가 웃었다.

"배고프지?"

"약간요. 뭐 시켜 먹을까요?"

"아니, 아주머니들이 저녁 차려놓고 가셨어. 같이 먹자."

그가 안내한 식탁 위에는 혼자 먹기엔 많은 양의 반찬들이 가지런히 차려져 있었다.

"밥하고 국만 푸면 돼."

"제가 할게요."

그녀는 밥하고 국을 퍼서 식탁으로 가지고 갔다.

"우리 집 같은데요?"

"잘 차려먹고 다니나 봐?"

"아뇨, 어릴 때 자라던 아영이네 집이요. 저녁에 가면 항상 이렇게 식당 구석에 차려놔요. 그럼 자기 일이 끝난 메이드들이 순서대로 가서 먹거든요. 딱 지금이 그 상차림이에요."

본부장이 밥을 먹자 지은도 따라 먹었다.

"맛있어요."

"다행이군."

"매일 이렇게 혼자 드세요?"

"대체로."

지은이 그의 수저에 생선을 발라서 올려주었다.

"드세요. 맛있어요."

"어? 어."

본부장은 당황했지만 그녀가 얹어준 생선을 잘 먹었다. 지금 지은의 머리는 온통 본부장을 유혹하는 일에만 집중이 되어 있었다.

"전 한 번도 누가 밥 위에 생선을 올려준 경험이 없었어요. 그런데 언젠가 신우가 제 밥 위에 조기를 올려주는 거예요. 진짜 눈물이 날 뻔했다니까요."

"왜?"

"정이 느껴지잖아요. 아빠가 돌아가시고 엄마는 아빠가 나 때문에 돌아가셨다고 생각하세요. 그래서 절 지금도 미워해요."

"그건 지은이 잘못이 아니야."

"아무튼 그런 저에게 신우는 참 따뜻한 친구임에는 틀림없어요."

"친구 이상은 아니란 말을 하는 건가?"

"네, 그 애긴 입이 아플 정도로 한 것 같아요. 그만 우리 둘 사이가 친구란 걸 인정해 주시죠."

"알았어. 하지만 아버지의 일은 진짜 지은이 잘못이 아니야."

지은은 그를 향해 슬픈 미소를 보였다. 불쌍하고 안쓰러운 마음이 들었으면 좋겠다는 생각이 강했다. 강한 모습보다는 약한 모습의 여자에게 더 끌리는 법이니까 말이다. 치밀하게 계산해서 움직이는 건 지은에게 어울리지 않았지만 힘을 얻기 위해 지은은 지금 노력하고 있었다.

하지만 이런 식의 유혹이 그에게 먹힐지는 미지수였다.

그의 손이 갑자기 그녀의 손을 잡았다. 따뜻한 위로를 지금 본부장이 보내고 있었다.

"괜찮아요. 이제는 익숙하니까요."

"아영이에게 이제 시작이란 말을 한 이유는 뭐야?"

"아빠가 돌아가시던 날 아영이가 날 수영장으로 유인해서 밀었어요. 그게 기억이 난 거죠. 딱 그 순간만 기억이 안 났었거든요."

"사실이었구나? 난 그날 물에 빠진 충격으로 지은이가 횡설수설하는 줄 알았어."

"너무 기억하기 싫은 일이라서 나 스스로 지워 버렸던 것 같아요."

본부장이 그녀의 손을 더 강하게 잡았다.

"용서하고 싶지 않아요."

드라마틱하게 한줄기 눈물이 그녀의 볼을 타고 흘렀다. 본부장이 그녀의 얼굴에 흘러내린 눈물을 손으로 닦아주었다.

"힘내."

"고마워요."

지은이 그의 손에 얼굴을 비볐다. 순간적으로 아주 묘한 기류가 흘렀다. 고양이 같은 그녀의 반응이 본부장은 싫지 않은 것 같았다.

"우리 와인 한잔할까요?"

식사를 마친 후에 그들은 소파에 앉아 와인 잔을 기울였다. 술기운이 올라오고 있었지만 정신은 그 어느 때보다 멀쩡했다.

"나에게 원하는 대가가 뭐죠?"

"……."

"제가 드릴 수 있는 게 그렇게 많지가 않아서 말이죠."

지은이 자신의 블라우스 단추를 하나만 풀었다. 그래도 그녀의 가슴골이 본부장의 눈에는 보일 것이다. 본부장이 마른침을 삼키는 게 보였다. 아주 좋은 신호였다.

탁!

지은을 콘솔 위에 앉혔다. 마음이 급했다. 여자를 이렇게 원해본 적은 한 번도 없었다. 은혁은 섹스는 침대에서만 해야 한다고 생각했다. 하지만 지금의 상황은 그를 다른 사람으로 만들고 있었다.

여자를 갖지 못해 안달이 난 짐승 같은 놈으로 그는 변신해 있었다. 은혁은 자신의 정신 줄이 온전한지 이제는 알 수가 없는 상황이었다. 지은이 그녀의 블라우스 단추를 푸는 순간 은혁은 이성의 끈을 놓고 말았다. 언제 지은을 안아 들고 복도에 있는 콘솔 위에 그녀를 올려놓았는지 전혀 기억에 없었고 기억하고 싶지도 않았다.

지금 이 순간이 중요할 뿐이었다.

"츄읍츄읍."

둘의 입술이 부딪치며 내는 소리가 복도를 울리고 있었다. 침대로 가기엔 그가 너무나 급한 마음이었다. 은혁은 절대로 침대가 아닌 곳에서 섹스를 하지 않았다. 식탁 위에서 밥을 먹듯이 그가 섹스를 하는 곳은 침대였다.

하지만 지금 그는 섹스에 원칙 따위는 없다는 걸 알게 되었다. 그는 미칠 것 같은 갈증을 키스하는 내내 느끼고 있었다. 그녀의 타액을 모조리 빨아들이고 싶은 마음뿐이었다. 지은과의 키스는 그의 마음을 더 급하게 하고 있었다.

찌익!

드디어 사고를 쳤다. 그가 지은의 블라우스를 찢고 말았다. 전혀 의도한 일은 아니었지만 그녀의 옷이 찢기는 순간 그의 욕망의 수치는 최고조로 치닫고 있었다. 콘솔에 앉아 그의 얼굴을 잡고 키스를 하는 지은도 그와 마찬가지인 것 같았다.

그들은 급했다. 서로의 살갗에서 잠시라도 떨어져 있고 싶지 않은 마음이었다. 그동안 어떻게 참았는지 알 수 없을 만큼 그들의 마음은 급했다. 지은의 치마를 허리까지 올리자 스타킹과 팬티가 그들의 사이를 막고 있었다.

단숨에 그는 그들 사이의 장벽을 제거했다. 지금 지은이 걸친 건 허리까지 올라간 치마와 왼쪽 다리에 걸쳐진 스타킹뿐이었다.

"키스해 줘요."

지은은 와인 향을 머금은 입술로 그의 입술을 삼켰다. 지은은 소극적인 섹스를 하지 않았다. 자신이 원하는 걸 그에게 말했다. 처음에는 언제나 부끄러움을 가지고 시작하는 듯했지만 결론을 보면 그녀가 그를 리드하는 것 같았다.

은혁은 지은과 함께 하는 섹스에 점점 빠져드는 자신을 발견했다. 그녀의 맨가슴을 손으로 감싸며 그는 짙은 키스를 했다. 발기한 그의 페니스가 바지를 뚫고 나올 기세였다. 키스를 하는 와중에도 지은의 손은 그의 옷을 벗기기에 바빴다.

"오빠가 벗어요."

도저히 안 되겠는지 그에게 옷을 벗으라고 요구했다. 은혁은 미친 듯이 옷을 벗기 시작했다. 하지만 그의 눈은 지은에게서 벗어나지 않았다. 콘솔 위의 작은 마녀는 그를 유혹하고 있었다.

그가 아무렇게나 옷을 벗자 지은이 웃었다.

"왜?"

"멋있어서요."

"멋있는데 웃어?"

"오빠 숨 넘어갈 것 같아요."

하며 까르르 웃었다.

그는 옷을 다 벗자마자 웃고 있는 그녀를 안아 들고는 침실로 거의 달려가다시피 했다. 그녀를 침대에 던지듯이 놓고는 그도 바로 그녀에게 돌진했다. 진짜 이렇게 미친놈처럼 섹스를 한 적은 한 번도 없었다.

그의 눈에는 지금 지은뿐이었다. 달빛에 지은의 피부가 유난히도 하얗게 비치고 있었다.

"미쳤어."

"맞아요. 나도 그런 것 같아요."

지은이 그의 입술에 깊은 키스를 했다. 서로의 몸이 엉키고 서로의 혀가 하나가 되어 있었다. 온몸은 열기에 녹아들고 있었다.

그의 손이 빠르게 지은의 온몸을 더듬었다. 마치 실크를 만지는 것 같았다. 그가 손을 움직일 때마다 그녀의 부드러운 살결이 녹아내리는 것만 같았다. 사막의 고운 모래처럼 그의 손가락 사이로 지은의 몸이 흘러내리는 것 같았다.

"아~"

긴 탄성이 그의 입에서 흘러나왔다. 이렇게 만지기만 해도 좋은 여자는 처음이었다. 섹스를 하기도 전에 그는 욕망의 끝을 맛보고 있는 중이었다. 진짜 그에게 지은은 하늘이 내려준 섹스파트너인 것 같았다.

은혁은 그녀의 아름답게 솟아 있는 가슴에 입을 맞추었다.

"오늘은 키스마크 찍지 마요."

"싫어."

"이제 반팔도 입기 힘들다고요."

그녀의 의견을 받아들여 최대한 부드럽게는 하고 있었지만 나중엔 어떻게 될지 몰랐다.

"내 이성이 남아 있는 동안은 조심할게."

지은이 쿡하고 웃었다.

"지금 웃음이 나와?"

"오빠, 귀여운 것 같아요."

"내가 귀엽다는 말이 쏙 들어가게 해주지."

지은의 눈이 반달 모양으로 접혀 있었다. 여자의 웃음이 이렇게 섹시할 줄은 미처 몰랐었다. 지금 은혁은 지은에게 미쳐 있는 게 확실했다. 세 번의 섹스였다. 하지만 그는 지금까지 그 어떤 섹스에서도 느끼지 못한 만족감을 지은과의 섹스를 통해 느끼고 있었다.

"아흐."

지은의 분홍색 유두를 빨자 그녀의 입에서 신음이 터져 나왔다. 그의 혀끝에 닿은 유두의 맛은 아주 달콤했다. 부드러움과 단단함의 조화가 그를 더욱더 흥분하게 만들고 있었다. 그녀의 유두를 손가락 사이에 끼워 살짝 비틀자 지은이 몸을 활처럼 휘었다.

이렇게 적극적으로 자신의 감정을 온몸으로 표현하는 여자는 처음이었다. 은혁은 지은과의 섹스를 통해 많은 것을 새로 경험하고 있었다.

"지은아."

"아흐."

그의 입술이 그리고 혀가 지은의 몸의 곡선을 따라 내려가고 있었다. 이건 진짜 놀라운 느낌이었다. 여인의 몸이 이렇게 아름다운 곡선으로 이루어졌는지 예전에는 미처 몰랐었다. 그의 입술이 검은 숲에 다다르자 지은은 또다시 몸을 활처럼 휘었다.

"아흐."

"헉헉."

거친 호흡과 신음 소리가 정적을 깨고 있었다. 어두운 방 안에 야릇하게 들어오는 달빛이 지은을 비추며 그의 시선을 사로잡고 있었다. 은혁은 지은의 다리를 벌리고 그 사이에 있는 여성을 손가락으로 자극하기 시작했다. 검은 숲에 비가 내린 듯이 촉촉하게 젖어들고 있었다.

모든 것이 그를 매료시켰다. 그는 자신도 모르게 그녀의 여성을 혀로 가르며 핥기 시작했다.

"아아앙."

오럴은 그가 하지 않는 섹스 중에 하나였다. 하지만 모든 게 지은에겐 예외가 되고 있었다. 순간 은혁은 이 여자에게 이렇게 깊이 빠져드는 자신이 두려웠다.

그는 몸을 일으켜 더 이상 참기 힘들어하는 그의 페니스를 지은의 촉촉하게 젖어 있는 질 입구에 가져다 댔다.

"아악!"

여전히 지은은 아파했지만 다른 때보다 적응 시간이 빨랐다. 그는 허리를 이용해서 열심히 피스톤 운동을 했다.

퍽퍽퍽!

그들의 짙은 섹스의 소리가 방 안을 울리고 있었다. 은혁은 자신의 몸에 땀이 흐르고 있음을 그대로 느꼈다. 지은의 질이 그의 페니스를 조일 때마다 그는 미친 듯이 허리를 움직였다.

"아아앙."

지은의 신음 소리가 그가 움직일 때마다 점점 더 커지고 있었다.

"지은아."

그가 마지막을 향해 달리며 지은의 이름을 불렀다. 은혁의 손은 지은의 양쪽 가슴을 만지며 절정을 위하여 격하게 움직였다.

"으으윽."

드디어 그는 자신의 분신을 그녀의 배 위에 쏟아냈다.

섹스가 끝이 난 뒤에 그는 지은을 안고 욕실에 들어가서 같이 샤워를 했다. 아름다운 그녀의 몸이 그의 품 안에 거품과 함께 쏙 하고 들어왔다.

"오늘 완벽하게 좋았어요."

온몸에 거품을 바른 지은이 그에게 웃으며 말했다.

"아름다워."

"알아요."

그녀가 그를 보며 웃었다.

"네가 다른 남자와 이러는 건 싫을 것 같아."

"저도 그럴 것 같아요."

지은이 발뒤꿈치를 들어 그의 입술에 쪽 소리가 나게 뽀뽀를 했다.

"아주 못됐어."

"제가요?"

"남자를 이렇게 또 만들어놨으니까."

"또 하면 되죠."

그녀의 도발에 은혁은 웃음기를 지우고 그녀의 몸에서 물기만 닦아낸 채 다시 침실로 데리고 들어갔다.

"원래 이렇게 짐승이었어요?"

"아니, 누구 때문에 이렇게 된 것 같아."

그건 사실이었다. 이런 모습은 그 자신도 낯설었다. 그들은 밤새 세 번의 섹스를 했다. 다음 날 출근을 해야 하는 것도 잊은 채 말이다.

다음 날 아침 지은은 입고 갈 옷이 없어서 난감한 상황이었다. 집 안 곳곳엔 그녀의 찢어진 옷이 돌아다니고 있었고 심지어 지금 그녀가 입을 옷은 물론 속옷조차 없었다.

"어쩌죠?"

그의 커다란 목욕가운을 입고 있는 지은이 침대에 누워 핸드폰을 보고 있는 은혁에게 물었다.

"사이즈?"

그가 다짜고짜 그녀의 사이즈를 물었다.

"네?"

"지은이 사이즈 얘기해."

"왜요? 집에 가서 옷 입으면 되고, 지금 바로 가면 출근엔 지장

없어요.”

그가 핸드폰을 그녀에게 건넸다.

“사이즈.”

지은은 할 수 없이 모든 사이즈를 기록했다. 은혁은 그걸 누군가에게 문자로 전송했다.

“됐어요?”

“응, 밥 먹고 나면 옷 올 거야.”

“아직 문 연 백화점 없거든요. 지금 7시라고요.”

“하여튼, 커피?”

“네.”

그가 침대에서 그대로 일어나 주방으로 향했다.

“옷 안 입어요?”

“볼 거 다 본 사이 아닌가?”

그가 움직일 때마다 그의 근육들이 지은을 유혹하고 있었다.

“한번 만져보면 안 될까요?”

그의 뒤에서 그녀가 묻자 그가 웃었다. 지은은 뒤에서 커피를 내리고 있는 그를 안았다.

“위험해.”

그녀의 볼이 그의 등에 닿았다.

“좋다.”

"녀석이 다시 살아났어."

"진짜 너무해요."

"왜? 녀석이 아주 건강하다는 증거기도 하고 지은이가 너무 섹시하다는 증거기도 해."

지은이 여전히 그를 뒤에서 안은 채 웃었다. 커피가 준비되자 그들은 아무것도 없이 커피 한잔을 마셨다. 지은도 아침을 먹는 스타일이 아니고 그도 아침은 커피 한잔만 마신다고 했다.

지은은 지금 그의 무릎에 앉아 있었다.

"여자들과 밤을 지내면 원래 이래요?"

"난 여자들과 밤새 같이 자본 적이 없어. 볼일이 끝나면 각자 가는 거지."

"그럼 집에도 제가 처음인가요?"

그가 고개를 끄덕였다.

"믿을 순 없지만 일단은……."

은혁이 그녀의 목에 잔잔한 뽀뽀를 하기 시작했다.

"워워, 이제 씻고 나갈 준비를 해야죠."

"그런데 난 더 급한 게 따로 있어."

그가 그녀의 커피 잔과 자신의 잔을 식탁 위에 놓고는 그녀의 목욕가운을 옆으로 흘러내리게 했다.

"섹시해."

그녀의 가슴을 보며 그가 말했다.

"아니, 며칠 사이에 만신창이가 된 것 같은데요?"

"아니야."

그가 지은의 가슴을 애무하기 시작했다.

"지치지도 않아요?"

"응."

그들은 식탁 위에서 다시 한 번 진한 섹스를 했다. 모닝 섹스라며 그가 지은에게 말했다. 하여튼 못 말리는 남자였다. 그들의 섹스가 끝이 날 무렵에 벨소리가 들렸다. 그리고 쇼핑백이 산처럼 그의 현관에 쌓였다.

"이제 뭐예요?"

"위너백화점에서 온 거야."

"아직 문도 안 열었을 텐데요."

"다 방법이 있지. 이거 입고 출근해. 지금 씻지 않으면 늦어."

"저 혼자 씻어요."

"아니."

지은의 바람은 그가 지은을 안아 들고 욕실로 향하는 바람에 물거품이 되었다.

7. 되로 주고 말로 받는다

채 실장은 본부장의 표정이 저렇게 험하게 변한 걸 한 번도 보지 못했었다. 화가 났는데 얼굴 전체가 창백하게 질려 있었다. 속으로 보고를 잘못한 게 아닌가라는 생각이 들 정도였다. 평소에도 무서운 상사지만 오늘의 표정은 모신 후로 처음 보는 아주 무서운 표정이었다.

"이게 사실인가?"

"네."

호스트 하나를 가지고 왜 저러는지 채 실장은 이해가 가지 않았다. 일주일 동안 그가 파악한 자료는 본부장이 알아보라고 한 사람의 민낯을 낱낱이 보여주고 있었다. 전과는 없었지만 여자로 치자면 꽃뱀 같은 놈이었다.

"김덕기가 본명이며 중졸에 공부와는 담 쌓은 놈으로 얼굴 하나 반반해서 강남의 호스트바에서는 단연 에이스였다고 합니다."

본부장이 그의 말을 듣고 있는 건지는 모르겠지만 일단 채 실장은 열심히 브리핑을 했다.

"그러다가 3년 전인가부터 그 바닥에서 사라졌는데 돈 많은 여자를 물었다는 소문이 파다합니다. 그런데 진짜 중요한 건 여기서부터입니다. 그 소문의 주인공인 여자가 명성그룹의 무남독녀 김아영 씨라는 겁니다."

탕!

"그만!"

본부장이 책상을 주먹으로 치는 바람에 채 실장은 완전히 그대로 얼어붙어 버렸다.

"그러니까 이 쓰레기 같은 새끼가 연정이의 사촌이 아니란 말이지?"

"절대 그럴 리가 없습니다. 오성그룹에서 아무리 친척이라도 호스트바에 다니게 놔뒀을까요?"

"이 주소가 확실해?"

"그럼요. 제 조사는 언제나 퍼펙트합니다."

채 실장은 일에 있어서 나름의 자부심이 있었다. 처음 직업이 감사 일을 하던 부서라서 이런 쪽은 경찰보다도 자신 있었다.

"가지."

"네?"

당황스러운 상황이 벌어졌다.

"어딜 가시게요? 사람들을 그냥 보내는 걸로 하시죠."

"이 녀석은 내가 손을 봐야 해."

"본부장님."

채 실장은 본부장이 이렇게 막무가내로 나설 줄은 상상도 하지 못했다. 그래서 온몸을 다해 막다가 결국은 본부장의 뒤를 따라나섰다.

"본부장님, 전 최선을 다해 말렸습니다."

본부장은 그의 말을 귓등으로도 안 들었다.

은혁은 모든 상황에 화가 났다. 동생과 결혼을 약속했던 연정에게도 실망이었다. 그래서 확실히 확인을 할 필요가 있었다. 이건 그와 지은이의 관계를 떠나서 신우와 연정의 결혼이 걸린 문제이기도 했다.

강남의 고급 아파트 지하 주차장에 차를 댄 그는 채 실장을 시켜서 우진의 집 앞에까지 가는 데 성공했다. 남들이 일을 하는 화요일에 우진은 집에 있었다.

"택배요."

문이 열리고 우진이 택배를 받기 위해 나왔다. 문이 열리자마자 은혁은 우진의 멱살을 잡고 집 안으로 들어갔다.

"어, 어어어."

우진은 은혁을 보고 놀란 나머지 말도 하지 못하고 있었다.

"뭐가 어야 새끼야!"

퍽 하는 소리와 함께 우진이 거실 바닥에 쓰러졌다.

"왜 이러시는 겁니까?"

"그걸 말이라고 해! 호빠 새끼야!"

"……."

우진이 완전히 겁을 먹은 표정으로 그를 보았다.

"왜, 찔리는 게 있나 보지?"

"……."

"똑바로 말하면 네가 지은이에게 접근했던 거 용서해 주지."

"그, 그게……."

"버벅거리지 마. 새끼야!"

퍽!

우진이 다시 한 번 거실 바닥에 쓰러졌고 그의 입에서 피가 터졌다.

"살려주세요."

"그걸 말이라고 해!"

그의 주먹이 또다시 우진을 강타했다.

"아영 씨가 한 번만 애인인 척하라고 해서……."

"왜?"

"지은 씨를 죽여 버리고 싶다고……."

속에서 천불이 났다. 어떻게 인간의 탈을 쓰고 저런 비정상적인 생각을 하고 있는지 은혁은 알 수가 없었다.

"연정이는?"

"신우 씨 때문에 괴롭다고, 지은 씨가 문제를 일으키고 다닌다고 저에게 도와달라고 했습니다."

"그래서 물에 빠트려서 죽이려고 했어?"

"진짜 수영을 못 하는지 몰랐어요. 정말입니다."

"살인 미수야. 다른 건 봐준다고 해도 그건 못 봐줘."

은혁은 멀찍이서 얼어붙어 있는 채 실장에게 신우한테 전화를 걸라고 말했다. 그리고 당장 이곳으로 오라고 했다.

"제가 잘못했습니다."

은혁은 피가 범벅이 된 얼굴로 용서를 비는 우진을 보며 말했다.

"네가 나에게 도움을 준다면 다 용서해 주지. 깨끗하게 없던 일로 해주고 원한다면 우리나라에서 떠나게도 해주지."

"정말이십니까?"

"그래, 내가 시키는 대로 하면 너한텐 손해는 없을 거야."

우진은 알았다는 듯이 고개를 끄덕였다.

"형?"

잠시 후에 신우의 목소리가 문 앞에서 들렸다. 신우가 우진의 모습을 보고는 놀란 눈치였다.

"연정이 오라고 해."

"왜?"

지금 상황을 보고도 감을 잡지 못하는 신우가 은혁은 답답했다.

"이 자식 연정이 사촌 아니야."

"어?"

"이 자식은 아영이 애인이야."

도저히 이해가 안 가는 표정의 신우였다.

"그러니까 연정이 오라고 해."

신우가 연정에게 전화를 걸어 이곳으로 오라고 했고, 아래에 내려가서 도착한 연정이를 데리고 왔다. 연정 또한 우진의 모습을 보고는 집 안에 들어오자마자 자리에 주저앉았다.

"도대체 무슨 생각이었던 거야?"

"신우야 난……."

"넌 내 첫사랑이야, 연정아."

신우의 말에 연정의 눈에 눈물이 고였다.

"그런데 난 너랑 결혼은 못 하겠어. 평생을 이렇게 시달리면서 살 자신이 없다."

"신우야, 내가 잘못했어. 다시는 안 그럴게."

"아니, 넌 다시 그럴 거야. 지은이가 시집을 가고 나면 또 다른 여자와 날 연관 지을 거라고."

"안 그래. 안 그런다고."

연정이 울기 시작했다.

"난 지은이하고 네가 너무 붙어 있는 게 싫었어. 넌 나한테 더 신경을 써야 하는 거 아니야?"

"연정아, 진짜 힘들다."

신우는 연정이 우는데도 매몰차게 말을 하고는 자리를 떠났다.

"연정이 넌 진짜 이해가 가지 않는다. 어떻게 이렇게 유치한 짓을 할 수가 있지?"

"죄송해요. 하지만 지금도 전 지은이가 미워요."

"지은이한테 사과해. 진심으로 사과한다면 내가 신우의 마음을 돌려보도록 노력할 테니까."

연정은 은혁의 말에 그나마 위로가 되었는지 지은에게 사과를 하겠다고 몇 번이나 말을 하고 갔다.

"이제 아영이만 남았는데……."

"절 보고 동요하지 않을 겁니다. 아영 씨는 아주 강한 사람입니다."

우진이 아영의 편을 드는 걸 보니 아주 웃겼다.

"그렇겠지?"

"네."

아영을 부르는 게 어떨까 하다가 그는 이제 알 것은 다 알았으니 아영은 나중에 처리하기로 했다. 은근히 피를 말리기 좋아하는 아영을 위해 은혁은 다음을 기약했다.

"피가 마르는 게 뭔지 보여주겠어."

그는 우진을 남겨두고 자리를 떴다.

"아영 씨가 알게 될 텐데요?"

채 실장이 걱정 어린 투로 말했다. 우진이 말하면 당연히 아영이 알 것이다. 은혁이 바라는 바였다.

"모르고 당하는 것보다 알고 있으면 더 피가 마르는 법이지. 한 방에 보내면 그동안 지은이가 당한 게 너무 억울하잖아."

"박 대리 일에 왜 그렇게 신경을 쓰십니까?"

채 실장은 그 점이 궁금했던 모양이었다.

"그러게 말이야. 나도 신기해."

그는 이렇게 말을 하고 회사로 들어갔다.

아영은 아까부터 자신의 방 안에서 하염없이 걷고 있었다. 우진과 통화를 한 후부터였다. 은혁이 우진의 집으로 찾아와서 모든 걸 알고 갔다고 했다. 은혁이 연정이와 신우도 집으로 불러들였다고도 했다.

"그래서 뭐 어쩌라고?"

아영은 손가락을 물어뜯기 시작했다. 불안할 때 하는 버릇이었다.

"아가씨!"

"왜!"

메이드가 그녀의 방에 노크도 없이 들어왔다.

"노크할 줄 몰라?"

"했습니다. 그런데 너무 급해서……."

"뭔데?"

"회장님께서 부르십니다."

할아버지가 그녀를 늦은 시간에 부르신 적은 한 번도 없었다. 아영은 거실로 내려갔다. 거실에는 아빠와 엄마도 함께 있었다.

"할아버지."

"그래, 아영아. 앉아라."

아영은 할아버지를 누구보다 두려워했다. 집안의 가장 어른이자 그녀가 인정하는 유일한 사람이 할아버지였다. 할아버지의 웃는 얼굴은 지은에게만 보이셨다. 그녀에겐 한 번도 따뜻하게 웃어 준 적이 없으셨다. 공부 잘하는 지은이가 할아버지의 관심의 대상이었지 그녀는 한 번도 할아버지의 사랑을 받은 적이 없었다. 만날 때마다 잔소리만 하셨다.

"오늘 부른 건 다름이 아니라 이제는 너도 집에서 놀지만 말고 회사의 일에 참여하라고 말하기 위해서다."

"네?"

아영이 두려워하던 말이 이 말이었다. 아영은 사업에 관심도 없었고 소질도 없었다. 그냥 돈도 많은데 집에서 돈이나 쓰면서 놀자는 주의였다.

"성빈이를 가르치시는 게……."

"성빈이도 같이 출근하라고 말했다."

"성빈이도요?"

이건 완전 울며 겨자 먹기였다.

"어디로 가나요?"

"우리 회사가 아니라 위너로 갈 거다."

"네?"

"오늘 위너 회장에게 전화가 왔더구나. 내가 자신을 가르쳤듯이 너와 성빈이를 가르쳐 보고 싶다고 말이다. 참 고마운 말이지. 그래서 승낙했다. 다음 주 월요일부터 은혁이가 있는 기획실로 출근하면 된다."

"할아버지, 전 명성에서 일을 배우고 싶어요."

"안 돼. 우리 회사에서 네가 무슨 일을 배우겠니? 다 널 보면 로열패밀리라고 벌벌 떨 텐데……."

"할아버지, 그래도 싫어요."

"어허! 어디 할아버지께 말대답이야."

아영의 입이 벌써 바닥에 닿을 정도로 튀어나왔다.

"하기 싫어요. 왜 우리 회사 놔두고 남의 회사예요?"

"아버님, 아영이 말도 맞는 소리예요. 왜 우리 회사 놔두고……."

"어미 네가 아영이를 망쳤어."

김 회장의 호통에 조 여사도 입을 다물었다.

"시키는 대로 해. 안 그러면 넌 상속자 명단에서 제외다."

이것이 결정적으로 아영이 할아버지에게 꼼짝 못 하는 진짜 이유였다.

"할아버지."

아영의 눈에서 눈물이 흘렀다. 상속자 명단에서 제외가 되면 그녀가 무일푼이 된다는 소리였다. 그렇게는 정말 살 수 없었다. 그녀의 인생에 돈은 최고의 선물이었다.

"할게요."

아영은 이렇게 말을 하고는 자기 방으로 들어가 버렸다.

"저런 버르장머리하고는……."

김 회장이 혀를 찼다.

지은은 본부장의 집 앞에서 벌써 30분째 기다리고 있었다.

"설마 안 오는 건 아니겠지?"

아직 5월이라 날이 덥거나 춥지 않아서 견딜 만했지만 구두를 신고 30분간 그 자리에 서 있으려니 다리가 점점 아파오기 시작했다.

그때였다. 낯이 익은 차가 아파트 단지 안으로 들어왔다. 지하 주차장으로 들어가려는 차를 지은이 얼른 세웠다.

"여기서 뭐 해?"

"잠깐 시간 좀 내주시면 안 될까요?"

그가 차에서 내렸다.

"무슨 일이야?"

지은이 본부장의 손을 잡고는 놀이터로 향했다. 아파트의 구석진 곳으로 그를 데리고 갔다.

"왜?"

"잠깐만 그대로 서 있어요."

그가 서 있는데 지은이 그의 목에 팔을 감고는 깊은 키스를 하기 시작했다. 영문을 모르고 당하던 은혁도 잠시 후에 그녀의 허리를 껴안으며 키스했다. 서로의 혀가 얽히며 점점 더 많은 것을 원하게 되었다.

"올라가자."

그가 거친 숨을 몰아쉬며 말했다.

"아니, 가봐야 해요."

"뭐?"

"오늘 아빠 기일이라서요."

"……."

"오늘은 감사의 인사를 하려고 왔어요. 아까 연정이가 찾아와서 무릎 꿇고 진심으로 사과했어요. 다시는 안 그러겠다고."

"그게 감사할 일이야? 당연한 일이지."

"그게 다 은혁이 오빠 때문이라고 했어요. 고마워요."

지은이 가려고 하자 그가 지은의 허리를 당겼다.

"제사만 아니면 안 보냈을 거야."

"저도 여기가 아니라 저 위로 벌써 갔을 거예요. 갈게요."

"데려다줄게."

"아뇨, 여기는 택시가 너무 많이 다니는 게 탈이에요."

지은이 억지로 그의 손을 풀고는 달리기 시작했다. 그와 함께 있고 싶은 마음이 강했지만 오늘은 그럴 수가 없었다.

택시를 타고 집에 도착한 지은은 경비실에 도착한 택배를 가지고 집으로 들어갔다. 그리고 택배 상자를 열었다.

"살기 좋은 세상이야."

택배 상자 안에는 제사 음식이 차리기만 하면 되게 낱개 포장이 되어 있었다.

"아빠, 미안해. 엄마가 지금 병원에 있어서 어쩔 수 없어."

지은은 정성스럽게 상을 차린 후에 마지막으로 아빠의 영정사진을 놓았다. 지은은 아빠를 많이 닮았다. 붕어빵이란 소리를 어릴 때 참 많이 들었었다. 아버진 아주 잘생긴 미남이었다. 뚜렷한 이목구비가 매력적인 분이었다.

"우리 아빠 참 잘생겼다."

지은의 하얗고 가는 손가락이 아빠의 영정사진 속의 얼굴을 더듬어 내려갔다. 지은은 웃고 있었지만 눈에선 눈물이 흘러내렸다.

"아빠, 좋은 곳에 있지? 그러면 엄마 좀 지켜줘. 엄마가 많이 아파."

지은은 이렇게 말을 하며 조용히 술을 따라 아빠 사진 앞에 놓았다.

"난 절 안 해."

제사를 지낼 때마다 그녀는 절을 안 해서 엄마에게 많이 맞았었다. 절은 죽어도 하기 싫었다.

"절을 하면 아빠가 꼭 죽은 것 같잖아."

자신 때문에 아빠가 죽었다는 죄책감이 어쩌면 차마 절을 올리지 못하게 막는 것일 수도 있었다.

"아빠, 내가 그날 왜 수영장에 갔는지 기억났어."

눈물을 한번 닦고는 아빠의 사진을 보았다.

"아영이가 날 밀었더라고. 절대로 용서 안 해. 그 말 하려고."

아빠의 얼굴은 너무나 젊었다. 죽기에 아까울 만큼 말이다.

"조금 있으면 내가 아빠보다 더 늙어 보이겠어."

지은은 또 울었다. 아빠만 생각하면 눈물부터 나왔다.

"내가 아영이를 꼭 벌할 수 있게 해줘. 걘 정신 차리긴 멀었어."

아빠와 그렇게 지은은 수다를 떨었다. 영정 사진 속의 아빠는 지은을 응원해 주는 것 같았다. 하늘이 있다면 아영과 같은 사람은 반드시 벌을 받을 거라는 생각이 들었다. 아영은 사람을 죽이려 했고 의도하진 않았지만 결국은 그녀 대신에 아빠가 돌아가셨다.

"절대로 용서 안 해."

지은은 이렇게 말을 하며 소주를 한잔 따라 마셨다. 오늘 같은 날 술을 안 마시면 쉽게 잠들 수 없을 것 같았다.

하지만 지은은 아버지 제사 후에도 아영을 어떻게 벌할지를 생각하며 쉽게 잠을 이루지 못했다.

그렇게 일주일이 지나고 월요일 아침이었다. 출근을 한 신우가 기획실의 막내답게 모닝커피를 각 책상으로 배달하고 있었다.

"선배님들, 아주 상쾌한 아침입니다."

얼굴은 실연의 상처로 살이 쏙 빠져서 아픈 사람처럼 그러고 있었지만 신우의 목소리 하나만은 쩌렁쩌렁하게 사무실을 울리고 있었다. 하지만 이들의 좋은 아침은 이때까지였다.

"공 과장님."

"고마워."

"의주 씨."

"땡큐요."

"박 대리……."

갑자기 신우가 동작을 멈추었다. 커피를 주려다 만 신우 때문에 지은의 손은 허공에서 그대로 멈추었다.

"이신우 씨!"

지은이 신우에게 화를 내려는 순간 멍하게 있는 건 신우뿐이 아니었다. 자연스럽게 지은의 시선이 출구 쪽으로 향했다. 출구엔 성빈과 아영이 서 있었고 그 옆에는 유 부장이 있었다.

"누구야?"

공 과장이 물었다.

"몰라요, 그런데 저 여자 머리부터 발끝까지 명품이에요. 저 가방은 아마 과장님 연봉보다 비쌀 거예요."

"설마."

"진짭니다."

이번엔 신우가 여의주의 말을 거들었다.

"그런데 여길 왜 와?"

"그러게요. 저도 궁금합니다."

"박 대리 아는 사람이야?"

"……."

지은은 공 과장의 물음에 답은 하지 않고 아영을 잡아먹을 듯이 쳐다봤다. 이게 어떻게 된 일인지 지은은 알 수 없었다. 어쩌면 잘 된 일일지도 몰랐다. 아빠가 복수를 제대로 하라고 아영을 그녀에게 보내준 것 같았다.

"자자, 여러분 새로이 우리와 같이 일하게 된 이쪽은 주성빈 씨고 이쪽은 김아영 씨니까 잘들 도와주고."

유 부장이 바로 그들을 데리고 본부장실로 들어갔다. 본부장실에서 인사를 마치고 나온 그들은 공 과장에게 배치가 되었다.

"부장님, 전 이신우 씨 하나로도……."

"이신우는 박 대리가 맡았잖아?"

"네, 알겠습니다."

공 과장은 유 부장의 무서운 표정을 보고는 바로 꼬리를 내렸다.

"이게 을의 비애다."

공 과장은 비어 있는 여의주의 옆자리에 아영을 앉히고 그 옆자리에 성빈을 앉혔다.

"인사들 해요. 이쪽은 우리 부서의 브레인 중의 브레인 박지은 대리, 이쪽은 이신우 씨, 이쪽은 여의주 씨. 다들 잘해봅시다."

공 과장이 여의주에게 아영과 성빈한테 복사실과 기타 심부름을 다녀야 할 곳들을 알려주게 했다. 그들이 떠나자 공 과장이 유 부장에게 푸념을 늘어놓았다.

"아니, 뭐 둘 다 저렇게 빳빳합니까? 낙하산이에요?"

"……."

"그럼 그렇지, 얼마나 대단한 낙하산이기에 저럽니까. 그리고 기획실은 낙하산이 못 견딥니다. 여긴 브레인들의 집합소니까요."

공 과장은 나름의 자부심이 있었다.

"어디서 보낸 겁니까?"

"성빈이는 동민건설 차남이고 아영이는 명성그룹 외동딸입니다."

신우가 공 과장에게 말했다. 신우의 말을 들은 공 과장의 표정은 좌절 그 자체였다.

"아니, 그런 사람들이 왜?"

"일 배우러 왔겠죠. 저처럼."

신우가 아주 쿨하게 말했다.

"하지만 위너에 있는 한 그냥 평직원입니다. 똑같이 대하셔야 합니다."

지은이 딱 잘라 말했다.

"맞아."

공 과장의 얼굴에는 고민이 가득 차 보였다. 하지만 공 과장이 말을 부드럽게 해서 그렇지 굉장히 공과사가 분명한 사람이라는 걸 지은은 잘 알고 있었다.

의주가 아영과 성빈을 데리고 이곳저곳을 다녀온 다음부터 표정이 좋지 않았다.

"의주 씨 왜 그래?"

눈치 빠른 공 과장이 물었다.

"아니에요."

안 봐도 뻔했다. 착한 의주를 종 부리듯이 부린 게 뻔했다.

"아영 씨는 이거 복사 좀 해와요. 이대로 20부 알겠죠?"

"성빈아."

아영이 공 과장에게 가지 않고 성빈이를 불렀다. 그러자 성빈이가 공 과장에게 재빠르게 갔다. 너무 어이없는 상황에 의주는 거의 턱이 빠진 듯이 입을 벌리고 있었고 공 과장의 얼굴은 경고를 알리듯이 붉어졌다.

"내가 성빈 씨 보고 말했나?"

"네?"

공 과장의 반말에 성빈이 기가 죽었다. 유리 멘탈을 가진 성빈이 이러지도 저러지도 못하고 있었다.

"김아영 씨."

"귀 안 먹었어요. 내가 왜 이걸 해야 하죠?"

성빈과는 너무나 대조적으로 아영이 강하게 말했다.

"여기 이 일 하러 왔으니까요."

"싫어요. 다른 일다운 일을 시켜주세요."

"일다운 일을 할 실력이 안 됩니다."

"저도 얘가 하는 거 주세요."

아영이 지은을 손가락으로 가리켰다.

"이거?"

지은이 서류뭉치를 들었다.

"아영 씨 영어 못 하잖아? 그리고 여기는 회산데 어디 상관한테 얘, 재라고 말합니까? 집에서 그런 식으로 교육시키던가요?"

지은이 큰소리로 말했다.

"오~"

그러자 주변에서 탄성이 나왔다. 아영의 귀가 새빨개졌다.

"야, 박지은!"

아영이 소리를 질렀다.

"김아영 씨!"

그때 본부장실 안에서 이 상황을 보고 있던 본부장이 소리쳤다.

"지금 뭐 하는 거야? 이렇게 하려면 당장 그만둬."

"그러려고요. 가자, 성빈아."

"그럼 상속권을 포기하는 거야?"

"……."

아, 그렇게 된 거구나라는 생각이 들었다.

"그 상속권이 나의 평가에 따라 달라진다는 것만 알았으면 좋겠군."

그러자 아영이 얼굴이 붉으락푸르락해졌다.

"여기는 명성그룹도 동민건설도 아니야. 그리고 너희 회사는 우리 그룹에 비하면 아무것도 아니란 걸 알아뒀으면 좋겠군. 너희들이 자꾸 튀는 행동을 한다면 너희 회사에 안 좋은 이미지만 생긴다는 것도."

"……."

"여기 있을 동안은 우리 직원들과 똑같이 일하도록 해. 그리고 출근 퇴근도 확실하게 하는 게 좋을 거야."

본부장이 멋지게 경고를 날리고는 다시 자신의 사무실로 들어갔다. 여의주가 엄지 척을 했다.

"우리 본부장님은 너무 환상적으로 완벽해요."

모두의 시선에 아영에게 향했다.

"아영 씨, 복사 안 해오나?"

"……."

아영이 울 것 같은 얼굴로 공 과장에게 서류를 받아 들었다.

"20장이야."

공 과장의 화난 얼굴은 참 오랜만이었다. 아영이 나가자 성빈이 아영의 뒤를 따라가려고 했다.

"주성빈 씨, 어딜 갑니까?"

"저, 저도……."

"주성빈 씨는 여의주 씨가 준 서류 분류 작업하세요."

"네."

공 과장이 성빈을 꼼짝 못 하게 만들고 있었다. 잠시 후에 아영이 복사를 해가지고 왔다. 그리고 기분이 나쁘다는 듯이 공 과장의 책상 위에 탁하고 놓았다.

"일을 일일이 다 말해줘야 해? 20부 만들어서 각자 선배들 책상에 놓으라고. 아주 밥을 입에 떠 먹여줘야 하는군."

"아영 씨, 그거 다 해서 나누어 주고 이거 아영 씨가 하고 싶어 했으니까 오늘 중으로 영문으로 작성해서 퇴근 전에 내 책상 위에 놓도록."

아영이 이를 갈며 지은을 보았다.

“김아영 씨는 벙어리야? 대답을 안 하게?”

지은이 쏘아붙여도 아영은 가만히 있었다. 아마 속으론 천불이 날 것이었다. 지은은 아영의 책상에 서류를 던지듯이 놓았다. 그리고 아영의 옆으로 가서 조용히 속삭였다.

“내가 너 상속받지 못하게 할 거야. 돈이 없는 설움이 어떤 건지 너도 느껴봐야지?”

지은은 이렇게 말을 하고는 자신의 자리로 돌아왔다. 퇴근 시간까지 지은은 아영을 열심히 부려먹었다. 내일 출근을 할지 궁금할 정도로 아영은 이를 악물며 지은이 시키는 일을 하고 있었다.

“이건 중학생이 영작한 수준도 못 돼. 공부 안 했어?”

지은은 마지막까지 아영을 쪼았다. 퇴근 시간이 되자 지은은 본부장으로부터 문자를 받았다. 집으로 오라는 내용이었다. 본부장이 집의 비밀번호를 가르쳐 줘서 지은은 이제 본부장의 집에 원할 때마다 들어갈 수 있었다.

지은은 퇴근길에 맥주와 소주를 사들고 본부장의 집으로 향했다.

본부장의 집에는 와인뿐이어서 그녀가 마실 술이 없었다. 오늘은 아영이 어떻게 사무실로 출근을 하게 되었는지 물어볼 생각이었다. 이 모든 일에 본부장이 개입되었을 것 같았다.

8. 욕망의 불길

은혁은 퇴근 후에 아영과 성빈을 따로 불렀다. 그리고 엄중한 경고를 했다.

"너희들은 지금 이곳에 일을 배우러 온 거지 놀러 온 게 아니야. 자꾸 다른 사람들과 섞이지 못하고 겉돈다면 당장 그만둬. 난 너희들을 기쁘게 보낼 거야."

"……."

"돈은 남들이 평생 쓰지 못할 금액들을 쓰며 살았을 텐데 돈이 없으면 아영이나 성빈이는 살지 못할 거야. 여기 있는 동안 너희들은 상속될 재산을 지키기 위해 노력해야 할 거야. 알았어?"

"……."

"대답 안 해?"

"네."

성빈이 크게 답했다.

"아영이 너는?"

"오빠는 우리가 이런다고 달라질 거라고 생각해요?"

"아니."

"그런데 왜 이렇게 괴롭혀요?"

"세상 사는 게 녹록치 않음을 보여주려고. 너희들이 그동안 얼마나 편하게 살았는지 알라고."

아영의 얼굴에 비웃음이 스쳤다.

"그런다고 우린 변하지 않아요."

"그렇다면 아주 힘든 시간을 보내면 돼. 아영이는 아직 너희 할아버지에 대해 잘 모르는구나?"

아영의 할아버지인 명성그룹의 김 회장은 사업가들의 모범답안 같은 분이었다. 그런데 그런 분의 손녀가 놀고먹는다는 건 김 회장에게는 용납할 수 없는 일일 것이다.

"내 마지막 경고를 새겨듣는 게 좋을 거야."

은혁은 이렇게 말을 하고는 지은이 기다리는 집으로 향했다. 일주일 동안 서로 바빠서 못 만났더니 금단현상이 오는 것 같았다. 즐거운 마음으로 집에 도착하니 지은이 저녁상을 준비하고 기다리고 있었다.

"오셨어요?"

"빈집이 아닌 누군가가 맞아주니 좋은데?"

"그래요?"

"응, 매일 이랬으면 좋겠어. 사람 사는 느낌이야."

지은이 웃으며 그를 바라보고 있으니 진심으로 기분이 좋았다.

"씻고 오세요. 국 식어요."

지은이 앞치마를 입고 그의 앞에 서서 이런 말을 하자 마치 그의 와이프 같은 느낌이었다. 그는 얼른 씻고 나와 식탁에 앉았다.

"먹자."

그가 밥을 먹기 시작했는데 지은이 밥은 안 먹고 그를 넋을 놓고 보고 있었다.

"왜?"

"오늘 너무 섹시해서요."

두 손을 모으고 그를 보는 지은이 그가 볼 땐 더 섹시했다.

"그래?"

"물기가 있는 머리를 하니까 아주 섹시해요."

샤워를 하고 머리를 안 말리고 나왔는데 뜻밖에 반응이 좋았다.

"마음에 들어?"

"완전요."

"나도 지은이의 지금 모습이 마음에 들어."

"화장은 다 뜨고 피곤에 찌든 여자가 이상형인가 봐요?"

지은이 그를 향해 게슴츠레한 눈을 뜨며 물었다.

"나도 몰랐는데 지은이 말을 들으니까 그 말이 맞는 것 같아."

"뭐라고요?"

하여튼 지은은 그를 웃게 만드는 재주가 있는 것 같았다. 밥을 먹은 후에 그는 와인을 지은은 맥주 캔을 들고 창가에 서 있었다. 지은의 뒤에 은혁이 한 손으로 그녀의 허리를 감싸고 다른 한 손엔 와인 잔을 들고서 편안하게 서울의 전경을 즐기고 있었다.

"오늘 아영이 때문에 힘들었지?"

"아뇨, 평생에 제일 기분 좋은 날이었어요."

"그렇다니 다행이야."

"아직 멀었어요."

그녀는 아주 이를 갈고 있었다. 은혁은 지은을 위해 할 수 있는 일은 다 할 생각이었다.

"내가 도와줄게."

"정말요?"

"응, 그동안 너 혼자 얼마나 마음고생했는지 알 것 같아."

"고마워요."

지은이 그의 목에 팔을 두르고 입을 맞추었다. 그녀의 부드러운 입술이 그의 입술을 덮자 은혁은 지은의 허리를 더 강하게 잡고는 깊은 키스를 되돌렸다.

"나 더 이상은 참기 힘들어."

"난 씻어야 해요. 화장도 지우고 싶고."

"그럼 같이 씻어."

"당신은 샤워했잖아요."

"아니."

은혁은 지은과 뭐든 함께하고 싶었다. 그래서 결국 그녀와 함께 욕실 안으로 들어가는 데 성공했다. 지은이 화장을 지우는 동안 은혁은 대형욕조에 물을 받았다. 잠시 후 그녀를 안고 욕조 안으로 들어가서 서로를 보며 마주 앉았다.

"이리 와."

"싫어요. 이렇게 있으니까 욕조가 너무 커서 꼭 대중탕에 온 것 같아요."

그는 속으로 욕조를 너무 크게 만들었다고 생각하며 다음엔 둘이 들어가면 딱 맞는 욕조를 들여놔야겠다고 다짐했다. 지은이 움직일 생각을 안 하자 이번엔 그가 일어나서 지은의 뒤로 가 앉았다.

"꼭 이래야 해요?"

"응."

"왜요?"

"오늘은 첫 번째로 여기서 섹스를 할 거거든."

"침대에서 해요. 여기서 어떻게……."

뒷말은 그의 입술로 막혀 버렸다. 그는 손을 물속으로 넣어 그녀의 여성을 어루만지고 다른 한 손으로는 그녀의 가슴을 만지고 있었다.

"너무해요."

입술이 자유로워지자 그녀가 처음으로 한 말이었다.

"뭐가?"

"자꾸 정신을 차릴 수 없게 만드니까."

그건 그가 하고 싶은 말이었다. 그녀의 몸 어느 곳 하나 그의 마음에 들지 않는 곳이 없었다. 그의 손이 지은의 여성을 가르고 들어가 가운데 손가락을 그녀의 질 안으로 밀어 넣었다.

"아흐."

"좋아?"

"몰라요."

그의 손가락의 움직임이 강해지자 지은은 물속에서 허리를 활처럼 휘었다. 그리고 고개를 돌려 그에게 말했다.

"키스해 줘요."

은혁은 지은을 잡아먹을 듯이 키스를 했다. 지은은 그의 이성을 놓게 만드는 재주가 있었다. 그녀의 손이 뒤로 오더니 발기한 그의 페니스를 한 손에 잡았다. 그의 심장이 갑자기 미친 듯이 뛰기 시작했다.

"나도 한번 빨아보면 안 돼요?"

"어?"

"일어나 봐요."

그녀는 지금 자신이 얼마나 위험한 말을 하고 있는지 모르는 것 같았다.

"지은아."

"나도 오빠에게 해주고 싶어요."

그녀의 간절한 눈빛에 은혁이 못 이기는 척 자리에서 일어났다. 그의 페니스는 다음에 일어날 일을 기대하며 미친 듯이 커져 있었다. 지은이 무릎을 꿇고 앉아서 가장 유혹적인 눈빛으로 그를 올려다보았다.

"날 죽일 셈이군."

"그럴 수도."

"윽!"

갑자기 그녀가 그의 페니스를 입안에 넣는 바람에 은혁은 기절할 만큼 놀랐다. 그녀는 그의 페니스를 입에 물고는 사탕을 빨 듯이 빨았다. 처음이 아닌 것처럼 능숙하게 그의 페니스를 핥고 있었다.

은혁은 지금 자신이 미쳐 있는 게 아닐까 하는 정도로 온몸에 불이 나는 느낌이었다. 저도 모르게 신음을 뱉어내고 있는 그였다.

"아윽."

반면 지은은 처음이 아닌 듯이 아주 노련하게 그의 페니스를 빨았다. 그녀의 작은 입안에서 그의 페니스는 완벽한 쾌감을 느끼고 있었다.

여자에게 오럴을 받은 적이 없진 않았다. 하지만 불쾌한 기억뿐이었다. 하지만 지은의 입안에 있는 그의 페니스는 강한 자극에 금방이라도 그의 분신을 쏟아낼 것 같았다. 더 이상은 참기 힘들었던 은혁은 지은을 일으켜 세우고는 뒤로 돌게 했다.

욕조 끝을 양손으로 잡은 지은은 본능적으로 엉덩이를 그의 쪽으로 내밀었다. 그는 지은을 뒤에서 가졌다. 정상체위가 아니라 그런지 둘 다 깊은 자극을 받았다.

퍽퍽퍽!

물에 젖은 살은 찰진 소리를 내며 욕실 안을 울렸다.

"지은아."

"오빠."

그들은 서로를 부르며 미친 듯이 움직이기 시작했다. 은혁만 움직이는 것이 아니라 은혁이 주는 리듬에 지은도 몸을 맡기고 있었다. 은혁은 더 이상 참지 못하고 지은의 등 위에 자신의 분신을 쏟아냈다.

"처음이야."

"뭐가요?"

지은의 몸을 씻어주며 그가 말했다.

"이렇게 섹스에 미친 적은 없었어."

"그래요? 원래 다른 여자들하고 만날 때도 이런 거 아니에요?"

"아니."

그는 진짜 처음으로 강한 자극을 받았다.

"믿을게요."

그녀의 말에 그가 미소를 띠며 입을 맞추었다. 지은이 자꾸만 그의 가슴을 건드리고 있었다. 이건 분명히 섹스가 좋아서만이 아니었다. 그가 아주 심각한 마음을 갖기 시작한 것 같았다.

연정은 은혁이 말한 대로 지은에게 진심으로 사과를 했다. 솔직히 신우의 일만 아니라면 그렇게 미운 감정이 있는 것도 아니었다. 수많은 세월을 그들은 함께했었다. 그들의 그런 역사는 무시하기 힘들었다.

"사과는 잘한 것 같아."

아직 지은의 화가 풀리진 않았지만 지금 당장은 연정 스스로의 마음이 조금은 편해졌다.

그녀는 지금 신우의 오피스텔 앞에 와서 그를 기다리고 있었다. 신우가 집을 나온 지 3개월이 되었지만 아직 집으로 그녀를 초대한 적은 없었다. 예전에 은혁이 가지고 있던 오피스텔은 지금 팔았고 신우의 오피스텔은 신축건물이었다.

"아직도 페인트 냄새가 나네."

연정은 한참을 기다린 후에야 신우를 만날 수 있었다.

"안녕?"

"……."

신우는 냉담한 반응이었다. 신우가 자신의 오피스텔 문을 열고 들어가려 했다.

"신우야?"

그녀가 부르자 그가 대꾸 없이 그 자리에 섰다.

"지은이에게 진심으로 사과했어."

"……."

"진짜야. 지은이한테 물어봐."

"여긴 어떻게 알았어?"

"지은이에게 사과했다고 하니까 은혁이 오빠가 알려줬어. 전화하고 올까 하다가 네가 오지 말라고 할까 봐 무서웠어. 그래서 그냥 무작정 왔어."

연정의 음성이 전에 없이 떨리고 있었다.

"신우야, 그동안 진짜 미안했어. 내가 다른 사람을 좋아한 적이 없어서 서툴러서 그래. 어릴 때 넌 나의 우상이었고 팬의 입장에서 널 우러러봤어. 나는 너만 그렇게 바라보는데 너의 눈엔 항상 지은이뿐인 것 같아서 항상 서운했어."

"……."

"내가 어리석었어."

신우는 말없이 등을 돌린 채 집 안으로 들어가지 않고 그대로 서서 그녀의 말만 듣고 있었다.

"오늘 여기 온 건 정말 헤어지고 싶은지 다시 한 번 물어보려고. 너의 마음을 돌릴 수 없다는 걸 확인하면 나도 좀 포기가 될까 해서. 끝까지 이기적이라서 미안."

연정이 참았던 울음을 터트렸다.

"울지 마."

"미안해."

"미안해하지도 마."

연정은 그의 말에 서운했다. 지금 신우는 진짜로 마음이 돌아선 것 같았다.

"알았어. 시간 뺏어서……."

갑자기 신우가 연정의 손을 잡고 집 안으로 끌어당겼다.

쿵!

문이 닫히는 소리가 연정의 등 뒤에서 났다.

"신우야……."

연정의 말은 신우의 입에 의해 차단되었다. 신우는 사귀면서 처음으로 진한 키스를 연정에게 해주었다. 그들은 아직 깊은 섹스를 하지 않았다. 그래서 연정은 불만이 많았다. 같은 침대를 써도 신우는 연정을 건드리지 않았었다.

하도 어릴 때부터 봐서 그런지 연정도 신우에게 강한 스킨십을 한 적이 없었다.

"으으음."

연정의 입에서 신음 소리가 터져 나왔다. 그의 손이 거칠게 연정의 풍만한 가슴을 잡았다.

"결혼식까지는 참으려고 했어."

"왜?"

연정은 신우의 말을 이해할 수가 없었다.

"떨려서……."

"어?"

"널 보면 떨리고 참을 수 없을까 봐. 그리고 내가 짐승처럼 달려들면 연정이 네가 놀랄 것 같았어."

“왜?”

“난 여자 경험이 없어.”

“누군 있어?”

연정은 뜻밖의 고백에 당황스러우면서도 좋았다.

“신우야, 네가 하고 싶은 대로 해. 난 그걸 원해.”

“놀라면?”

“다음엔 안 놀라겠지.”

그녀의 대답에 신우는 더 이상 망설이지 않았다. 연정의 손을 잡고 신우는 그대로 침실로 향했다.

“야! 난 씻고 싶어.”

“괜찮아.”

“내가 안 괜찮아.”

“…….”

신우가 삐친 것 같았다.

“여기까지 뛰어와서 그래. 우리 같이 씻을까?”

그녀의 말에 신우의 표정이 밝아졌다.

“네가 애야?”

“넌 이렇게 짐승 같은 애 봤어?”

신우가 옷을 완벽하게 벗어 던졌다.

“야!”

연정이 자기도 모르게 손으로 눈을 가렸다.

"너도 벗어."

"나?"

"내가 벗겨줄까?"

"아니."

연정이 다급하게 말하고는 신우 앞에서 처음으로 옷을 벗었다. 신우는 연정을 보며 마른침을 삼켰다.

"나 어때?"

"예뻐."

"내가 첫사랑이 맞아?"

"응, 처음엔 귀찮았는데 2학년 때부턴가 네가 여자로 보이더라고."

"왜 한 번도 얘기 안 했어?"

"네가 지은이랑 자꾸 엮는 게 싫었어."

결국 이 모든 사단이 다 자신 때문이란 걸 안 연정이었다.

"그런데도 날 가지고 싶어?"

"응, 아주 많이."

신우가 연정의 손을 잡고 샤워기 앞으로 갔다. 둘은 아주 천천히 샤워를 시작했다. 마치 여자와 남자의 몸을 처음 보는 사람들처럼 그들은 서로의 몸을 보며 감탄을 하고 있었다. 신우의 몸을 처음 만져보는 연정은 너무나 신기한 느낌이었다.

"사랑해."

연정이 신우에게 말했다.

"나도."

"어?"

"나도 너 사랑해."

연정은 갑작스런 그의 사랑 고백에 놀라 그 자리에서 울음을 터트렸다.

"왜 울어?"

"너무 놀라서."

"뭐가?"

"네가 날 사랑한다고 했잖아. 이건 분명히 꿈일 거야."

연정은 자신의 허벅지를 살짝 꼬집었다. 아픈 걸 보니 꿈은 아니었다.

"괜찮아?"

"아니, 죽을 것 같아."

연정이 창피한 줄도 모르고 신우의 품에 안겼다.

"우리 결혼하는 거지?"

"응."

그의 말에 연정은 다시 한 번 대성통곡을 했다.

"흑흑, 내가 앞으론 너한테도 지은이한테도 잘할게."

그녀의 말이 끝나자마자 갑자기 신우가 그녀의 몸을 비누로 닦기 시작했다.

"뭐 해?"

"이러다가 날밤 새."

그의 말에 그제야 연정이 웃었다. 연정과 신우는 그들만의 첫날밤을 맞이했다.

자주 가는 강남의 와인 바에 나란히 앉아 있는 아영과 성빈은 말이 없었다. 성빈이 말을 안 하고 있는 게 아니라 아영이 무언가 아주 골똘히 생각을 하고 있는 것 같았다.

아영의 몸에서 검은 연기가 뿜어져 나오고 있는 듯했다. 아주 사악한 기운이 나오는 것처럼 성빈의 눈에는 보였다. 아영과 오래 같이 지내면서 성빈이 느낀 건 아영이가 화났을 땐 건드리지 말자였다.

남자인 자신이 아영이를 힘으로야 이길 수 있지만 아영에게 꼼짝을 못 하는 건 아영이 어떤 사람인지를 알기 때문이었다. 처음에 아영이와 친해진 건 초등학교 때 너무 귀여운 여자아이에게 한눈에 반했기 때문이었고 중, 고등학교 때는 아영이가 얼마나 집요하게 사람을 괴롭히는지 알았기 때문이었다.

한 번 꽂히면 수단과 방법을 가리지 않고 그 아이를 거의 초주검으로 만들고야 마는 아영이 성빈은 무서웠다. 하지만 그런 아영도 지금처럼 화가 난 적은 없었다.

“내가 그 종년을 가만히 두지 않을 거야.”

“지은이?”

“왜 이름을 불러?”

“미안, 그 종년?”

“그래. 진짜 가만히 안 있을 거야.”

아영이 어디론가 전화를 걸었다.

“아저씨? 잘 지내셨어요? 한동안 뜸했었죠?”

아영은 누군가와 통화를 했다.

“이번엔 진짜 성공하셔야 해요. 돈은 원하는 대로 드릴게요.”

아영이 전화를 끊었다.

“아영아.”

“왜?”

“위험한 짓은 하지 마.”

“닥쳐, 내 인생이 누구 때문에 꼬였는데 넌 종년을 감싸는 거야?”

“감싸는 게 아니라…….”

“됐어, 운전이나 해.”

성빈은 아영의 눈빛이 무서웠다. 꼭 미친 여자 같았다. 광기 서린 눈이 여자라도 무서워 보였다.

"난 네가 그냥 편하게 마음을 먹었으면……."

"너도 똑같아. 차 세워."

"아영아."

성빈은 아영의 고집을 꺾기가 힘이 들었다. 그저 한숨만 쉴 뿐이었다.

"난 더 이상 출근하기 싫어."

"어떻게 할아버지 뜻을 어겨?"

"손녀를 이기시진 않을 거야."

"안 나가려고?"

"당장은 아니지만 계속해서 다닐 수는 없잖아. 안 그래?"

아영은 어떻게 해서든 할아버지를 설득하려는 생각인 것 같았다. 성빈이 생각하기엔 힘들어 보였지만.

본부장의 방에 신우와 함께 오랜만에 들어간 지은은 이런저런 얘기를 나누었다. 아무래도 이번에 신우를 다른 부서로 보낼 모양이었다.

"연정이가 아무래도 지은이를 신경 쓰고 하니 내 생각엔 다른 부서로 이참에 옮기는 게 좋겠다고 생각했다."

"그래서 형이 아버지에게 말씀드렸어?"

"그래."

"그럼, 안 가도 되네. 나 연정이랑 다 해결했어."

"이번엔 그 이유가 아니라 지난번 감사 문제로 영업팀의 관리가 필요해서야."

본부장이 딱 잘라 말하자 더 이상 신우도 버틸 방법이 없었다.

"지은아."

녀석이 그녀의 손을 잡자 본부장의 눈이 위험스레 어두워졌다. 지은은 살짝 장난이 하고 싶어졌다.

"그래, 나도 서운해."

그러면서 신우를 안고 토닥였다.

"나가봐."

"알겠습니다."

지은은 저런 반응을 보이는 본부장이 너무나 사랑스러웠다. 지은은 신우와 함께 본부장실을 나오며 회심의 미소를 지었다. 그리고 여전히 도끼눈을 뜨고 그녀를 보는 아영을 살짝 무시하는 눈으로 쳐다보며 오전 업무를 시작했다.

"박 대리님, 본부장님께서 나가시면서 이것 좀 찾아달라고 하시네요."

채 실장이 그녀에게 말했다.

"네."

지은은 알았다고 말을 하고는 바로 자료실로 향했다. 본부장은 오전 내내 회의였다. 회사에서는 서로 얼굴 보기가 힘이 들었다. 지은은 자꾸만 그에게로 향하는 마음을 다잡고 있는 중이었다.

어차피 그와 그녀는 이루어질 수가 없었다. 그가 다른 여자를 찾아 떠날 때까지 지은은 그때까지만이라도 그를 차지하고 싶을 뿐이었다. 더 이상의 욕심은 없었다.

지금 부탁받은 자료는 너무 오래된 거라서 자료실에서도 아주 구석에 위치해 있었다.

"왜 이 자료를 찾으라고 했지?"

이해는 되지 않았지만 지은은 빠르게 자료들을 찾기 시작했다.

"다 찾았다."

그때였다. 누군가 뒤에서 그녀를 안았다.

"악!"

비명을 질렀지만 남자의 억센 손에 의해 차단이 되었다.

"쉿, 나야."

본부장이었다.

"뭐 하는 거예요?"

"어제 못 봤으니까."

계속해서 만나다가 어제 하루 못 본 걸 가지고 아주 엄살이었다.

"날 보고 싶어 해줘서 고마워요. 자료 다 찾았……."

그가 그녀의 입술을 단번에 집어삼켜 버렸다.

"본부장님, 여기는……."

그의 혀가 그녀의 입안으로 들어왔다. 미칠 것같이 감질나게 그의 혀가 그녀를 괴롭히고 있었다. 너무 안쪽이라 사람들이 들어올 확률은 적었지만 어디까지나 그건 가정이었다. 지은처럼 오래된 자료를 찾으러 들어오는 사람이 있다면 이건 아주 낭패였다.

"으으음."

"조용."

사람을 조용히 할 수 없게 만들면서 그가 조용히 하라는 말을 했다. 아주 얄미운 사람이었다. 그의 손이 그녀의 블라우스 안으로 들어와 브래지어와 함께 가슴을 만졌다. 그의 욕망에 가득 찬 뜨거운 입김이 그녀의 귓가를 간질였다.

"헉헉, 빨고 싶어."

그녀가 뭐라고 대답하기도 전에 그는 그녀의 블라우스와 브래지어를 동시에 위로 밀어 올렸다.

"으윽!"

놀란 지은이 하마터면 비명을 지를 뻔했다.

"그냥 즐겨."

몸은 그의 말대로 즐기고 있었지만 마음은 불안하기 이를 데 없었다. 그의 입술이 그녀의 유두를 빨기 시작했다. 캐비닛에 기댄 지은은 손으로 그의 머리를 잡고 있었다.

"어때?"

"뭐가요?"

"지금."

"당연히 흥분되죠."

지은이 화를 내자 그가 쿡하고 웃었다.

"아흐, 오빠는 진짜 못됐어요."

그의 혀가 집요하게 지은의 핑크색 유두를 핥고 있었다. 그의 혀는 주인을 닮아 아주 기교가 끝내줬다. 지은은 지금 그가 여기서 멈춘다면 미칠 것 같았다. 그녀의 여성은 지금 애액으로 젖어 들고 있었다.

"오빠, 넣어줘요."

"……."

그녀의 대담한 말에 그가 몸을 일으켰다. 그리고 스커트를 들어 올렸다.

"우리 지은이가 아주 야해."

"시작은 오빠가 했다고요."

"내가?"

지은은 그의 괘씸한 입술을 자신의 입술로 덮었다. 그러자 그의 손이 그녀의 팬티를 단번에 찢어버렸다.

"이건 전리품."

그가 그녀의 검은 레이스 팬티를 자신의 호주머니에 넣었다.

"미쳤어."

"맞아."

본부장이 자신의 바지를 반쯤 내리자 그의 페니스가 오늘따라 더 커 보였다. 그리고 지은의 다리 한쪽을 들었다.

"여기까지는 생각을 안 했는데……."

"그만해요."

그녀가 그의 입을 손으로 막았다. 그리고 그와 동시에 그의 페니스가 그녀의 질 안으로 들어왔다.

"아악!"

입술을 깨물어야 했다. 그의 거대한 페니스는 처음엔 엄청난 고통을 주며 그녀의 안으로 들어오기 때문이었다.

퍽퍽퍽!

그들의 살 부딪치는 소리가 자료실 창고를 요란하게 울렸다. 하지만 본부장과 지은은 둘만의 세계에 갇혀서 사람이 들어온다고 해도 신경을 쓰지 않을 것만 같았다. 그가 주는 쾌감에 지은은 완전히 매료가 되어 있었다.

"오늘 밤에 집으로 와."

"오늘은 안 돼요."

"왜?"

"선약이 있어요."

"누구?"

본부장의 목소리엔 경계심이 가득했다. 지은은 오늘 엄마의 요양병원에 가야 했다. 오전에 문자로 와달라는 연락을 받았기 때문이었다.

"경계할 사람 만나는 거 아니에요."

그가 다시 한 번 허리를 강하게 밀어붙이며 그녀의 욕망에 기름을 붓고 있었다. 지은은 그의 목을 잡으며 겨우 몸의 중심을 잡았다. 서서 그의 페니스를 받아들이고 있는 건 생각보다 힘이 든 일이었다.

그녀의 질 안에서 짐승 같은 그의 페니스가 점점 더 거대한 크기로 진화를 하고 있는 느낌이었다.

"아흐. 안에 있는 게 점점 더 커지고 있어요."

"헉헉, 미칠 것 같아."

본부장의 거친 입김이 그녀의 귀를 간질이고 그의 허리 짓이 점점 더 거칠어지더니 마침내 그의 분신들이 그녀 안으로 쏟아져 나왔다. 본부장은 미리 가져온 물티슈를 그녀에게 건넸다.

"아주 치밀한 구석이 있어요."

지은이 호흡을 가다듬으며 말했다.

"이렇게 회사에서도 원하게 되었으니 어쩌지?"

"몰라요."

본부장이 지은을 자신의 품에 안았다.

"하루 종일 이러고 있고 싶어."

"……."

본부장의 거친 심장 소리가 그녀의 귀에 그대로 울리고 있었다. 이 이상의 기대는 금물인데 자꾸만 지은은 기대를 하는 자신을 발견했다. 아영을 벌하기 위해선 본부장의 힘이 필요했고 그 이상을 그에겐 기대하면 안 되는 게 현실이었다.

그가 있을 동안만 진실하게 그녀의 마음을 보여주고 그가 떠나면 쿨하게 받아들이자라고 생각했던 지은이었다.

하지만 그를 사랑하게 되어버린 지금은, 어린 시절 짝사랑이 아닌 어른의 사랑을 하게 된 지금은 그가 떠나면 자신은 견디지 못할 것이란 걸 강하게 깨닫고 있었다. 불안한 마음에 지은은 본부장을 더욱 꼭 끌어안았다. 다시는 놓지 않을 것처럼.

9. 검은 손 그리고

창호는 담배 한 대를 입에 물고 주변의 건물들을 신기한 듯 쳐다보고 있었다. 평생 시골에서 농사나 짓고 아니면 공사장에서 미장일을 하는 삼촌을 따라다니며 미장일이나 배울 줄 알았는데, 촌놈이 출세를 해서 지금은 이렇게 양복을 빼입고 서울 한복판에 서 있었다.

"창호야."

"네, 형님."

담배를 얼른 끄고 자신의 바로 위 선배에게 구십 도로 인사를 하는 창호였다. 창호의 고향 형이자 그를 이곳으로 데리고 온 분이기에 창호는 성심으로 형님을 모셨다.

"아직 못 봤어?"

"네, 형님. 아직 나타나지 않았습니다. 회사에서 출발했다고 하니까 지금 병원에 도착할 때가 다 됐습니다."

"실수하지 말고."

"네."

조직에 들어와서 처음 하는 일이었다. 창호는 아주 잘하고 싶은 마음이었다. 그가 동경하던 서울에서 먹고 자고 돈까지 주는 조직은 창호에게는 천국이나 다름이 없었다. 오래도록 이곳에 있고 싶은 마음이 간절했다.

스물한 살이었지만 창호를 그 나이로 보는 사람은 아무도 없었다. 서른은 훌쩍 넘어 보이는 노안의 소유자인데다가 어려서 얼굴을 개에게 물려서인지 그 흉터가 아주 험악한 인상으로 보이게 만들었다.

"열심히 하겠습니다."

대기하고 있던 차에 오른 창호는 자신보다 한 살 어린 도원을 데리고 주차장 안쪽으로 이동했다. 이곳은 요양병원에서 유일하게 CCTV가 없는 곳이었다. 있다고 해도 어젯밤에 다 고장을 내놓은 상황이라서 큰 상관은 없었다.

창호는 사진을 한 번 더 보았다. 어제 답사를 왔을 때도 보기는 했지만 여자는 상당한 미모의 소유자였다. 보통 창호가 하던 일은 건설회사의 일들이었는데 이렇게 여자를 납치하는 건 처음이었다.

"이 여자 예쁘죠? 그런데 왜 잡아오라고 하셨을까요?"

도원이 그에게 물었다.

"우리는 그런 것까지 신경 쓸 필요 없어. 하라는 대로만 하면 되는 거야."

"네, 형님."

운전을 맡은 도원의 친구도 떨리는지 여기저기를 두리번거리고 있었다. 형님이 왜 이렇게 어린 자기들에게 이런 일을 맡기셨는지는 모르지만 이번 일은 창호에게 아주 중요한 일이었다.

"형님이 이번 건만 잘 처리하면 영등포에 있는 오락실 3곳을 우리에게 관리 맡기신다고 했으니까 잘해."

"네."

"저기 왔다."

지은의 차가 주차장 안으로 들어왔다. 그리고 사진보다 실물이 더 예쁜 지은이 차에서 내리고 있었다. 타이밍 좋게 병원 주차장에는 사람들이 없었다. 차에서 내린 창호는 지은을 불렀다.

"저기요."

그의 얼굴을 본 여자는 놀란 얼굴이었다. 어두운 곳에서 험악하게 생긴 남자가 갑자기 등장을 하니 당연한 일이었다.

"주차 거기다가 하시면 안 됩니다."

"네?"

"거기는 병원장님 자리예요. 이쪽으로 빼세요."

"지금요?"

"네."

당황스러운 표정을 하더니 여자가 자신의 차로 다시 돌아왔다. 그 틈을 타서 도원과 그가 한꺼번에 여자를 덮쳤다. 지은을 기절시킨 다음에 자신들의 차에 태우고 약속된 장소로 싣고 갔다.

반항이 심해서 배를 두 번 주먹으로 쳤더니 지은은 기절을 해버렸다.

"형님, 죽은 건 아니죠?"

도원이 걱정이 되었는지 그에게 물었다. 언뜻 보니 여자는 완전히 죽은 것처럼 기절해 있었다. 창호가 여자의 가슴에 손을 얹었다.

"심장은 뛰고 있으니까 걱정하지 마."

그런데 축 늘어진 그녀의 손엔 핸드폰이 들려 있었다. 창호는 별생각 없이 도원과 이야기를 계속하며 약속 장소로 향했다.

약속된 장소는 요양병원 근처의 버려진 축사였다. 얼마나 오래 비워졌는지 축사의 뼈대만 앙상하게 남아 있었다. 도원이 여자를 업고는 축사에 있는 한 창고로 들어갔다. 창고 안에는 사람들이 먼저 와서 그들을 기다리고 있었다.

"데려왔습니다."

"수고했다."

창호의 눈에 아주 독특한 모습이 포착되었다. 그곳에는 가까이 얼굴도 보기 힘든 조직의 보스가 서 있었고 그 옆에 준비된 의자엔 웬 여자가 앉아 있었다. 돈 냄새를 풀풀 풍기는 여자는 그가 데려온 여자를 죽일 듯이 바라보고 있었다.

남편하고 바람이라도 핀 것 같았다. 창호가 왜 그런 생각을 하고 있냐면 지금 준비된 것들은 그들이 조직을 떠날 때나 배신을 했을 때 사용하는 고문도구들이었기 때문이었다. 이 여자는 오늘 이 자리에서 죽든지 반병신이 되겠구나 하는 생각이 들었다.

"의자에 앉혀."

저 소리가 지독하게도 끔찍하게 들리는 건 그 후의 상황을 창호는 몇 번 보았기 때문이었다. 뭐든 쉬운 건 없었다. 저 의자에 안 앉으려면 배신을 안 하면 그뿐이었다. 충성만 하면 창호에겐 아무 일도 없을 것이다.

정신을 잃은 여자를 의자에 앉히기가 그리 쉬운 건 아니었다. 자꾸 쓰러지는 바람에 결국 여자를 의자에 묶는 방법을 택했다.

보스가 그를 쳐다보자 창호가 얼른 여자의 곁으로 가서 여자의 얼굴을 손으로 때렸다. 몇 번 강하게 따귀를 때리자 여자가 눈을 떴다.

"박 대리님, 깨어나셨습니까?"

보스의 옆에 앉아 있던 여자가 눈뜬 여자를 보며 비아냥거렸다. 만약 남자가 바람을 피웠다면 둘의 외모를 비교해 봤을 때 당연한 일이었다.

"아영아."

보스 옆의 여자가 아영이인 모양이었다.

"지은아, 너무 그렇게 까불지 말았어야 했어."

"……."

"내가 얼마나 센 사람인지 잠깐 잊었나 본데 종년이 너무 지나치게 까부신 거지."

"……."

"난 말이야, 주제넘는 게 세상에서 가장 싫어. 복수니 뭐니 하면서 너무 나대던 거 내가 왜 참고 있었는 줄 알아? 이번엔 정확하게 죽여 버리려고."

"깔끔하게 끝내는 게 좋을 거야. 안 그러면 넌 내 손에 죽을 거니까."

아영이란 여자가 의자에서 일어나더니 바닥에 떨어진 각목 하나를 주워 들고는 거침없이 의자에 묶인 여자의 어깨를 쳤다.

퍽!

"윽!"

"아직 정신이 안 들어?"

퍽!

또 한 번 여자를 각목으로 때렸다. 보스도 놀랐는지 여자를 멍하게 보았다.

"죽여 버려. 한 방에 죽이지 말고 고통스럽게 아주 천천히 자기가 어떤 처지인지 느끼게 해줘."

창호가 각목을 손에 쥐었다. 그가 머리통을 때리면 한 방에 여자가 죽을 것 같았다. 하지만 창호는 자신의 임무를 알기에 도원에게도 각목 하나를 주었다. 그리고 그들은 의자에 묶인 여자를 때리기 시작했다.

다섯 대쯤 때리자 여자가 의자에서 힘없이 무너져 내렸다. 그러자 물을 뿌리고 다시 때리라고 말하는 아영이었다. 지독해도 저렇게 지독한 여자는 처음이었다. 듣고 보니 남편과 바람핀 상대도 아닌데 어떻게 저렇게 모질게 굴 수 있는지 놀라웠다.

그때였다. 갑자기 사이렌 소리가 근처에서 들리기 시작했다. 놀란 사람들은 갑자기 뿔뿔이 흩어지기 시작했다.

"어떻게 된 일이야?"

"경찰차가 이쪽으로 오고 있습니다. 일단은 피하시는 게……."

"여자는?"

"죽은 것 같습니다."

"아가씨, 피하셔야겠습니다."

"알았어."

보스는 아영을 아가씨라고 칭하고 있었다. 대단한 여자임에는 틀림이 없는 것 같았다. 사람들이 빠져나가는 동안 창호는 뒷정리를 했다. 여자를 차에 태우려 했지만 온몸의 뼈가 부러진 것 같은 여자는 연체동물처럼 의자에 묶여 있었다. 어차피 죽을 것 같았다.

창호와 도원이 마지막으로 그곳을 빠져나갔다. 경찰차 한 대가 축사 쪽으로 들어오는 게 보였다. 그들은 전력을 다해 차로 뛰어가서 겨우 그곳을 빠져나갔다.

은혁은 저녁에 모처럼 현빈이와 술을 한잔하기로 했다. 성빈이가 은혁이 본부장으로 있는 기획실에서 근무를 하다 보니 걱정이 되었던 모양이었다. 일에 대한 개념 없이 놀기만 좋아하는 친구가 아니라면 성격도 좋고 해서 사업을 잘할 녀석인데 은혁은 현빈이 안타까웠다.

그리고 현빈은 진짜 은혁을 너무나 좋아했다.

현빈이 자주 가는 와인 바로 간 은혁은 먼저 와서 그를 향해 손을 흔드는 현빈에게 향했다.

"오래 기다렸어?"

"백수가 먼저 기다리는 게 당연하지."

"여기 그냥 네가 인수해서 하지 그래?"

은혁이 자리에 앉으며 말했다.

"여기 인수하면 망해."

"왜?"

"비싼 와인은 내가 다 마실 텐데?"

"하긴."

현빈이 마시지 않으면 친구들에게 막 퍼줄 녀석이었다.

"우리 성빈이……."

"잘하고 있어. 걱정하지 마. 난 성빈이보다 아영이가 걱정이다."

"너무 말을 안 들어?"

"아니, 아무것도 할 줄 모르면서 고집만 세."

"어릴 때부터 대접만 받고 자라서 그렇지 뭐."

"그 버릇부터 고쳐야 하는데 안 그러면 명성가는 후계자 없이 전문 경영인이 맡아야 할 거야."

아버지가 명성 김 회장님을 굉장히 챙기시기 때문에 그도 솔직히 명성그룹의 미래가 걱정이 되었다.

윙—

지은의 전화였다. 평소에 퇴근을 하면 전화도 안 하던 지은인데 오늘은 웬일로 그에게 전화를 했다. 입이 귀에 걸린 은혁이었다.

"핸드폰을 보고 뭘 그렇게 웃어?"

"네가 뭘 알겠니."

핸드폰을 들고 귀에 대자마자 은혁의 얼굴이 하얗게 질렸다.

"은혁아."

현빈이 뭔가 이상한 걸 느꼈는지 그를 불렀다. 그러자 은혁은 검지 손가락을 입에 대며 현빈을 조용히 시킨 후에 녹음 버튼을 눌렀다.

[형님, 죽은 건 아니죠?]

[심장은 뛰고 있으니까 걱정하지 마.]

남자들의 목소리가 지은의 핸드폰을 통해 계속해서 들리고 있었다.

"핸드폰."

은혁은 최대한 목소리를 낮추며 현빈에게 말했다. 당황한 현빈이 핸드폰을 건네자 112에 신고해서 전화번호를 추적하라고 말했다. 아직 전화는 끊기지 않고 있었다. 아무래도 지은이 납치된 것 같았다.

은혁은 다시 채 실장에게 전화를 걸어 지은이 납치된 사실을 알렸다. 그리고 경찰청장에게도 전화를 걸어 도움을 요청했다. 순간적으로 일어 난 일에 은혁은 빠르게 대처하고 있었다.

핸드폰 너머에서는 계속해서 남자들의 목소리가 들려왔다. 얘기를 들으며 은혁은 경찰청으로 향했다.

경찰청엔 간부들이 그를 기다리고 있었다. 지은의 위치는 의정부의 한 폐건물이라고 했다. 지금 경찰 특공대가 그리로 향하고 있다는 말을 들었다. 지은의 핸드폰은 바닥에 떨어졌는지 지금은 벌레 소리만 들릴 뿐 아무런 소리도 들리지 않고 있었다.

"찾았습니까?"

"네, 병원으로 이송 중입니다."

"범인은 잡았습니까?"

"네, 3명이 바로 검거가 됐습니다. 그런데 지금 박지은 씨의 상태가 중태라고……."

"어느 병원입니까?"

은혁은 정신없이 의정부의 한 병원으로 향했다. 제발 지은이 무사하길 바라는 마음으로 그는 초조한 상태였다. 돈을 노린 것도 아니고 납치를 해서 사람을 중태로 만들다니 은혁은 좀 이상하다고 느꼈다.

성폭행의 흔적은 없다는 말을 들었다. 그리고 납치될 당시 그들의 대화로 미루어 짐작컨대 그들은 조폭이거나 그에 관한 일을 하는 사람들이었다.

윙—

채 실장이었다.

[본부장님, 지금 어디십니까?]

"의정부 병원으로 가는 중이야."

[근처에서 수상한 남자 3명을 잡았다고 하는데 들으셨습니까?]

지금은 범인보다 지은이 걱정이었다. 중태라는 단어가 그의 머릿속에 박혀서 아무것도 생각할 수 없었다.

"지은아, 제발……."

그는 지금 이 순간 지은이 무사하길 바라는 마음뿐이었다.

넓은 정원에 셰퍼드 한 마리가 주인을 반기고 있었다. 셰퍼드는 성빈이 키우는 개였다. 하지만 지금은 아영을 더 좋아했다.

"장군아."

장군이는 언제나 아영을 보면 반겼다. 다른 사람들은 경계하는데 아영이는 그렇지 않았다. 하지만 아영이 가까이 갈수록 오늘따라 장군이가 으르렁거리기 시작했다. 아마도 피 냄새를 맡은 모양이었다.

"으으으응."

"장군아."

"으으으응."

장군이는 긴 이빨까지 드러내며 그녀가 다가갈수록 꼬리를 세우고 경계하기 시작했다.

"장군이, 안 돼!"

성빈이 집에서 나오면서 장군이에게 주의를 줬다.

"안 그러던 녀석이 이상하네."

"그러게."

"늦은 시간에 어쩐 일이야?"

성빈이 아영이를 보며 말했다.

"내가 못 올 곳에라도 왔어?"

"아니, 잘 왔어."

다른 때면 그의 말에 난리를 쳐야 할 아영이 그냥 넘어가자 성빈은 불안했는지 아영의 뒤를 졸졸 따라다녔다.

"정신 사나워."

"무슨 일 있었어?"

"아니."

"커피 줄까?"

"응."

집 안으로 들어서자 아영의 취향에 맞춘 화이트 톤의 거실이 눈에 들어왔다.

"피!"

갑자기 성빈이 호들갑을 떨기 시작했다. 그녀의 베이지색 원피스는 지은의 피로 붉게 물들어 있었다.

"무슨 일이야? 다친 거야?"

"아니."

개가 짖은 이유는 지은의 피 때문이었다.

"이건 분명히 핀데……."

아영이 소파에서 일어나더니 그 자리에서 원피스를 벗어버렸다. 완전히 나체가 된 아영을 성빈이 넋을 놓고 보았다.

"씻겨줘."

"어?"

"힘을 썼더니 온몸이 뻐근해."

"어? 어."

성빈은 놀란 얼굴로 아영의 뒤를 따랐다.

"무드라고는 하나도 없는 놈."

"어?"

"이럴 땐 말이야. 안고 들어가는 거야."

"아, 알았어."

말까지 더듬으며 성빈이 아영을 안아 들었다.

"넌 내 벗은 모습에 흥분이 안 돼?"

"그게 아니라 오늘 아영이 네가 자꾸 이상하게 구니까."

"이게 내 모습이야. 병신아!"

아영이 화를 내는데도 성빈은 그저 묵묵히 그녀를 안고 있었다.

"넌 내가 왜 좋냐?"

"생각 안 해봤어."

"좋아하긴 해?"

"어."

"병신."

아영은 성빈의 가슴에 머리를 기댔다. 지은이 맞고 쓰러지는 모습을 보니 세상 통쾌했다. 그런데 사이렌 소리가 들리자 두려운 생각이 들었다. 걸리면 진짜 상속에서 제외가 될 것 같았다.

"내가 무일푼이 되면 넌 어떨 것 같아?"

"그런 생각 안 해봤어."

"그러니까 내가 돈이 없다고 가정을 해보라고, 바보야."

샤워기 앞에 아영을 세우며 성빈이 말했다.

"우리 같은 애들은 돈 없으면 죽는 거야. 우리가 뭘 할 수 있겠어?"

성빈이 처음으로 맞는 소리를 했다. 그랬다. 아영은 돈이 없으면 죽은 거나 마찬가지였다.

"하하하."

웃음이 났다.

"하긴 내가 돈이 없으면 붙어 있을 놈들이 없겠지."

슬픈 현실이었다. 그녀가 아끼는 우진은 떠날 것이고 멍청이 성빈도 떠날 것이다. 그리고 제일 싫은 건 지은이 살아 있다면 아주 기뻐할 것이다. 그게 제일 싫었다. 그년은 반드시 죽어야 했다.

그렇게 맞고 살 사람은 흔하지 않았다. 아영의 입가에 미소가 번졌다.

응급실 안에서 의사들이 분주히 움직이고 있었다. 서울이 아니라서 병원이 작을까 봐 걱정했는데 다행히 가톨릭 종합병원이었다. 응급실 환자들의 얼굴을 정신없이 확인하다가 사람들이 가장 많이 몰려 있는 곳을 보았다.

"닥터 김 빨리 호출해. 심박 수가 느려지고 있어."

다급한 소리와 함께 알지도 못하는 기계들을 가지고 의료진들이 그쪽으로 몰리고 있었다.

"제발……."

저도 모르게 은혁은 이렇게 말을 하며 사람들 사이를 헤치고 들어갔다. 그리고 그는 자신의 눈을 의심할 수밖에 없었다. 온통 피투성이인 지은이 침대에 누워 있었다.

"지은아!"

그가 지은에게 다가서려고 하자 의료진 중의 하나가 그의 팔을 잡았다.

“보호자분, 뒤로 가 계세요. 이러시면 치료를 못 합니다.”

간호사의 말에 은혁은 발만 동동 구를 수밖에 없었다. 그러다가 그는 아버지에게 전화를 걸었다.

“아버지, 여기 의정부 가톨릭병원이에요. 원장님 아시죠? 전화 한 통만 부탁드립니다.”

[은혁아.]

“소중한 사람입니다.”

[무슨 소리야?]

“여기 지은이가 죽어가고 있어요. 흑흑흑.”

그의 눈에서 두려움이 가득한 눈물이 흘러내리고 있었다.

“아버지, 이 여자 죽으면 저도 죽습니다.”

[이름이 뭐라고?]

아버지가 상황이 급하단 걸 아신 모양이었다.

“응급실의 박지은 환잡니다.”

[알았다.]

아버지에게 전화를 하고 얼마 되지 않아 병원의 의사들이 우르르 지은에게로 왔다.

“자네가 이 회장님의 아들인가?”

한눈에도 병원장같이 생긴 남자가 그의 앞에 왔다.

"우리 집이 근처라서……."

"감사합니다."

원장이 차트를 쭉 보더니 한숨을 쉬었다.

"납치를 당해서……."

목이 메어서 다음 말이 나오지 않았다. 하지만 은혁이 감정을 추스르고 물었다.

"생명에는 지장이 없을까요?"

"음……."

"원장님."

"구타를 너무 심하게 당해서 장기 손상이 있을 줄 알았는데 다행히 그렇게 보이진 않고, 골절이 좀 심하지만 일단은 생명엔 지장이 없어 보입니다. 자세한 건 CT 촬영하고 MRI를 좀 봐야 하지만 말입니다."

은혁은 다리에 힘이 풀어짐을 느꼈다.

"고맙습니다."

"아직 치료 전입니다. 일단 장기적인 입원은 불가피할 것 같습니다."

"네, 잘 부탁드립니다."

원장의 설명을 듣는 동안 지은은 여러 가지 검사를 받기 위해 응급실에서 이동을 한 상태였다.

은혁은 지은이 검사를 받는 동안 놈들이 잡혔다는 의정부경찰서로 향했다. 병원에는 아픈 사람들이 다 모여 있는 것 같았고 경찰서에는 범인들이 몰려 있는 것 같았다.

강력 1팀엔 늦은 시간인데도 형사마다 범인들이 마주 앉아 있었다.

"안녕하십니까?"

"누구……."

형사가 그의 얼굴을 보더니 누군지 알아본 모양이었다.

"그러니까 그 위너그룹의……."

"안녕하십니까? 이은혁입니다."

그가 형사에게 악수를 청했다.

"안, 안녕하십니까. 김현태 경삽니다. 그러니까 제 핸드폰을 만드시고……."

"제가 아니라 직원들이 만듭니다."

"그러니까 제일 부자……."

그는 놀란 형사를 지나쳤다.

"저놈들입니까? 박지은 납치한 놈들이?"

검은 양복을 입은 험악하게 생긴 놈들이 쪼르르 앉아 있었다. 은혁은 그들에게 빠르게 달려들어 얼굴에 흉터가 있는 놈의 얼굴을 사정없이 후려쳤다.

그러자 주변의 형사들이 그를 양쪽에서 저지했다.

"이은혁 씨!"

아까 그 경사가 그를 말렸다.

"너 지금 지은이가 어떤 상탠 줄 알아?"

은혁이 소리를 치자 바닥에 쓰러진 놈이 일어나 의자에 앉더니 얼굴을 돌렸다. 자기가 죄를 지은 줄은 아는 모양이었다. 그 난리통에 채 실장이 변호사를 데리고 경찰서 안으로 들어왔다. 은혁의 상황을 보고는 얼굴이 창백해진 채 실장이었다.

"본부장님."

은혁은 너무나 속이 상해 죽을 것 같았다.

"내가 저 새끼 죽여 버릴 거야!"

은혁은 다시 한 번 그놈에게 달려들었다.

창호는 간만에 강한 주먹에 맞아 얼굴이 얼얼했다. 그동안 싸움 좀 한다는 놈들에게 맞아봤어도 이 정도의 위력은 아니었다. 그의 얼굴 한쪽이 마취주사를 맞은 듯이 감각이 없었다.

"여자가 죽었나 봐요?"

도원이 겁에 질려 울먹이며 창호에게 말했다. 솔직히 창호도 겁이 나긴 했다. 하지만 지금은 그가 도원의 형님이었다. 약한 모습을 보이면 안 되는 때였다. 그들이 그곳을 빠져나오기 전에 형님이 그에게 전화를 해왔었다.

[우리가 다 책임을 져줄 테니까 이번 일은 네가 돈 때문에 납치했다고 해. 내가 변호사는 보낼 테니까.]

"형님, 전……."

[만약에 여자가 죽었으면 그땐 더 많은 포상이 있을 거야. 알겠지?]

"네, 형님."

조직이 시키는 일이었다. 그 하나만 입을 다물면 형기를 마치고 나온 후에 조직에서 큰일을 할 수가 있었다. 창호는 경찰에게 말했다.

"제가 돈 때문에 납치하자고 했고 돈을 주지 않아서 때렸습니다."

창호는 감옥에 가는 게 두렵지 않았다. 이 길을 택했으니 그 정도는 일어날 줄 알았다. 그 시기가 좀 빠를 뿐이었다.

하지만 지금은 창호도 불안했다. 무식한 창호도 아는 얼굴인 위너그룹의 황태자가 창호의 얼굴을 때릴 정도로 흥분해 있었다. 자신이 납치한 여자가 황태자의 여자임에 분명했다.

"씨발."

낭패도 이런 낭패가 없었다. 불안했다. 저런 사람들은 돈이 많아서 자기 같은 사람을 평생 감옥에서 썩게 할 수도 있었다. 형님에게 상황을 알려야 했다.

"다리 좀 그만 떨어!"

앞에 앉은 짜바리 새끼가 창호가 불안해서 떠는 다리를 물고 넘어졌다.

"눈 안 깔아?"

또다시 앞에 앉은 형사가 그에게 뭐라 했다. 지금 형사 따위를 신경 쓸 상황이 아니었다.

이른 아침 평소와 다름없이 아영은 성빈과 함께 출근을 했다. 어제 성빈은 그녀를 거침없이 탐했다. 모자란 줄만 알았는데 기교가 부족해서 그렇지 힘은 우진이보다 좋았다.

"피곤하지 않아?"

성빈이 은근슬쩍 그녀의 손을 잡으며 말했다.

"괜찮아."

솔직히 몸이 욱신거릴 정도로 쑤셨다. 그건 성빈과의 섹스 때문이 아니라 지은에게 몽둥이를 휘둘렀기 때문이었다.

"안녕하십니까? 좋은 아침입니다."

지은의 빈자리를 보며 아영은 아주 활기차게 인사를 했다. 일찍 출근한 직원들이 아영을 이상한 눈으로 쳐다봤다. 한 번도 이렇게 인사를 하고 들어온 적이 없는 아영이었기 때문일 것이다. 하지만 어제의 일에 대한 불안도 잠시 지은이 없는 사무실이 아영은 너무나 좋았다.

"완전 나이스 데이야."

"어?"

옆자리의 성빈이 멍청한 눈으로 그녀를 바라보았다.

"커피나 타라고, 여기 멍청한 것들을 위해서."

"어."

오전에 은혁이 출근을 안 하고 있었다. 왜 그런지 알 수가 없었지만 어쩐지 불안한 느낌이 들었다.

"박 대리 당분간 병갑니다."

"네?"

공 과장의 말에 여의주가 오버를 했다. 아주 마음에 안 드는 년이었다.

"왜 어디가 아프신데요?"

"그건 나도 모르겠는데 회사를 몇 개월은 빠져야 되나 봐. 어쩌면 그만둘 수도 있다고 하더라고."

아주 쾌재를 부를 일이었다.

"진짜 많이 아프신가 보다. 그런데 신우 씨하고 본부장님, 채 실장님도 아직 출근 전이세요."

"그러게."

공 과장이 신우에 대해 물어보기 위해 유 부장에게 간 사이에 아영이 한마디 했다.

"그럼 여 선배가 대리 되는 건가?"

"아니요, 대리는 아무나 다는 게 아닙니다."

"난 박 대리가 대리 달았기에 아무나 다는 줄 알았지."

"아영 씨는 아픈 분한테 너무 심하게 말하는 거 아니에요?"

갑자기 여의주가 큰소리로 말해서 아영은 깜짝 놀랐다.

"아니, 선배가 왜 그렇게 열을 내요? 둘이 친척이라도 돼요?"

"내가 명성그룹하고 아무 인연이 없어서 아영 씨에게 잘 보일 이유 없는 한 사람으로서 말하자면 마음 좀 곱게 써요. 안 그러면 천벌 받아요."

"뭐?"

이때 성빈이 아영을 데리고 밖으로 끌고 나갔다.

"야, 이거 놔. 저게 먼저 시비 걸잖아."

"그만 좀 해."

"왜?"

"너도 너무 선을 넘었어. 다른 사람들을 굳이 그렇게 적으로 둘 필요 있어?"

"난 아랫것들하고는 달라."

"알아."

"알면서 왜 그러는 거야?"

성빈이 아영을 보며 한숨을 쉬었다.

"여긴 너만 사는 게 아니야. 사람들하고 어울릴 줄도 알아야지."

"너 지금 훈계하는 거야?"

"아니, 너에게 도움이 되는 말을 해주는 거야."

그때 그들 앞으로 은혁과 신우 그리고 채 실장이 오고 있었다. 은혁의 표정이 어느 때보다 어두웠다.

"무슨 일이 있나 본데?"

성빈이 그녀에게 말했다. 아영은 은혁이 무슨 일로 화가 났는지 모르지만 사무실에 들어가서 오늘부터 지은이 나오지 못한다는 소리를 들으면 더 열 받을 거라고 확신했다.

"빨리 들어가자."

"왜?"

"좋은 구경 할 수 있을 거야."

아영은 성빈의 손을 잡아끌었다. 하지만 아영의 예상과는 달리 아주 평온한 분위기의 사무실이었다.

"신우야, 지은이 아프다며?"

아영이 넌지시 신우에게 물었다.

"……."

"사람이 묻는데 답이 없냐?"

"사람이었어?"

"야!"

"여긴 회삽니다."

얄미운 공 과장이 한마디 했다.

"오늘은 박 대리 일도 그렇고 본부장님도 기분이 별로 좋지 않으신 것 같으니 다들 조심합시다."

"네."

기획실의 분위기야 어떻든지 간에 아영의 기분은 하늘을 날 듯이 좋았다.

10. 그래도 하늘은 있다

7월, 점점 더 더워지고 있는 이 계절에 온몸이 붕대로 감겨 있는 상황이었다. 영화에서 보는 미라가 따로 없었다. 그래도 다행인 건 병실에 그녀 혼자라는 것이었다. 의정부병원에서 지금은 서울의 위너그룹이 재단인 병원에 입원하고 있었다.

특실에 혼자서 지내니 이건 완전히 호텔이 따로 없었다. 거기다가 이 막대한 치료비가 공짜였다. 처음엔 보험도 들고 했으니 그냥 형편대로 입원을 하겠다고 했는데 고집쟁이 두 형제가 그녀를 이곳에 가두어두었다. 고마운 일이었다.

똑똑!

연정이가 어제에 이어 오늘도 병원에 들렀다. 신우와 연정이가 번갈아가며 하루에 한 번은 들렀다.

"밥은?"

"먹었어."

"잘 먹어야 뼈가 잘 붙지. 안 그래?"

연정이는 그동안에 신우 때문에 좋지 않게 생각한 점이 많았는데 미안하게 생각한다며 앞으론 잘하겠다고 마음 풀라고 매일 지은에게 사과 아닌 사과를 하고 있었다.

"하하하, 웃으면 안 되는데 너 오늘 완전 웃긴 자세로 매달려 있는 거 알지?"

오늘 붕대를 갈았다. 아직 지은은 자신이 어떤 모습인지 모르지만 이따 해가 지면 유리창에 비친 자신의 모습을 볼 수가 있었다.

"가라."

"싫다. 이런 구경을 또 언제 하냐? 그리고 내가 와야 간병인 아줌마도 잠깐 쉬지."

하긴 연정이의 말도 맞았다. 하루 종일 자신을 돌보는 간병인도 잠시의 휴식은 필요하니까 말이다.

"너흰 결혼 안 해?"

"해야지."

"언제?"

"내년 5월에."

"날 잡았어?"

"응."

"축하해."

지은은 진심으로 연정이와 신우의 결혼을 축하해 주었다. 여기도 참 우여곡절이 많은 커플이었다.

"아버님이 그러시는데 아주버님을 꼭 올해 안에 치워주시겠대."

"아주버님?"

"어, 은혁이 오빠."

연정의 아주버님이 은혁이 오빠였다. 그녀의 은인이자 사랑하는 남자를 회장님이 올해 안으로 장가를 보낸다고 하셨다.

"점점 더 더워지는데 걱정이다."

"괜찮아."

"우리나라도 이제 진짜 여름에는 완전 열대 지방 같아."

"맞아."

"이번에 신우하고 발리로 휴가 가기로 했어."

"싸우지 말고 재밌게 놀다 와."

연정이 그녀를 보며 걱정스럽게 물었다.

"그럼 일주일 정도는 못 와."

"괜찮아, 간병인 아주머니가 걱정이긴 하지만."

이제 다리는 조금 아픈 게 덜했다. 앉아서 맞아 그런지 팔이 많이 다쳤다. 처음에는 팔을 못 쓰는 게 아닐까 걱정했었다. 하지만 의사는 괜찮을 거라고 말했다. 부러진 부위가 많아서 보기가 그렇지 기능을 못 할 정도로 손상을 입지는 않았다고 했다.

오른쪽 다리는 내일 깁스 하나를 풀기로 했다. 아무래도 올여름은 병원에서 지낼 것 같았다.

"발리에서 올 때 책이나 좀 사 와."

"무슨 책?"

"예쁜 풍경사진은 많고 글씨는 적은 걸로. 당분간은 뇌도 휴식이다."

"알았다. 그런데 은혁이 오빠는?"

"바쁜 사람이잖아. 일주일에 한 번 정도 들르는 것 같아."

"그래?"

"응, 왜?"

"아니, 네 일이라면 완전히 정신 나간 사람처럼 달려들기에 매일 출근 도장 찍는 줄 알았지. 혹시 오빠가 너한테 관심 있는 거 아니야."

"아니야."

지은이 단칼에 잘라 말했다. 굳이 여지를 줄 필요가 없었다.

"하긴 이번 주말에 오빠 선봐. 유화그룹 큰딸하고. 진짜 예쁘다고 소문이 자자한데 난 한 번도 못 봤어. 미국에서 나고 자랐다나 봐."

"그래?"

"응, 완전 섹시하다고 난리야. 남자들은 섹시하면 완전 끝이잖아. 이번엔 잘될 것 같은 예감이 들어."

연정이 가고 나자 지은은 머리가 복잡해졌다.

은혁이 다른 여자와 주말에 선을 본다니 기가 막혔다. 은혁은 요즘 바쁜 일이 있는지 병원을 드물게 찾았다. 의식이 돌아오자마자 지은은 이 모든 범행이 아영의 짓이라고 말했다. 아영이 먼저 각목으로 그녀를 때린 것도 다 말했다.

하지만 은혁은 당분간 이 모든 일은 비밀에 부치고 가만히만 있으라고 했다. 그래서 경찰 조사 때도 그녀는 아영의 이야기를 쏙 뺐다. 그리고 그가 말했다. 어릴 때처럼 아영의 일이 기억이 안 나는 것처럼 하라고 말이다.

그래서 회사 사람들과 아영이 뻔뻔스럽게 왔을 때도 평소와 다름없이 쌀쌀하게만 대했다. 처음에 아영이 그녀의 눈치를 보다가 그녀가 기억을 하지 못하는 걸 알고는 아주 편안하게 병문안을 하고 갔다.

일이 어떻게 되어가고 있는지 궁금했지만 은혁의 모습을 잘 볼 수가 없으니 지은은 답답할 노릇이었다.

영등포에 위치한 신축건물 주차장으로 검은색 벤츠리무진이 들어오고 있었다. 그 뒤로 수십 대의 차들이 따라 들어왔다. 마치 약속이나 한 듯이 모두 검은색 차량들이었다. 은혁이 차에서 내리자 검은 양복을 입은 남자들도 각자의 차에서 내렸다.

"잠깐 대기하고 있어."

"네."

지하 주차장이 쩌렁쩌렁하게 울렸다. 은혁의 옆에는 우리나라 최고의 조직 보스 김성욱이 따르고 있었다. 건물의 맨 위층에 영등포 일대를 꽉 잡고 있다는 초당파 두목이 있었다. 은혁이 사무실에 들어서자 초당파 두목의 얼굴이 굳어졌다.

은혁 때문이 아니라 은혁 옆에 있는 성욱 때문이었다.

"형님이 어떻게?"

"넌 손님 대접이 쪼가 소홀하다."

"죄송합니다. 형님. 너무 놀라서……. 앉으십시오."

"본부장님부터 앉으십시오."

그들이 앉자 초당파 두목은 안절부절못하며 똥 마려운 강아지처럼 서 있었다.

"한 가지 물어보고 싶은 게 있어서 왔다."

"말씀하십시오."

“그래야지, 여기 애들 중에 창호라는 놈 있지? 이번에 여자 납치해서 들어간 놈.”

“네.”

“그거 시킨 게 너냐?”

“……”

남자의 인상이 굳어 있었다. 아마도 말을 하지 않을 것 같았다.

“형님께서 관여할 일이 아니십니다.”

“나도 그러려고 했는데 네가 너무 큰 걸 건드려서 내가 수습을 하려고 온 거다.”

“전 모릅니다.”

“네가 납치한 사람이 누군 줄 알아? 여기 위너그룹 황태자의 약혼녀다.”

갑자기 초당파 두목의 얼굴이 굳었다.

“바르게 말하지 않으면 영등포 일대의 오락실들 영업 못 하는 건 아주 쉬운 일이야. 아마 널 죽을 때까지 쫓아다니며 괴롭힐걸. 말해.”

은혁이 사진 한 장을 내밀었다.

“이 여자 알지?”

“……”

“명성그룹 딸이 부탁을 했으니 거절할 수 없었겠지.”

"……"

"내가 이 모든 일을 없었던 일로 하는 조건으로 제안 하나 하지."

은혁이 두목을 자신의 가까이 불렀다. 그리고 귀에다 대고 대강의 이야기를 해주었다.

"그렇게 어렵진 않을 거야."

나올 때 초당파 두목이 은혁을 향해 구십도로 인사를 했다. 지은을 위한 복수의 칼날이 아영을 향해 드리워지고 있었다.

아영과 성빈의 결혼식 날이었다. 날짜를 한 번 연기한 그들이었다. 이유는 위너의 출근 때문이었다. 회사 일을 배우는 게 더 급하다는 생각 때문에 양가의 양해를 얻어 그렇게 되었다. 결혼식은 명성그룹의 총수이자 아영의 할아버지의 뜻에 따라 양가의 친척들만 모여 간단하게 치러졌다.

위너그룹은 친척보다 가까운 사이라서 초대를 받았다. 결혼식은 아주 격조 높게 진행되고 있었다. 드디어 주례사 전에 영상이 올라오며 신랑신부의 어린 시절부터의 추억들이 스크린을 꽉 채우고 감동적인 음악이 흘러나왔다.

처음엔 성빈이의 어린 시절 모습이 나오자 모두들 즐겁게 웃었다. 어린 성빈도 지금의 성빈처럼 약간 어리바리했다. 사람들은 그런 성빈의 순수한 모습에 미소 지었다. 그리고 아영이의 어린 시절이 나왔다. 하지만 그 영상 대신에 은혁이 미리 준비한 영상이 올라갔다.

"사랑스런 꼬마아가씨도 자라서……."

아영의 어린 시절이 나올 거라고 생각한 사회자는 준비된 멘트를 하다 말고는 말을 멈추었다. 온몸에 붕대를 감고 침대에 누워 있는 지은의 모습이 나오자 모두가 경악을 금치 못했다.

결혼식 자리에 병실의 풍경은 어울리지 않았다.

그리고 곧이어 감옥에서 촬영이 된 내용이 나왔다. 변호사와 지은이를 그렇게 만든 놈의 대화였다.

"누가 시킨 겁니까?"

"명성그룹의 외동딸 김아영이요. 이 여자 맞아요."

손으로 아영을 가리키는 센스까지 보여주었다.

"왜 죽이라고 시켰나요?"

"종년이 건방지다고요. 어릴 때 죽이려고 했는데……."

예식장은 아수라장이 되었다.

"물에 빠뜨렸더니 지 아비가 와서 지은이라는 여자를 구하고 죽었다고. 그때 죽었어야 했다고 말했습니다."

"아니야, 아니라고!"

아영이 두 눈이 시뻘게지며 고래고래 소리를 질러댔다. 아영이

우는 동안 성빈이 그 옆을 지켜줄 줄 알았는데 그런 아영을 두고 성빈이 사라졌다.

"지금이라도 용서를 빌어."

"흑흑흑, 누구한테 용서를 비냐고!"

"몰라서 물어. 네가 저렇게 만들어놨잖아."

"저년은 죽어버렸어야 했다고."

"아영아!"

김 회장이 그들의 대화를 들은 것 같았다.

"아영이 넌 이 시간부로 우리 집 자식이 아니다."

"할아버지, 진짜 속고 계신 거라고요."

"난 너를 이렇게 키우지 않았어."

김 회장과 김 사장은 아영을 두고 예식장을 빠져나갔다.

"난 너에게 마지막 기회를 줬어."

"이게 기회야? 세상에 일러바친 거지. 비열해."

"네가 그 단어를 쓸 줄은 몰랐어. 뜻은 아니?"

은혁이 아영을 보며 비웃었다. 하얀 웨딩드레스를 입은 아영은 아름다운 신부의 모습이 아니라 추악한 모습 그 자체였다. 가장 축복받아야 할 날에 아영은 비난을 받고 있었다.

"아영아."

조 여사가 아영에게로 왔다.

"은혁이 너, 뭐 하는 짓이야? 어떻게 이렇게 결혼식을 망칠 수가 있어!"

"조 여사님, 따님이 망친 다른 사람들을 보시고도 그런 말씀을 하시다니 양심이 없으시군요."

"뭐, 뭐라고?"

조 여사가 뒷목을 잡았다.

"오빠가 뭔데 나한테 이러는 거냐고!"

"……."

은혁은 울부짖는 아영을 두고 유유히 식장 안을 떠났다. 그런데 갑자기 아영이 그의 뒤에 대고 소리를 질렀다.

"내가 반드시 죽여 버릴 거야!"

은혁은 비웃음을 날리며 뒤도 돌아보지 않고 그곳을 떠났다.

은혁이 다음으로 찾은 곳은 지은의 어머니가 입원한 요양병원이었다. 병실에 들어가니 4명의 할머니들이 병실에 있었다. 지은의 어머니는 앉아서 창밖만 바라보고 있었다.

"아주머니."

그가 부르자 지은의 어머니가 침대에서 벌떡 일어나더니 구십도로 인사를 했다. 뇌졸중이 많이 좋아졌는지 그가 보기엔 마비 증상은 없어 보였다.

"앉으세요."

"아닙니다, 도련님."

순간 은혁은 어릴 때 그를 보셨나 하는 생각이 들었다.

"놀라실 것 없어요. 요즘 치매 증상까지 오셔가지고 남자들은 도련님, 여자들은 아가씨라고 하세요."

"……."

"그래도 몇 달 전에는 요양사들을 공격해서 쫓겨날 뻔했는데 따님이 하도 사정을 해서 그때 안 쫓겨난 거예요. 그래도 얼마나 다행인지 몰라요."

"어머님."

"네, 도련님."

"지은이 기억나세요?"

"싫어."

은혁은 지은의 어머니가 솔직히 마음에 들지 않았다. 자신의 딸을 보호하고 아껴줘야 하는 게 부모인데 자신의 남편이 딸을 구하고 죽었다는 이유로 딸을 미워한 엄마였다.

"왜 지은이가 싫으세요?"

그는 솔직한 마음을 듣고 싶었다. 왜 그렇게 지은이 미운지 말이다. 그런데 갑자기 어머니의 눈에 눈물이 고였다.

"내가 싫어해야만 합니다."

뜻밖의 대답이었다. 싫어한다는 게 아니라 싫어해야 한다는 말이 은혁이 듣기에 이해가 가지 않았다.

"왜요?"

"아가씨가 우리 지은이를 싫어해. 내가 예뻐하는 거 알면 우리 지은이 쫓겨나. 도련님, 비밀이에요."

"그럼요."

지은이를 미워한 게 아니었다. 혹시나 딸과 함께 그 집에서 대책 없이 쫓겨날까 봐 두려웠던 것이었다.

"난 할 줄 아는 게 없고 돈도 없는데 지은이를 좋은 학교에 보내고 싶었어요. 그 집에 있으면 우리나라에서 제일 좋은 학교에 보낼 수 있으니까요."

지은은 진짜 재벌들이 다니는 초, 중, 고를 나왔다.

"우리 지은이가 맨날 100점 맞아 왔어요. 좋은 대학에도 가고. 그래도 좋아하면 안 돼."

"왜요?"

"회장님이 지은이 100점 맞았다고 칭찬하니까. 우리 딸을 물에 빠뜨렸어요. 아가씨가."

어머니는 다 알고 있었던 것이다. 자신만의 방법으로 사랑하는 딸을 지키고 싶었던 어머니였다.

"그럼, 지은이 때문에 남편이 죽었다고 생각한 게 아니에요?"

"나라도 대신 죽었을 겁니다."

은혁은 갑자기 마음이 아팠다. 딸을 잘 키우려 엄마는 자신의 마음을 철저하게 감추고 있었다. 그렇게 끝까지 속이려 했는데 치매가 오는 바람에 그대로 들키고 만 것이었다.

"치료는 불가능한 겁니까?"

"완치되기는 어렵지만 그래도 식구들의 도움이 있다면 더 나빠지시지는 않을 겁니다."

간호사가 안타까워하며 말했다. 은혁은 지은의 어머니를 자신의 품에 안았다.

"어머니, 이제 지은이는 제가 지킵니다."

"……."

지은의 어머니는 계속해서 은혁을 도련님이라 불렀다. 은혁은 아영을 더더욱 용서할 수가 없었다.

결혼식을 망치고 집으로 돌아온 아영의 눈앞엔 커다란 캐리어 가방이 두 개 놓여 있었다.

"이제부터 넌 우리 집 식구가 아니다."

"아버님."

엄마가 할아버지 앞에 무릎을 꿇고 빌고 또 빌었지만 이미 할아버지의 마음은 돌아선 상태였다.

"어떻게 사람의 탈을 쓰고 그런 짓을 할 수가 있어!"

할아버지의 호통 소리가 집 안을 울리고 있었다.

"네가 한 일들 다 얘기 들었다."

아버지마저 그녀에게 화살을 돌렸다.

"이은혁 얘기 믿지 마세요."

"성빈이네서도 파혼을 요구하더구나."

"아빠."

"우리 집엔 이제 자식이 없다."

"아빠!"

아무리 울고 떼를 써도 소용이 없는 일이었다. 이제 끝장이었다. 그녀가 집을 나설 때 엄마가 아파트 키 하나를 몰래 주었다.

"당분간 여기서 지내. 엄마가 잘 설득해 볼게."

그녀는 작은 아파트 키를 받았다. 엄마가 어른들 몰래 사둔 곳인 것 같았다. 하지만 30평대의 작은 아파트는 숨이 막혔다. 아영은 침대에 누워 천장을 보았다. 일단 내일 당장 엄마에게 일할 사람을 보내달라고 말해야겠다.

지겨웠던 회사도 때려치우면 그뿐이었다.

[고객이 전화를 받지 않아…….]

"뭐야."

[고객이 전화…….]

"이거 미친 거 아니야?"

일단 성빈에게 수십 통도 넘게 전화를 했지만 성빈은 전화를 받지 않았다.

"어디 처박혀서 술이나 마시고 있겠군."

아영은 이번엔 우진에게 전화를 걸었다. 어차피 우진의 집은 그녀의 집이었다.

[전원이 꺼져 있어…….]

"아아악!"

모두가 그녀를 피하고 있었다. 이게 다 이은혁 그 자식 때문이었다. 그리고 더 근본은 지은이었다.

"나쁜 년."

아영은 들어오면서 사 온 소주를 병째 마셨다.

"죽여 버릴 거야."

언제나 일하는 사람들로 북적이던 집이 이제는 아무도 없는 혼자만의 공간이 되어 있었다. 참을 수가 없는 아영이었다.

벌써 9월이었다. 지은은 이제 병원생활이 익숙해졌다. 이렇게 병원생활이 익숙할 수 있는 건 그만큼 고통이 사라졌기 때문이었다. 깁스도 풀었고 이제는 재활운동 단계로 들어갔다.

"나가면 꼭 왁싱을 해야지. 이건 뭐……."

깁스를 풀자 그 안에서 자란 털들의 길이가 장난이 아니었다.

"이제 살 것 같죠?"

"네, 우리 이모 조금 있으면 못 보겠네요?"

"인연이 있으면 또 보겠죠."

그녀와 함께 수개월간 같이 지낸 간병인 이모와 지은은 정이 많이 들었다. 지은은 당장 퇴원을 하고 나서가 걱정이었다. 신우의 얘기로는 그녀는 지금 위너에서 잘린 상황이었다. 통장을 보니 퇴직금이 들어와 있었다.

"이모, 식당이나 할까 봐요."

"네?"

"아무리 생각해도 할 게 없네요."

"식당이 쉬운 줄 알아요?"

"그런가?"

그녀와 함께 있을 땐 항상 뜨개질을 하는 이모였다. 시간을 때우기도 좋고 병원의 환자들을 위한 모자라고 했다.

"암환자들이 겨울이면 춥거든요. 그래서……."

언젠가 이모가 한 말이 떠올랐다.

"그건 양말이에요?"

"호호호, 양말 같아 보여요?"

"네."

"이건 미숙아들 인큐베이터 안에 있을 때 쓰는 거예요. 쓰고 있으면 얼마나 예쁜지……."

"진짜 그러겠네요."

이모는 항상 그녀에게 존댓말을 썼다. 아니, 병원의 모든 사람들에게 그랬다.

"내가 평생직장 하나 소개해 줄까요?"

"좋죠."

이상하게 이모의 말은 믿음이 갔다. 실없는 소리는 안 할 사람 같았다.

"어딘데요?"

"위치도 아주 좋고 같이 있는 사람들도 아주 최고죠."

"그래요?"

"네, 퇴원하는 날에 내가 면접 날짜 물어봐서 알려줄게요."

"고맙습니다. 덕분에 걱정 덜었어요. 그런데 제가 합격할 수 있을까요?"

"당연하죠."

간병인 이모는 큰아들이 군인이고 며느리는 초등학교 선생님이라고 했다. 둘째는 딸인데 역시 초등학교 선생님이라고 했다. 이모는 어릴 때 부모님을 잃고 어느 부잣집에 들어가서 엄마처럼 메이드 생활을 했고 지금은 간병인을 하신다고 했다.

아저씨는 2년 전에 간암으로 돌아가셨고 지금은 혼자 지내셔서 이렇게 간병인 일을 할 수 있다고 하셨다.

"난 중학교밖에 못 나와서 아이들은 꼭 선생님으로 키우고 싶었어요. 큰아이는 날 닮아서 그런지 공부를 그렇게 잘하진 못했는데 장가는 잘 갔어요. 내가 원하던 며느리였죠. 어찌나 참하고 예쁘던지 지금도 우리 며늘아기 처음 보던 날이 생각나네요."

지은이 웃으며 이모를 보았다. 엄마와 처지가 같은데도 다른 삶을 사시는 이모였다.

"후."

"땅 꺼지겠어요. 요즘 본부장님은 통 안 오시네요."

긴 병 앞에 효자 없다더니 그 사람이 그랬다. 요즘은 통 얼굴 보기가 힘이 들었다. 지난번에 아영이의 결혼식을 완전히 파토시켜 놓고는 그 뒤로는 볼 수가 없었다. 마음은 접을 수가 없지만 기대는 안 하는 게 나을 것 같았다.

지난번에 선을 본다더니 그 여자랑 잘된 건지 도저히 알 수가 없었다. 하지만 먼저 연락을 하기도 뭐해서 지은의 애간장이 녹아 들어 가고 있었다. 거기다가 그녀의 퇴원이 일주일 앞으로 다가왔기 때문에 더욱 그러했다.

드디어 퇴원날이었다. 정들었던 이모님과도 이제 아쉬운 작별을 해야 했다. 퇴원날에는 연정이가 그녀를 데리러 와줬다.

"어디 보자. 이제 좀 쌩쌩해졌나?"

"응."

연정이의 아우디 승용차를 타고 집으로 향하는 지은의 발걸음이 가벼웠다.

"며칠 집에서 푹 쉬고. 이건 엄마가 너 주라고 한약 한 재 지어주셨다."

"어머님이?"

"그래, 요즘 너 유명인사인 거 모르는구나?"

"내가 왜?"

"그날 예식장 화면에 네가 얼마나 불쌍하게 나왔는지 봐야 하는데, 재벌들이 모인 자리라서 널 위해 모금했으면 빌딩도 살 수 있었어."

대단하기는 했던 모양이었다. 신우가 그날 당장에 쫓아와서 어찌나 거품을 물며 말했는지 모른다.

"너 그거 아니?"

"뭐?"

"아영이 집에서 쫓겨났잖아?"

"얘기 들어서 알아."

아영이 집에서 쫓겨난다 해도 재벌은 재벌인 것이다. 그 정도도 모르는 지은이 아니었다.

"성빈이한테 완전 파혼당하고 애인이 아영이 나머지 재산 다 빼돌리고 진짜 빈털터리라고 하더라. 그나마 엄마가 집은 몰래 줬다는데 30평 아파트가 작다고 난리란다."

"30평이면 궁궐 아니야?"

"그런데 문제는 아영이 잘하면 감옥행이 될지도 몰라."

"왜?"

"요즘 은혁이 오빠가 걔 집어넣는다고 증거 수집한 거 가지고 변호사한테 갔는데 그거 아영이 엄마가 손이 발이 되게 빌어서 겨우 막고 있거든."

오랜만에 은혁이 얘기를 들은 지은이었다.

"넌 진짜 은혁이 오빠한테 감사해라."

"알았어."

연정이는 지은의 집 안까지 데려다주고 커피까지 한잔 마시고 갔다. 어릴 때 친구라서 그런지 연정이에게 그녀의 집을 보이는 건 그리 창피한 생각이 들지 않았다. 연정이까지 가고 나니 진짜로 집 안이 썰렁했다.

지은은 용기를 내서 은혁에게 전화를 걸었다.

"여보세요?"

[어, 지은아.]

그리운 사람의 목소리가 들렸다. 그냥 병원에 있을 때 고집부리지 말고 먼저 전화할걸이라는 생각이 가장 먼저 들었다. 저음의 목소리가 오늘따라 섹시하게 그녀의 귓가를 울리고 있었고 지은의 심장은 주책없이 뛰었다.

"저 퇴원했어요."

[그래? 몸은 좀 어때?]

"많이 좋아졌어요."

[그냥 올해는 쉬어. 건강도 회복해야 일을 할 수 있으니까.]

이런 말은 돈이 많은 사람이 하는 말이고 그녀처럼 혼자 벌어서 먹고사는 사람은 하루가 급한 법이었다.

"네."

은혁은 특별한 말을 하지 않았다. 그녀를 보고 싶다거나 그녀의 집으로 오겠다든지 아니면 그의 집으로 오라는 소리도 없었다. 서운함이 밀려들었다.

[지은아, 지금 회의 들어가야 해.]

한참을 머뭇거리던 그가 한 말은 고작 회의에 들어간다는 말이었다.

"알았어요."

지은은 갑자기 눈물이 울컥 쏟아지려는 걸 참았다.

"오빠, 진짜 감사했어요."

[알았어, 쉬어.]

"네."

그의 마음이 왜 이렇게 변한 걸까? 아니면 지은 혼자서 이런저런 생각들을 하고 있는 건가? 지금은 뭐가 맞는지 감이 오지 않았다.

거실 바닥이 발 디딜 틈이 없었다. 아영은 소파에 널브러져 있었다. 삶의 의욕도 없고 기운도 없었다. 밥을 시켜 먹고 그대로 둔 덕에 집 안에 파리가 득실거리고 있었다. 하지만 그걸 치울 마음도 없었다.

아직도 그녀는 자신이 무엇을 잘못했는지 이해가 가지 않았다. 잘못한 게 있다면 지은을 없애지 못한 게 잘못이지 그녀가 집에서 쫓겨날 잘못은 아무리 생각을 해봐도 없었다.

"아영아!"

이 집에 올 사람은 엄마뿐이었다. 아영은 그대로 소파에 누워 눈을 감았다. 이제부터 잔소리가 시작될 게 뻔했기 때문이었다.

"집이 이게 뭐야? 밥은 안 해먹는 거야? 잠깐 나가자."

"싫어."

"오늘 청소하려고 사람들 데리고 왔어."

엄마에게 거의 끌려나가다시피 한 아영은 근처 식당에 엄마와 단둘이 밥을 먹었다.

"내가 할아버지를 설득하고 있으니까 조금만 참아."

"……."

"아영아."

엄마가 그녀 앞에서 울음을 터트렸다. 정작 울고 싶은 사람은 따로 있는데 말이다.

"울지 마."

"아영아, 왜 이렇게 일을 만들어."

"엄마, 난 잘못한 게 없어. 그런데 종년 때문에 이 고통을 받는 거야. 난 종년이 죽어버렸으면 좋겠어."

엄마의 얼굴이 하얗게 질려 있었다. 그녀의 말에 충격을 받은 것 같았다.

"우린 종년들과 섞이면 안 되는 거야."

아영의 눈에 비친 살기를 조 여사가 느꼈기 때문이었다.

"엄마, 나 이참에 미국으로 갈까 봐."

"그래, 잘 생각했다. 공부도 더 하고 그쪽에서 좋은 사람도 만나고. 엄마가 다 준비해 줄게."

"고마워, 될 수 있으면 빨리 해줘."

"그래."

엄마는 그녀가 미국에 그냥 갈 줄 알지만 천만의 말씀이었다. 그녀를 이렇게 만든 박지은을 응징하고 갈 것이었다.

"엄마, 그냥 메이드 한 명 두고 가."

"안 돼, 할아버지한테 들키면 그것도 힘들어."

"알았어. 돈이나 주고 가."

엄마가 봉투 안에 현금을 넣어 그녀에게 건넸다.

"우리 아영이가 이렇게 고생을 하다니……."

엄마는 또 울기 시작했지만 아영은 먼 산만 보고 있었다. 그러다가 창밖에 지은과 비슷한 여자가 지나가는 게 보였다. 종년이 근처에 사는 건 알았지만 사지 멀쩡하게 돌아다닐 줄은 몰랐다.

"죽은 것도 아니고 저렇게 돌아다니는데 내가 왜 이렇게 돼야 하는데?"

갑자기 눈이 돌아간 아영은 자신도 모르게 자리에서 일어났다. 그녀를 부르는 엄마의 목소리는 들리지도 않았다. 나오는 길에 포크 하나를 주머니에 넣었다. 가을이라서 그런지 밖은 서늘한 바람이 불었다.

길 건너에 지은은 아무 생각 없이 땅만 보고 걷고 있었고 아영은 지은만 보고 걸어갔다. 그런데 하늘이 그녀를 돕는지 신호등이 갑자기 파란색으로 바뀌었다. 기회를 놓칠 리 없는 아영이었다.

길을 건너기가 무섭게 아영이 포크를 들고 지은을 향해 달리기 시작했다.

"죽어!"

딱 한 걸음 차이였다. 지은의 목을 향해 겨누던 포크가 남자의 손에 잡혔다. 그리고 아영의 몸은 허공에 떴다. 힘센 남자 둘이 그녀를 양쪽에서 잡았기 때문이었다.

"뭐야."

이 정신 없는 상황에서 지은도 놀랐는지 그 자리에 멍하게 서 있었다. 그것도 잠시 남자들에 둘러싸인 아영의 앞으로 다가왔다.

그리고 정신을 차릴 틈도 없이 지은의 손이 아영에게 날아들었다.

짝!

얼굴이 얼얼했다. 태어나서 누군가에게 맞아본 적이 없는 아영은 이 기막힌 상황에 혀를 깨물고 죽고 싶은 마음뿐이었다.

"야!"

짝!

이번엔 다른 쪽 뺨으로 손이 날아들었다.

"정신을 못 차리니 때릴 수밖에."

"뭐?"

"넌 나를 죽이면 모든 게 끝이 날 것 같지. 난 그렇게 빨리 끝날 짓은 안 해. 감옥에서 한번 죽을 때까지 썩어봐."

지은의 얼굴이 아영의 가까이 다가왔다.

"네가 좋아하는 종년들이 거기 많을 거야. 그게 네 수준이야. 종년아."

"뭐? 내가 왜 종년이야? 아니야."

"아니, 넌 종년들보다도 못 해. 우리는 최소한 인간이니까. 넌 금수만도 못 하지만 말이야."

"아아악."

아영은 지은에게 달려들기 위해서 발악을 했다. 하지만 남자들의 힘을 당할 수는 없었다. 남자들에 의해 어디론가로 끌려갔다. 알고 보니 그들은 사복 경찰들이었다. 경찰서의 유치장에서 아영은 지은에 대한 분노에 이를 갈았다.

은혁이 지은을 위해서 경호를 요청한 것이었다. 그리고 그들은 아영도 똑같이 감시하고 있었다. 그녀가 오늘 같은 일을 저지를 거란 걸 그들은 예측하고 있었던 것이다.

딩동!

슈퍼에서 배달시킨 것이 왔다. 며칠 전 아영이 길거리에서 덮친 후로 지은은 당분간 바깥출입을 하지 않을 생각이었다. 그날 아영 앞에서는 센 척했지만 지금도 그때를 생각하면 다리가 후들거리고 있었다. 내일은 면접을 보러 가기로 한 날인데 걱정이었다. 간병인 이모만 아니었어도 집에만 있고 싶은 지은이었다.

그래도 소개시켜 주신 분의 성의가 있으니 내일은 가볼 생각이었다. 그리고 퇴직금만 믿고 언제까지 놀고먹을 수는 없으니까 말이다.

슈퍼에서 배달 온 물건 중에 귤 하나를 까먹으며 지은은 냉장고 정리를 했다. 오랜만에 병원 음식이 아닌 집밥을 먹다 보니 요즘 요리에 정신없이 빠져 있는 지은이었다.

"날이 갈수록 살만 느는구나."

병원에 있으면서 규칙적인 식사를 하며 5킬로그램을 찌웠고 지금은 무서워서 체중계에 올라가지 않았지만 아마도 더 쪘을 것이다.

"모르겠다."

주문한 마른 오징어와 맥주 한 캔을 가지고 TV 앞에 앉은 지은은 뜻밖의 장면에 넋을 놓고 있었다. 아영이 TV에 나온 것이었다. 그녀도 어제 경찰서에 가서 조사를 받았는데 아마 구속이 될 모양이었다.

재벌 상속녀의 갑질이란 제목으로 아영의 이야기가 나오고 있었다. 여론이 아주 좋지 않은 모양이었다. 지은은 솔직히 경찰들이 그녀를 경호하고 있는 줄은 꿈에도 상상을 하지 못했었다. 그것도 은혁이 부탁을 했다고 한다.

은혁은 모습은 드러내지 않으면서 그녀를 뒤에서 돕고 있었다. 진짜 고마워해야 하는데 서운함이 더했다. 아무래도 진짜 여자가 생긴 모양이었다. 그러니 미안해서 안 나타나는 것일 수 있었다.

머리가 아주 복잡했지만 이번엔 고맙단 전화는 안 할 것이다. 그렇게 자존심을 죽인 건 한 번이면 족했다.

깔끔한 블랙 치마 정장을 입은 지은은 약속 장소로 차를 몰았다. 대부분은 회사로 오라고 하는데 주소를 보니 회사는 아니었다. 만나자는 시간도 저녁 8시였다.

"퇴근 후에 면접이라……."

약속 장소에 도착한 지은은 멍하게 그 앞에 서 있었다. 주소에 찍힌 곳은 그냥 집이었다. 회사 건물이 아니라 당황한 지은은 몇 번이고 주소를 확인했다. 명성그룹의 본가보다 작았지만 그래도 대저택이었다. 거기다가 굉장히 세련되고 멋있었다.

"여기 사는 사람은 좋겠다."

지은은 다시 한 번 주소를 확인하고 초인종 앞에 섰다.

"어쩌지?"

하지만 용기를 내어 지은은 초인종을 눌렀다.

"면접 보러 왔는데요."

안에서는 남자가 대답을 했다. 문이 열리고 지은이 들어갔다. 아무리 봐도 그냥 잘사는 집이었다. 회사가 아니었다.

"그런데 문을 열어줬어. 뭐지?"

단정한 차림의 남자가 그녀에게로 와서 구십도로 인사를 했다.

"기다리고 계십니다."

남자의 뒤를 따르며 지은이 물었다.

"여기 회산가요?"

"아닙니다."

"그럼, 혹시 메이드 구하시나요?"

"……."

"전 아무것도 할 줄 모르는데요. 제가 할 줄 아는 건 머리 쓰는 일뿐입니다. 그냥 가면 안 될까요?"

괜히 잘못 왔다는 생각이 들었다. 지은은 살림을 야무지게 하는 스타일은 아니었다. 메이드란 직업을 천하게 여겨서 하는 말이 아니었다.

"저기요?"

"저쪽으로 가시면 됩니다."

지은은 한숨을 쉬며 남자가 가리키는 곳을 향해 걸어갔다.

"안 한다고 하면 되지 뭐."

그렇게 생각을 하고 나니 마음이 한결 편해졌다. 이모 때문에 면접은 보기로 했다. 그냥 가는 건 이모에게 미안할 것 같았기 때문이었다.

집 안 거실에 들어선 지은은 놀란 눈을 계속해서 깜박이고 있었다. 거실 소파에 앉아 있는 남자는 바로 은혁이었기 때문이다.

"오빠?"

"앉아."

"오빠는 여기 무슨 일이세요?"

다시는 안 그렇게 하겠다고 말해놓고 그녀의 심장은 지금 미친 듯이 뛰고 있었다. 편안한 차림의 은혁은 오늘따라 굉장히 섹시해 보였다. 오랜만에 봐서 그런지 지은은 보는 것만으로도 좋았다. 그런데 이렇게 그녀를 애태우는 그를 어떻게 다른 여자에게 줄 수 있을까? 어쩌면 오늘이 마지막 기회가 될 수도 있었다.

"오빠, 할 말이 있어요."

지은은 오늘은 자신의 감정을 솔직하게 고백이라도 해볼 생각이었다. 차이는 건 나중 문제였다.

"내가 먼저 하면 안 될까?"

"아뇨, 시간이 없어요. 조금 있으면 면접 봐야 하거든요."

"알았어."

은혁이 지은을 보고 있었다.

"그러니까…… 보고 싶었어요."

"……."

"오늘이 아니면 말하기 힘들 것 같아서 용기를 낸 거예요."

"나도 보고 싶었어."

그의 목소리가 갈라져 있었다.

"그렇게 말하지 마요. 진짜 줄 아니까요. 여자에게 헛된 기대를 갖게 하는 건 안 돼요."

"헛된 기대?"

"네, 웃으면서 얘기하고 안 좋은 일이 있으면 자신의 일처럼 나서주고 그리고 가끔은 사랑이 가득한 눈빛으로 쳐다보고 그러면 여자들은 헷갈리거든요."

"내가 그랬나?"

"네."

그가 진지한 표정으로 돌변하더니 의자에서 몸을 바로 하곤 그녀를 빤히 쳐다보았다.

"눈치가 없긴 없군."

도저히 알 수 없는 표정의 그였다.

"내가 이제부터 눈치가 제로 상태인 박지은 씨를 위해 아주 콕 짚어 얘기해 주지."

11. 갖고 싶은 남자를 갖다

지은 사고 당일,

눈이 뒤집어진 은혁은 수술실 앞에서 머리를 싸매고 있었다. 뒤늦게 사실을 알고 온 신우도 머리를 싸매고 앉아 있는 건 마찬가지였다. 채 실장이 동분서주 일을 처리하고 있는데 은혁은 아무것도 할 수가 없었다.

지은이 수술실로 들어가기 전까지는 살려야겠다는 생각뿐이었는데 생명에 지장이 없다는 의사의 말을 듣고도 은혁은 불안했다.

"흑흑흑."

수술실 복도에 울음소리가 번졌다. 울음소리의 주인공은 신우가 아닌 은혁이었다.

"형?"

놀란 신우가 은혁을 불렀지만 은혁은 한참을 그렇게 울었다.

"지은이 없으면……."

"괜찮을 거야."

한 번도 자신의 마음을 지은이에게 말한 적이 없었다. 회사에서 지은을 다시 만나던 날 그가 얼마나 좋았고 회사에서 지은을 볼 때마다 마음이 얼마나 떨렸는지 말해주고 싶었다. 그리고 그녀와 얼마나 행복했는지 그녀가 그의 아랫입술을 물 때 얼마나 욕망에 빠져들었는지…… 얼마나 사랑하게 됐는지…….

"난 지은일 사랑해."

"알아."

"……."

신우가 놀라지 않고 안다고 말했다.

"형이 지은이 바라볼 때 느꼈어. 그건 내가 지은이를 사랑스럽게 생각하는 것과는 다른 눈빛이었으니까. 남자가 사랑하는 여자를 볼 때의 눈빛이었으니까."

"……."

"지은이 잘해줘. 정말 좋은 아이야. 알잖아?"

"알아. 하지만……."

"의사가 괜찮다고 했다면서?"

"그래도……."

"우리 형이 이렇게 약한 모습을 보일 줄은 몰랐네."

신우가 무심한 듯 그의 등을 툭하고 쳤다. 그때였다. 나이가 지긋한 아주머니가 가방 하나를 들고 그들 앞에 나타났다.

"도련님."

"유모."

은혁이 채 실장을 시켜서 그를 길러준 유모를 불렀다.

"수술은 아직 안 끝났어요?"

"네."

"많이 다쳤나 보네."

"좀 많이 다쳤어요."

"아가씨 말고 우리 도련님 마음이 많이 아파 보여서요."

유모는 언제나 그의 편이었다. 엄마 같은 존재였고 때로는 친구 같은 분이었다. 유모가 은혁을 가만히 안아주었다.

"괜찮을 겁니다."

유모의 따뜻한 말에 울음이 더 터져 버린 은혁이었다. 그날 이후 유모는 은혁에게 병원을 찾는 일을 자제하라고 말했다. 은혁이 뭐 하나에 꽂히면 다른 걸 못 한다는 걸 알기 때문이었다. 대신에 간병은 확실하게 잘하겠다고 그리고 아가씨의 마음도 확실하게 잡아준다고도 했었다.

덕분에 은혁은 회사 일도 그리고 아영을 혼내는 일도 무사히 잘 마칠 수 있었다.

그러던 어느 날 유모가 그에게 불쑥 전화를 걸었었다.

“여보세요?”

[도련님, 접니다.]

“유모, 어쩐 일이세요?”

그의 개인번호를 아는 몇 안 되는 사람 중에 하나가 유모였지만 유모는 그가 바쁠까 봐 거의 전화를 하지 않았었다.

[아가씨가 곧 있으면 퇴원을 합니다.]

“네, 압니다.”

[제가 궁금한 건, 결혼하실 겁니까?]

갑작스러운 유모의 말에 그는 당황했다.

“네? 네.”

[불안해하는 것 같아요. 도련님이 찾아주지 않으니까.]

“오늘이라도 갈까요?”

그의 엉덩이가 들썩거리는 소리가 유모에게까지 들렸는지 유모가 막았다.

[아뇨, 아직 완전히 회복이 된 건 아니니까요. 그래서 말인데요…….]

그렇게 유모가 그에게 지은을 따로 만날 기회를 만들어줄 테니 확실하게 잡으라고 말했다.

지은이 입원한 기간 동안 은혁은 너무 힘든 시간을 보냈다. 유모가 오지 말라고 해서 안 간 것도 있지만 온몸에 붕대를 감고 깁스까지 하고 있는 지은을 차마 볼 수가 없었다. 그리고 아침에 출근하면 지은을 그렇게 만들어놓은 아영이 아무렇지 않게 하하호호거리며 사무실에 앉아 있으니 속에서 천불이 났었다.

은혁은 차가운 얼굴로 분노를 참고 있었다. 그리고 아영을 향한 철저한 복수를 다짐했다. 그리고 그는 모든 증거 자료를 가지고 있었다. 하지만 결정적으로 아영이 손도 못 쓰게 할 방법을 찾지 못했었다.

그도 돈이 있었지만 아영도 만만치 않은 재벌이었다. 불행한 일이지만 얼마든지 돈으로 좋은 변호인단을 꾸릴 수 있었다. 그리고 김 회장도 손녀를 감옥에 보내지 않기 위해 노력했을 것이다.

그래서 생각한 것이 아영의 결혼식이었다. 그는 채 실장의 편집 실력에 아주 만족했었다. 최대한 지은의 상황을 현실적으로 보이게 했고 아영이 얼마나 그릇된 갑질을 하고 있는지도 만천하에 공개했었다.

하지만 은혁은 그걸로 아영이 멈추지 않을 것이란 걸 알았다. 그래서 그의 품으로 지은을 빠른 시일 내에 데려오고 싶었다. 물론 경호는 철저하게 했다. 그래서 며칠 전에 대형 사고를 막은 것이었다.

사람이 아무리 못돼도 그렇게 뼛속까지 못된 인간은 처음이었다. 그리고 지은에 대한 아영의 끝없는 질투를 느낄 수 있었다. 자신의 불행이 지은 때문이라고 생각하는 아영이었다. 이제는 세상 빛을 보기는 힘이 들 것 같았다.

살인 미수에 살인 교사 거기에 폭력까지 아영의 죄목에 김 회장은 호적에서 아예 아영을 파버리라고 지시했고 어떤 지원도 해주지 않을 거라고 선언했다. 조 여사에게도 아영을 도울 경우엔 집을 나가라고도 말했다고 한다.

일단은 모든 게 정리가 되고 자리가 잡히는 분위기였다. 오늘 그는 지은을 집으로 초대했다. 엄밀하게 말하면 이제 지은을 위한 모든 게 준비되었기 때문이었다.

"그렇게 좋으세요?"

유모가 지은이 도착했다는 소리에 안절부절못하는 은혁을 보고 옆에서 놀렸다. 그렇게 지은은 지금 그의 앞에 숨 막히게 아름다운 모습으로 앉아 있었다.

"뭘 콕 짚어서 얘기한다는 거예요?"

지은의 미간에 주름이 잡혔다. 지은은 똑똑한데 가끔 그의 말귀를 못 알아들을 때가 있었다.

"내가 먼저 말한다고 했죠?"

지은이 강하게 나오자 은혁은 잠깐 지은에게 먼저 말할 기회를 주기로 했다.

"말해."

"아무리 생각을 해도 말을 하는 게 나을 것 같아요. 본부장님이 다른 분이랑 선본 거 연정이한테 들었어요."

"……."

얘기가 그가 의도한 방향으로 흐르고 있었다. 아주 심장이 기대에 차 빠르게 뛰기 시작했다. 그가 연정이에게 부탁해서 지은에게 하라고 했던 말인데 그동안은 반응이 없더니 오늘 한꺼번에 터트릴 모양이었다.

"난 재벌도 아니고 그 여자분처럼 미인대회 출신도 아니에요. 그래서 회장님께 허락을 받을 자신은 없어요. 하지만 제게도 기회를 주세요."

"무슨 기회?"

"이은혁이라는 남자를 가질 기회요."

"뭐?"

"난 태어나서 갖고 싶은 게 있으면 안 되는 사람이었어요. 가질 수도 없었고 탐을 내서도 안 됐죠."

지은이 이렇게 예쁘게 보인 적이 또 있었을까? 은혁은 지금 지은을 넋을 놓고 보고 있었다. 그의 얼빠진 표정을 고맙게도 지은은 못 느끼고 있었다.

"다른 걸 달라는 게 아니에요. 나에게도 기회를 줘요."

은혁은 웃음이 나오는 걸 혀를 깨물며 참고 있었다.

"왜 기회를 달라는 거지? 단지 좋은 감정이 있어서? 아니면 섹스를 한 사이니까?"

그가 원하는 답을 듣기 위해 점점 더 지은을 코너로 모는 은혁이었다.

"아니라고 할 순 없지만 그게 다는 아니죠."

"그럼 뭐지?"

"……."

지은은 쉽게 답을 주지 않았다. 특단의 조치가 필요했다.

"돈인가?"

지은의 얼굴이 그가 보기에도 느껴질 정도로 붉어졌다. 화가 많이 난 모양이었다.

"당신이 돈 한 푼 없는 사람이라도 마찬가지예요."

"왜지?"

"사랑하니까. 내가 당신 사랑한다고요. 바보예요? 왜 사람을 자꾸 화가 나게 만들어요?"

은혁의 얼굴에 숨길 수 없는 미소가 번졌다.

"뭐가 좋아서 그렇게……."

"사랑해. 나도 지은이 사랑해."

지은은 그대로 얼어붙은 사람 같았다.

"그 말이 그렇게 하기 어려웠나?"

"……."

"나야 아껴둔 거지만 오늘 같은 날을 위해서 말이야."

은혁의 말에 지은은 아직도 이해 불가의 표정이었다.

"이 집은 지은이와 내가 어머니를 모시고 살 집이야. 어른들께는 자초지종을 이미 설명드리고 허락을 받았어."

"……."

"아직 병원 치료가 남아 있어서 몇 달이 지나야 집에 모실 수 있지만 말이야."

지은과 결혼을 하겠다고 어른들에게 통보를 했었다. 상의를 드리면 반대하실 게 뻔했기 때문에 그는 부모님과 딜을 했다. 회사의 영업 실적은 향상시키고 자녀는 셋 이상 낳을 것이며 사업에 전념하겠다는 약속이었다.

처음엔 반대를 하시던 아버지가 그의 단호한 모습에 허락을 하셨다. 얼마나 기뻤는지 모른다.

"오빠…… 난 면접을 보러……."

"맞아, 내 부인이 될 면접을 보는 거지."

"……."

지은의 눈에서 눈물이 주르르 흘러내렸다. 이제야 그의 의도를 알아차린 것이었다.

"난……."

"나와 결혼해 주겠어?"

"네."

지은이 달려와 그의 품에 안겼다.

"고마워요."

"고맙긴 내가 더 고맙지. 이렇게 착하고 아름다운 여자가 부인이 되어 주니 말이야."

"사랑해요."

지은이 고백을 한 다음에 그의 입술에 진한 키스를 퍼부었다.

"다 끝나셨습니까?"

그때였다. 간병인 이모가 그들의 뒤에 서 있었다.

"이모?"

"이제부터는 유모라고 부르시면 됩니다."

"네?"

"내 유모야, 어릴 때부터 날 키워주신 분이야."

"그럼 그 집이?"

"네, 전 이씨 집안에서 평생을 몸담은 사람입니다."

지은이 유모에게 가서 그녀를 안았다.

"앞으로도 잘 부탁드려요."

"네, 작은 마님."

"아직은 아니에요."

유모가 지은에게 미소 지었다.

"제가 보기엔 안 될 수가 없습니다. 우리 도련님이 이렇게 여자에게 빠져 있는 건 맹세코 처음 봅니다. 아주 바보가 다 되셨어요."

"유모!"

그가 소리를 질렀지만 소용이 없었다. 그녀들은 그를 떼어놓고 저녁을 먹기 위해 식당으로 향했다.

"같이 가."

아름다운 다이닝 룸이었다. 이 집에 아름답지 않은 건 아무것도 없었다.

"이 집은 언제 샀어요?"

"두 달 전에."

"그때 결심한 거예요?"

"응, 이제 결혼을 할 때가 된 것 같다는 생각이 들었어. 연정이하고 신우도 내년에 결혼하는데 올해는 넘기지 말아야지 했거든."

"집이 너무 커요."

"아니, 아이들을 열 명은 낳을 거니까 그렇게 크지는 않아."

"뭐라고요?"

"농담이야."

그는 혼자 실실 웃으며 밥을 열심히 먹고 있었다. 지은은 지금 입맛을 완전히 잃은 상황이었다. 가장 갖고 싶은 걸 가지게 되었는데 걱정이 앞선 것이었다.

"진짜예요?"

"아니, 셋만 낳자."

"그게 아니라 진짜 나랑 결혼할 거예요?"

"응."

"어른들이……."

"벌써 승낙하셨고 그걸 걱정할 필요는 없어."

"한번만 꼬집어줄래요?"

"어?"

지은은 이 사실이 갑자기 꿈같다는 생각이 들었다. 이게 꿈인 게 더 현실적이란 생각이 들었다.

"꿈이야……."

"아니야."

"아!"

그가 그녀의 볼을 아프게 꼬집었다.

"진짜 아프단 말이에요."

"꿈인지 확인한다며?"

"원래 이렇게 못됐어요?"

그가 그녀의 표정을 보고는 막 웃었다. 볼이 화끈거리는 걸 보니 꿈은 아니었다. 그렇다고 아직 이 상황이 믿어지는 건 아니다.

"어머님 만나뵈었어."

"엄마를요?"

엄마는 이제 치매까지 온 상황이었다. 병원에 가서 그녀가 엄마를 보면 예전과 다르게 안기도 하고 예쁘다고 쓰다듬어 주기도 했다. 그리고 옆에 입원한 환자들에게 우리 딸이 이번에 시험 봐서 모두 다 백점을 받았다고 자랑도 했었다.

"딸을 아주 자랑스러워하시던데?"

"지금 치매 때문에 그러는 거예요. 우리 엄만 안 그래요."

"아니야, 지난번에 나한테 왜 그렇게 지은이한테 냉정할 수밖에 없었는지 얘기해 주셨어. 지은이가 아는 것과는 많이 달라. 어머닌 지은이를 사랑하지 않은 적이 없으셨어. 표현을 못 한 건 두려웠기 때문이야. 그 문젠 천천히 시간을 두고 풀자."

"네."

저녁식사가 끝이 나고 둘은 정원이 한눈에 보이는 2층 와인 바에 앉아 있었다.

"아름다워요."

"마음에 든다니 나도 좋아."

지은이 와인 잔을 옆으로 치웠다. 그리고 그의 잔도 빼앗았다.

"위험한데?"

"일단 가지고 싶은 걸 먼저 가져야겠어요."

"그게 난가?"

"빙고."

그녀가 입술을 그의 입술에 살며시 포갰다.

"갖게 해줄 거죠?"

지은은 그의 눈이 위험하게 짙어진 걸 알았다. 그도 분명히 그녀가 그리웠을 것이다. 살면서 이렇게 간절하게 뭔가를 원해본 적이 없었다. 창가에 달빛이 스며드는데 연인들의 키스는 점점 더 깊어만 갔다.

은혁의 손이 어느새 지은의 재킷을 벗기고 블라우스 안으로 들어와 그동안 그의 손길을 기다린 그녀의 가슴을 잡았다.

"아아앙."

가슴을 잡은 것만으로도 그녀의 온몸에 전기가 감전된 것 같은 짜릿한 느낌이 들었다. 그는 지은의 입술을 삼키며 손으로 그녀가 걸친 옷들을 빠르게 벗겨냈다. 달빛에 지은은 완벽하게 나신이 되어 있었다.

"너무 상처가 많죠?"

지난번 일로 그녀는 외상이 심했었다. 몸에 수술 자국과 깁스에 눌린 자국들이 아직 보기 흉하게 많았다.

"자극적이야. 하지만 이건 다 없애줄 거니까 걱정하지 마."

그가 이렇게 말을 하며 가장 많은 상처가 있는 어깨에 입을 맞추었다.

"평생 감옥에서 썩게 할 거야. 후회의 피눈물을 흘리게 만들 거야."

"이미 그렇게 만들었어요."

"아니, 아직 멀었어."

그의 입술이 아직 아물지 않은 그녀의 상처에 닿았다. 위로를 하는 듯한 그의 부드러운 입맞춤에 지은은 저도 모르게 몸을 부르르 떨었다.

"내 눈에는 지은의 모든 게 다 예뻐. 그러니 이런 상처 신경 쓰지 마."

오히려 상처는 그가 더 신경을 쓰는 것 같았다. 지은이 마음에 상처를 받을까 봐 두려워하는 게 느껴졌다. 그의 손이 어둠 속에서 그녀의 몸을 더듬어 내려갔다. 예전엔 매끄럽게 내려가던 그녀의 몸인데 상처가 자꾸 그의 손에 걸리고 있었다.

"이상하죠?"

"아니."

그의 호흡이 거칠어지고 있었다.

"너무 자극적이야."

그의 말에 지은도 용기가 생기는 것 같았다. 어차피 몸의 상처는 언젠가 없어질 거고 지금 이 순간은 다시는 돌아오지 않기 때문에 지은은 아무것도 신경 쓰지 않고 지금 이 순간에만 집중하기로 했다.

지은이 그의 품을 파고들었다. 아직 옷을 벗지 않은 그의 몸은 더욱더 단단했다. 갑옷을 입은 전사의 몸처럼 그는 강했다. 지은이 그의 바지 버클에 손을 댔다. 단단한 철의 느낌이 마치 그를 상징하는 것 같았다.

"윽."

그녀의 손길이 그의 페니스 위를 스치자 그가 거친 호흡을 내뱉었다. 지은은 용기를 내서 그의 바지 속에서 페니스를 빼냈다. 커다란 페니스가 그녀의 작은 손에 다 잡히지도 않았다.

"만지고 싶었어요."

그녀의 작은 손이 그의 페니스를 위아래로 움직이기 시작했고 그의 호흡은 점점 더 거칠어졌다. 지은은 그의 모든 걸 다 가지고 싶었다. 몸도 마음도 하나도 빠지지 않고 그녀의 것이길 바랐다.

"사랑해요."

"나도."

그가 가쁜 숨을 참으며 답했다. 달빛을 역광으로 받고 있는 그는 그녀만의 전사였다. 지은은 무릎을 꿇고 앉아서 홀린 듯이 그의 페니스를 작은 입안에 넣었다.

"헉, 헉, 지은아."

"츄읍츄읍."

원색적인 소리가 2층 전체를 울렸지만 지은은 신경 쓰지 않았다. 지금 이 순간은 그녀와 그와의 시간이었다. 어떠한 것도 방해가 될 수 없었다. 그녀의 입안을 채운 그의 페니스는 무섭게 커지는 것 같았다.

지은은 그의 페니스의 힘줄 하나하나까지 입술로 느끼고 있었다. 그의 손이 그녀의 머리카락을 잡았다. 부드럽지만 절대로 놓치지 않겠다는 의지가 담겨 있는 것 같았다.

"으윽."

그도 이제 한계에 다다른 것 같았다. 그녀의 손은 마치 양쪽의 거대한 기둥을 잡고 있는 것처럼 그의 탄탄한 허벅지를 잡고 있었다. 너무나 황홀한 느낌이었다. 이 남자가 그녀의 남자인 것이다.

그가 갑자기 지은을 일으켜 세웠다. 그리고는 자신의 옷을 빠르게 벗었다. 완벽한 조각상 같은 은혁의 몸을 지은이 손으로 쓸었다. 그의 심장은 몸 전체에서 뛰는 듯했다. 그의 가슴이 들썩이며 그녀를 얼마나 원하는지를 말해주고 있었다.

달빛만이 그들과 함께했다. 은혁이 지은을 안더니 그들의 침실로 안고 들어갔다. 그녀는 침실이 어떻든 지금은 신경 쓸 겨를이 없었다.

단지 그와 함께 사랑을 나눌 수 있다면 그 어디라도 상관이 없었다. 둘의 입술은 침대에 누워서도 떨어질 줄을 모르고 있었다. 그가 얼마나 다급한지 그의 손의 떨림으로 그대로 느낄 수 있었다.

그가 지은의 다리를 벌리고 들어와 자신의 흥분한 페니스를 질 안으로 밀어 넣었다.

"아악."

오랜만에 받아들이는 그의 거대한 페니스는 그들이 처음 함께 했을 때처럼 그녀를 고통스럽게 만들었다.

퍽퍽퍽.

거침이 없는 소리가 났다. 그가 그동안 얼마나 인내하고 참았는지가 여실히 드러나고 있었다.

"아흐."

그의 움직임이 계속되자 처음의 고통은 점차 쾌락으로 바뀌어 가고 어느 순간 그들의 위치 또한 바뀌어 있었다. 허리까지 기른 그녀의 머리가 커튼처럼 드리워져 마치 동화 속의 인어처럼 아주 신비로운 느낌이었다.

그녀는 본능적으로 그의 위에서 허리를 흔들고 있었다. 배운 적도 없고 한 번도 해본 적이 없었지만 지금 그녀는 오로지 본능의 움직임에 몸을 실었다. 그녀는 자신도 모르게 그의 페니스를 조이고 있었다.

그녀의 움직임에 은혁의 입에서 계속해서 신음 소리가 흘러나오고 있었다. 지은은 은혁의 소리가 크게 나오는 움직임을 기억했다가 그대로 움직이기 시작했다. 은혁은 그녀의 가는 허리를 잡고 있었다. 아마도 그녀가 편하게 움직일 수 있도록 도와주고 있는 것이었다.

그녀의 긴 머리카락이 그의 가슴을 쓸고 있었다. 그가 머리카락을 치우고는 그녀의 가슴을 쥐었다.

"마음에 들어요?"

"헉헉, 미치도록."

지은이 웃었다. 그러자 갑자기 그가 자리를 또 바꾸었다.

"이대로 가둬두고 싶어."

"저도 당신하고 같이 이렇게 갇히고 싶어요."

진심이었다.

"셋을 만들려면 열심히 해야겠어요."

"그럼 오늘부터 한번 해볼까?"

"좋아요."

그가 격하게 허리를 움직이기 시작했다. 그처럼 힘찬 녀석이 나오길 바란다면서 그가 움직였다. 아마도 그날 밤에 힘찬 녀석이 그들을 찾아올 것 같았다. 이건 지은의 느낌이었다. 그의 움직임은 한동안 계속되었다.

이렇게 밤새도록 그의 페니스를 그녀 안에 두고 싶은 마음이 들었다.

"미쳤어."

"헉헉, 뭐가?"

"이러고 계속 있고 싶다고 생각했어요."

"하하하."

그가 웃었다. 그의 목젖이 흔들리는 게 달빛에 보였다.

"사랑해요."

"나도 사랑해."

퍽퍽퍽!

그가 마지막을 향해 달리고 있었다. 그의 몸은 추운 날씨에도 땀으로 범벅이 되어 있었다. 그의 온 에너지를 다해서 그녀를 사랑하고 있었다.

그가 자신의 분신들을 그녀 안에 쏟아부은 다음에 지은의 몸 위로 무너졌다.

"가지 마요."

그렇게 그는 한동안 그녀의 몸 위에 있었다. 지은이 그의 머리를 손으로 가만히 쓸었다. 커다란 그의 몸이 그녀의 작은 품 안에 있는 게 신기하고 좋았다.

"가지고 싶은 걸 가진 느낌은?"

"아주 황홀해요. 끝까지 내 것일 수 있을까요?"

"아마도."

"당신은 나에게 바라는 거 없어요?"

"나도 너무 가지고 싶은 여자를 가져서 바라는 게 없어."

그가 지은이 원하는 어떤 말보다 듣고 싶던 말을 해주었다. 그에게 그녀도 가지고 싶은 여자였던 것이었다.

달빛이 그들을 비추고 있었다. 완벽하게 하나 되어 있는 그들이었다. 이렇게 평생을 함께할 수 있기를 지은은 창밖의 달을 보며 기원했다.

그리고 감사했다. 크리스마스에 산타에게 선물을 받은 아이처럼 지은은 기쁨을 감추지 못하고 미소 지었다.

"왜 웃지?"

"너무 큰 선물을 품에 안고 있어서요."

그가 다시 지은의 입술에 키스를 했다.

"그럼 빨리 선물을 풀어봐야지."

"그럴까요?"

"응."

또 한 번 선물을 풀기로 했다. 신이 주신 29금 선물을 말이다. 밤새도록 이어진 그들의 욕망의 향연에 더없는 축복이 찾아왔다. 아직은 그들에겐 비밀이지만 말이다.

신이 그녀를 철저하게 무시하고 버렸다고 생각했는데 그동안의 서운함을 한 방에 풀어주고 있었다.

지은은 세 번의 섹스에 완전히 녹초가 되어 은혁의 품 안에 안겨서 기쁨의 미소를 지었다. 몸은 피곤했지만 잠이 오지 않았다.

그의 심장 소리를 이렇게 마음껏 들을 수 있다는 게 너무나 좋았기 때문이었다.

"사랑해요."

"으으음."

대답을 한 건지 잠꼬대를 한 건지 모르겠지만 지금 지은은 잠든 그의 얼굴을 보며 행복한 미소를 지었다. 그리고 창밖의 하늘을 보며 말했다.

"아빠, 그날 구해주셔서 감사해요. 아빠가 아니었다면 난 오늘 같은 행복을 못 느껴보고 죽었을 거예요. 사랑해요."

그녀의 볼에서 기쁨의 눈물이 흘러내렸다. 눈물을 손으로 닦으며 지은은 깨달았다. 이제는 정말 슬픔의 눈물이 아닌 기쁨만이 그녀와 함께할 것이란 것을 말이다.

… THE END …